額賀 澪

TASUKI
タスキ彼方
KANATA

小学館

タスキ彼方

装画　いとうあつき
装丁　アルビレオ

目次

第三章 箱根駅伝の亡霊

第四章 箱根駅伝の最期

第五章　蘇る箱根駅伝

主な登場人物

〈令和編〉

成竹一進《なるたけいっしん》　日東《にっとう》大学陸上競技部の駅伝監督。第百回箱根駅伝を前に、コーチから監督になる。ボストンマラソンで世良貞勝の日記を譲り受ける。

神原八雲《かんばらやくも》　日東大学陸上競技部。成竹一進の教え子。学生最強ランナーと名高いが、駅伝を走りたがらない。

田淵悠羽《たぶちゆう》　日東大学陸上競技部の駅伝主将。兄・田淵伶央《たぶちれお》はパリオリンピックの日本代表候補。

〈昭和編〉

世良貞勝《せらさだかつ》　法志《ほうし》大学陸上競技部。関東学連の一員として第二十一回大会から箱根駅伝に携わる。中止に追い込まれた箱根駅伝復活に奔走。

新倉篤志《にいくらあつし》　日東大学陸上競技部。第二十一回箱根駅伝に出走するも、翌年から大会は中止となる。

宮野喜一郎《みやのきいちろう》　法志大学陸上競技部。世良貞勝の後輩。関東学連の一員として、箱根駅伝開催のために動く。

及川肇《おいかわはじめ》　日東大学陸上競技部。関東学連に加入し、箱根駅伝開催を画策する。

類家進《るいけすすむ》　日東大学陸上競技部。第二十二回箱根駅伝に出走。

影山《かげやま》　大日本学徒体育振興会の陸上委員長。青和《せいわ》学院大学のOB。

音喜多《おときた》　文部省体育主事。青和学院大のOBで、影山の後輩。

天沼美代子《あまぬまみよこ》　日東大の学生達が通う天沼軒の看板娘。

第一章　消えた箱根駅伝

1　ボストンマラソン　令和五年四月

「おい、これ、本当に表彰台あるぞ」

ボイルストン・ストリートに入ってきた濃紺のユニフォームを確認して、日東《にっとう》大学陸上競技部男子駅伝監督・成竹一進《なるたけいっしん》はスマホを握り締めたままゴール地点に走った。マジか、マジか……足の踏み出しに合わせて独り言が飛び出してくる。

一進のスマホからは、絶え間なく実況アナウンサーの英語が聞こえていた。

さあトップはケニアのメイビルだ。さすが東京オリンピックの金メダリスト、この悪天候でも力強い走りは変わらない。二位は同じくケニアのダニエル、そして三位はアメリカのピーター・グランドと日本のカンバラが競り合っている。これはゴールまで目が離せない――実況は確かに、〈日本のカンバラ〉と言った。

頬《ほお》を打った冷たい風に、首から提《さ》げた関係者パスがはためく。レース中盤から降り出した雨は、霧雨と小雨の間を行ったり来たりして、いつの間にか本降りになっていた。

雨粒が目に入った。片目をつむったまま、構わず一進は走った。

ホプキントンをスタートし、ボストンまでの42・195キロを争うこのボストンマラソンのゴール地点は、いかにも歴史がありそうな図書館と、石造りの教会に挟まれた場所にある。鮮やかなブルーのゲートが設置されたゴール地点には観客が大勢詰めかけていた。

派手な色の傘とレインコートが蠢《うごめ》き、トップの選手を迎える。ゴールの瞬間を捕らえようと大量のテレビカメラが待ち構える中、ケニア人選手が一位で〈2023 BOSTON MARATHON〉と書かれたゴールテープを切った。

そんなものには目もくれず、一進はコースの先を睨《にら》みつけた。指先が微《かす》かに震える。それは、四月のボストンの寒さのせいだけではなかった。

二位を走っていたケニアの選手がゴールし、一位の選手と抱き合って互いを称《たた》える。その遥《はる》か後方から、一進の教え子である神原八雲《かんばらやくも》はやって来た。

濃紺のタンクトップに白のパンツ。胸には白抜きで大きく日東大学の「N」と、駅伝のタスキを模したピンク色のラインがあしらわれている。間違いなく日東大学のユニフォームだ。かつて一進もあれを着て日本インカレを走り、出雲《いずも》駅伝を、全日本大学駅伝を、箱根《はこね》駅伝を走った。

そのユニフォームが、日本から遠く離れたボストンの街を駆け抜けている。

「神原ぁ!」

関係者ゾーンから身を乗り出して、一進は叫んだ。柵《さく》が前後に大きく揺れ、近くにいたスタッフに注意される。それでも構わず神原の名を呼んだ。

「行け行け！　粘れえっ！」

神原は冷静な顔をしていた。競り合うアメリカの選手の走りや腕振り、顔色や呼吸をしっかり確認し、スイッチを切り替える。大きく腕を振って前に出て、雨に濡《ぬ》れた黒髪を振り乱し、あっという間に1m、2mと差をつける。

水鳥が水面を蹴《け》って飛び立つような軽やかさだった。40キロ以上走って来たようには見えない推進力のあるフォーム。長距離を走るために研ぎ澄まされた、槍《やり》のような四肢。羨《うらや》ましいほどに速く、一進に向かってくる。

スマホから聞こえる実況は、早口で何を言っているかもう聞き取れない。一進は柵を両手でばんばんと叩《たた》きながら「行け！　行けえっ！」とがなり続けた。

そのまま、神原八雲は三位でゴールした。ワールドマラソンメジャーズの一つであるあのボストンマラソンで、日東大学の学生が三位に入った。

「……やったなあ、おい」

タイムを確認し、一進は係員にタオルを掛けられ誘導される神原に駆け寄った。

「おめでとう、表彰台だ」

そんなことをする間柄ではないとわかってはいたが、思わず彼の肩を抱いて二度、三度と強く叩いた。神原は「ああ」と溜め息《たいき》をつくように笑って、腕時計で自分のタイムを確認した。

「でも、タイムは全然ですよ。自己ベストから2分近く遅い」

彼のスポーツウォッチには、2時間8分56秒と表示されていた。

「いや……お前の自己ベスト、日本の男子マラソン学生歴代一位なんだぞ。そう易々《やすやす》と更新できて堪《たま》るか」

「一位だろうと十位だろうと、自己ベストからほど遠い結果だったのは同じでしょ」

それに、三位だし。さらりと言って、神原は優勝者インタビューを受けるケニアの選手に視線をやった。頭にオリーブ冠をかぶり、白い歯を覗《のぞ》かせてにこやかにインタビューに応じている。

「いいなあ、俺もあれ、被《かぶ》りたかったな」

口調は茶目っ気たっぷりなのに、神原の目は真剣だった。今日のレースが悪天候で気温も上がらないと数日前にわかってから、彼は「監督、俺、優勝できるかもしれないです」と楽しげに繰り返していた。どんな天候にも対応できる練習を積んできたという自信が、人懐こそうに見えて頑固な目に宿っていた。

トップとは1分近く差があったとはいえ、それでも表彰台に上って見せただけたいしたものだ。ボストンマラソンで日本人学生が三位だなんて……過去にあっただろうか？　少なくとも、「快挙！日東大・神原八雲、ボストンマラソンで三位」という見出しでニュースが出ることは間違いない。

成竹監督！　と遠くから日本語で呼ばれた。顔馴染《かおなじ》みのスポーツ雑誌の記者が手招きしていた。一台だけだが、日本のテレビ局のカメラもある。

「ほら、取材だ。神原が何かやるって期待してわざわざ日本から来てくれたんだから、三位入賞者として堂々と受けてこい」

はーい、と返事をして、神原はにこやかにインタビューに答えた。悪天候だからこそ自分にもチャンスがあると思っていた。三位入賞は嬉《うれ》しいが、タイムはまだまだだった。30キロ過ぎの登り坂が苦しかったが、あそこで粘れたのがよかった。メディア対応など慣れた様子で、神原はにこやかに記者からの質問に答えていく。

「今年の秋にはＭＧＣがありますね」

「ええ、パリオリンピックを狙《ねら》って、しっかり調整していきたいです」

記者がちらりと一進を見て、すぐに神原に視線を戻す。暗い洞窟《どうくつ》を恐る恐る覗き込むような口調で、こう問いかけた。

「ＭＧＣはちょうど箱根駅伝の予選会とも時期が被っていますが、来年の箱根駅伝への参加は考えていないんですか？」

うう、嫌な質問をするな。堪《たま》らず顰《しか》めっ面をした一進をよそに、神原ははっきりと頷《うなず》いた。

「そうですね、全く」

「第百回記念大会ですけど、大学ラストランとして走る予定とかは？」

「僕は駅伝には一切興味がないので。百回大会だろうと千回大会だろうと箱根は走りません」

気持ちがいいほどの即答に、我慢できず「何とかなりませんかねえ……」と呟《つぶや》いた。絶対に聞こえたはずなのに、神原は無視した。

記者が取材を終えると、今度はテレビ局のディレクターが「うちにも一言お願いします」と神原にカメラを向けた。先ほどと同様に、神原は慣れた様子で取材に応じる。

「成竹監督、まだ神原君を口説けてないんですね。彼、もう四年生なのに」

取材を終えた記者の青木《あおき》が、ご苦労様ですとでも言いたげに肩を竦《すく》める。青木とは、日東大学の監督になる前、まだコーチをしていた頃からの付き合いだ。酸《す》いも甘いもすべて取材してもらってきたし、酒だって何度も一緒に飲んでいる。

「ええ、この通り。口説いては毎度笑顔で振られてますよ。貴船《きふね》監督が三年がかりで落とせなかったんですから、一年目の俺じゃまだまだ無理ですわ」

言ってから、今は俺が監督だから〈貴船前監督〉と言うべきだったか、と思う。男子駅伝監督という肩書きが、まだ自分の体に馴染んでいない。

「そんなことないですよ。ちゃんと様になってますって、成竹カントク」

あははっと笑った青木は「帰国したら一杯やりましょう」と一礼して、足早に去っていった。出走した他の二人の日本人選手の取材に行くのだろう。どちらも実業団の選手だが、神原同様、パリオリンピックのマラソン日本代表選考レースであるＭＧＣ（マラソングランドチャンピオンシップ）の出場権を持っている。

国内の主要なマラソンレースで規定の成績を収めないと、そもそもＭＧＣの出場権を得られない。オリンピックを目指す多くのランナーが、出場権獲得を目指して走っている。

神原八雲は昨年の十二月に福岡《ふくおか》国際マラソンで日本人一位になり、ＭＧＣ出場権を手にした。しかも、それが彼の初めてのマラソンだった。

記録は2時間7分12秒。初マラソンで男子マラソン学生歴代一位の記録を叩き出してしまった。実業団選手を含めても、歴代トップ20に入るタイムだ。それに加え、今日、ボストンマラソンの表彰台に乗った。名実共に、神原は学生トップランナーとしてパリオリンピック日本代表の有力候補になった。

テレビ取材を終え、ベンチコートを羽織って表彰式に向かう神原に付き添いながら、一進は小さく肩を落とす。こんな華々しい場なのに、そうせざるを得ない。

一進が率いる日東大学は、来年の一月に第百回大会を迎える箱根駅伝にかれこれ八十九回出場している〈古豪〉と言っていいチームだった。優勝は十二度、そのうち四連覇を二度もしている。一進が日東大学で駅伝を走っていた頃は、優勝には手が届かないが箱根駅伝本戦には常連校として当たり前に出場していた。

大学を卒業し、実業団で十年走った。マラソンも走った。オリンピックや世界陸上の代表の座をあと一歩……いや、二歩、三歩のところで逃し続け、三十過ぎで足腰を立て続けに故障して、三十二で競技を引退した。恩師である貴船に声をかけられ、日東大でコーチになったのが四年前だ。

コーチに就任して二年目、第九十七回大会のことだった。エースの故障が玉突き事故のようにトラブルを生み、日東大は箱根駅伝の十位までに与えられるシード権を失った。シード落ちした大学は、毎年十月に開催される予選会を突破しないと一月二日、三日の本戦に出場できない。

勇んで臨んだ第九十八回大会予選会で、日東大はまさかの敗退を経験する。立川《たちかわ》の昭和記念公園の巨大な広場で行われた結果発表で名前を呼ばれなかったとき、自分達を取り囲むOB・OG達の大応援団から上がった悲鳴を一進は一生忘れないだろう。

走れる選手はいた。だが、一人強い選手がいたところで、十人の合計タイムで競う予選会は勝ち上がれない。誰かが怪我《けが》をした。誰かが不調だった。当日、作戦が上手《うま》く嵌《は》まらなかった。ライバル校が予想以上に好走した。それだけで敗退してしまうくらい、箱根駅伝の予選会は厳しいものになっていた。一進が現役のときとは比べものにならないくらい、激戦だった。

悪い流れを断ち切れないまま、昨年の第九十九回大会も日東大は予選落ちだった。長く監督を務めた貴船は、その責任と体調不良を理由に監督を退き、一進が今年の一月から監督に就任した。監督としての自分に求められるのはただ一つ、この二年、箱根駅伝から遠ざかっている古豪・日東大を、来年一月の第百回箱根駅伝に導くことだ。

「……出てくれませんかねえ」

表彰台でメダルと花束を手に微笑《ほほえ》む神原八雲を見つめながら、一進は呟いた。

強い選手が一人いるだけでは、予選会は突破できない。箱根駅伝本戦だって、たった一人がチームを優勝させることはできない。

だが、圧倒的に強い選手がチームに一人いるだけで、組織は変わる。神原が走るなら何かが起こるかもしれない。神原と一緒なら俺達にもすごいことができるかもしれない。周囲にそう思わせることができる選手は、そういない。その神原が「僕は駅伝には一切興味がないので」と言うのだから、どうしようもない。

肩を寄せ合って記念撮影に応じる上位三人を眺めていたら、何やら英語で声をかけられた。振り返ると、ブロンド髪の若い男が立っていた。

先ほど神原と三位争いをしたアメリカのピーター・グランドだった。一進が首から提げた関係者パスを確認し、英語で「神原八雲のコーチか？」と話しかけてくる。

たどたどしい英語で頷いた一進に、ピーターは「三位入賞おめでとう」と握手を求めた。続いて聞こえた流れるような英語を、一進は二度聞き返した。

「君達に渡したいものがある。曽祖父《そうそふ》の遺品から出てきた。持ち主に返してあげたいんだ」

一言一言区切りながらゆっくりそう話したピーターは、抱えていたリュックサックから古びた

——そんな言葉で言い表すにはあまりにもボロボロな手帳を引っ張り出した。

雨はやんでいた。灰色の曇天はいつの間にか淡い乳白色になり、雲間から青空まで覗いている。

手帳は胸ポケットに収まりそうなサイズで、灰色の表紙には茶色い染みがいくつもある。四隅が擦れて丸くなって、ところどころ破れて、破れた紙の端から年老いた親戚《しんせき》の頬の皺《しわ》と同じ歴史の蓄積を感じた。

「あー……これは、一体何です？」

差し出されてしまったから、とりあえず手に取った。手帳は酷《ひど》く冷たかった。雨と風で冷えた一進の指先より、ずっと。しかも表紙には「日記」と書いてある。これを書いたらしい人間の名前まで、うっすらと確認できた。

「曽祖父は軍人だった。それは、太平洋戦争のときにマニラで拾った、日本兵の日記。曽祖父の遺品に混じっていた」

ピーターの英語ははっきり聞き取れた。それでも「え？」と首を傾《かし》げてしまう。ピーターは「日本兵の日記」と繰り返した。

「日本のマラソンランナーは、みんなエキデンを走るんだろう？　その日記、ハコネについてたくさん書いてあるって、日本語が得意な友達が教えてくれた。ハコネエキデンのことばかり書いてある」

ハコネ、エキデン。ピーターの言葉に、一進は呆然《ぼうぜん》と手の中の日記を見下ろす。表紙についた赤黒い染みは、雨水なのか、泥なのか。血のようにも、見えた。

「……箱根駅伝？」

一進の言葉に、ピーターは「そう！」と微笑んだ。

「それで、受け取っちゃったんですか？」

巨大なステーキをナイフでざくざくと切り分けながら、神原が一進の顔を覗き込んでくる。「夕飯は肉がいいです」とレース前から言っていただけあって、分厚い赤身肉にマッシュポテトをたっぷりのせ、楽しそうに頬張る。

さすがはアメリカのステーキハウスで、メニューにある肉という肉がすべてでかい。近くのテーブルで大柄な男性達が巨大な肉塊に齧《かじ》りついているが、神原の食べっぷりも負けていなかった。

「監督、体よく不要品を押しつけられたんじゃないですか？」

「いやあ、箱根駅伝についてたくさん書いてあるって言われて、つい、な」

駅伝について書いてあるなら、日記の持ち主は日本のマラソンランナーに違いない。君達ならすぐに探せるだろう？　ぜひ、持ち主の家族に返してあげてほしいんだ。ピーターに軽やかな英語でそう言われて、ちょっと中身を読んでみたい衝動に駆られた。

だが、持ち主を探したいならそれ相応の団体に問い合わせた方がいい。持ち主が陸上選手だとしても、個人で探すには限度がある……と端的に伝えられるだけの英語力が、一進にはなかった。気がついたらピーターは「ありがとう、健闘を祈るよ！」と一進と握手し、コーチやチームメイトと一緒にどこかに行ってしまったのだ。

「大体、太平洋戦争のときにフィリピンで拾ったって、何年前ですか」

「八十年前？」

「俺のお祖父《じい》ちゃんですら生まれてないですよ」

「そうだろうよ、そうだろうよ」

神原が注文したものに比べたらずっと小ぶりなステーキを薄く切り分け、大学四年生になったばかりの神原の生まれ年を黙って計算する。二〇〇一年生まれという計算結果に、そりゃあ俺も三十六歳になるわけだと溜め息をつく。最近、赤身だろうと脂身だろうと、肉を食べると胃がもたれるようになった。

「戦時中ってやってたんですか、箱根駅伝」

「やってないだろ。甲子園ですら中止してたんだから。ほら、箱根駅伝の百周年が二〇二〇年で、第百回大会が二〇二四年で、ちょっとずれてるし」

「あれ、そうでしたっけ」

インゲン豆をほいほい口に放《ほう》り込む神原は、面白いほど興味なさそうだった。関東の大学に通う長距離選手で、ここまで箱根駅伝に対して冷めた態度でいるのも珍しい。

多くの選手は神原とは正反対で、正月に華々しく開催される箱根駅伝に大きな憧《あこが》れを抱いて、箱根駅伝出走を選手としての集大成にしようとして、関東の大学へ進学してくる。箱根を走って満足して、すっぱり走るのをやめてしまう選手だっている。

目の前で美味《うま》そうにステーキ肉を咀嚼《そしゃく》する神原八雲は、そうではなかった。

「なあ神原、この流れだからついでに言っちゃうけど、ラストイヤーくらい走ってみないか、駅伝」

「え、嫌ですよ。走るわけないじゃないですか」

笑顔のまま神原はすっぱり切り捨てた。決して棘《とげ》がある言い方ではないのだが、心から拒否しているとき、神原は必ずこうやってにこにこと笑う。付き合いも四年目となるから、彼のフレンドリーな頑固さは身に染みてわかっていた。

「駅伝を走らなくていいって貴船前監督が言うから、僕は日東大を選んだんです」

東京出身の神原が陸上を始めたのは中学のときだ。中三のときに全日本中学で3000mの中学記録を打ち立て、都内の陸上強豪校進学後はインターハイに三年連続で出場し、高三では5000mのレースで留学生ランナーをねじ伏せて優勝。そのとき出した13分21秒88の高校記録は今も破られていない。

当時は、駅伝だって走っていた。京都を走る全国高校駅伝では二年連続で花の一区を走り、どちらも区間賞。ラストイヤーは留学生が多く起用される三区を走り、ケニア出身の選手達がしのぎを削る中、日本人選手としてそこに食らいついて名勝負を繰り広げた。区間賞こそ逃したが、トップと5秒差の二位という立派すぎる結果だった。

そんな逸材、どんな指導者だってほしいに決まっている。日本インカレ、日本選手権、出雲駅伝、全日本大学駅伝、箱根駅伝……大学でどんな活躍を見せるのか、当時コーチをしていた一進でさえ、彼の今後が楽しみで仕方がなかった。

大勢の指導者が神原をスカウトした。ところが彼はすべてのスカウトに対し「駅伝を走らなくていいという大学に進学します」と宣言した。

自分が目指しているのはマラソンでのオリンピック出場で、大学在学中からフルマラソンを走りたい。だから駅伝を走るつもりはない。そう話す彼に、多くの指導者は「駅伝はマラソンにつながる力を養う」「箱根からマラソンで活躍している選手も大勢いる」と説得したが、神原はにこにこと笑いながら「嫌です」と言うばかりだったという。

当時日東大の監督だった貴船は「よし、君の望む通りにしよう」と快諾し、神原は日東大に進学した。宣言通り、彼は大学四年になるまで一度も駅伝を走っていない。

神原の望む通りに——とは言いつつ、貴船は「そのうち気が変わるだろう」と楽観的だった。周囲の選手が駅伝を頑張っていれば、自分も走ってみようと思うはず。一進だってそう考えていた。

まさか、神原がここまで頑《かたく》なだったとは。

「あ〜、美味《おい》しかった。たっぷり走った後はやっぱり肉ですよね」

自分の皿を綺麗《きれい》に空にした神原は、満足げに「ごちそうさまでーす」と合掌する。「俺の分ちょっと食べないか」と皿を彼の方に寄せると、「え、いいんですか？　食べます食べます」と一進のステーキをごっそり引き取ってくれた。

「レースのあとにハンバーガー食べてたのに、よく入るな」

しかも、極厚パティが二枚も挟まっていた。付け合わせのフライドポテトまで綺麗に平らげた。

「昨日の夜と今朝食べたもの、42・195キロ走ってる間にぜーんぶ使っちゃったんですよ」

追加の肉にかぶりつく神原に、こいつの一番の強さはコレなんだよな、と一進はテーブルに頬杖《ほおづえ》をついた。

フルマラソンの距離を走ると、内臓が疲れ切って食べ物が喉《のど》を通らない。一進自身、現役でマラソンを走っていた頃はそうだった。精根尽き果てているのに、エネルギーを摂取してダメージを回復することができない。

その点、神原は内臓が強い。フルマラソンを走っても、負荷の高いトレーニングをしても、すぐにこうやって食事ができる。ばくばく食べて回復して、また練習ができる。食への順応性も高い。

ボストン入りして早一週間、一進は日本食が恋しくて仕方がないのに。

腹一杯になって満足した神原を連れて、ホテルに戻った。徒歩五分ほどの道のりは、来るときよりも風が冷たく感じた。ボストンには日本と同じく四季があると聞いていたが、どうもボストンの四月は東京に比べると寒いらしい。

神原と別れて部屋に戻り、熱いシャワーを浴びて、ベッドに寝転がった。このホテルとも明日でおさらばだ。荷造りは……明日でいいか。

オリンピック代表候補を連れてのアメリカ遠征は、ボストンマラソン三位というかなりいい結果に終わった。笑顔で帰国できる。だが、日本に戻ったらすぐさま記録会があり、関東インカレがあり、全日本大学駅伝の予選会があり、あっという間に夏合宿の時期がくる。夏にどれだけ力をつけられるかが、秋以降の駅伝シーズンを左右する。

十月には神原が出場するＭＧＣと箱根駅伝の予選会。年が明ければ、箱根駅伝本戦。

クリーム色の天井を見上げ、大きく息を吸って、吐いた。深呼吸というより完全な溜め息だった。

ふと、デスクに置かれたボロボロの日記が目に入った。そうだった。コレの持ち主を探すミッションもあるんだった。のそりのそりと体を起こし、一進は日記に手を伸ばした。

日記の表紙に書かれた角張った文字に目を凝らす。世良貞勝《せらさだかつ》と、持ち主の名前が書いてある。中をめくると、溶けて消えそうな方眼の線に沿って、表紙と同じ筆跡でびっしり文字が書かれている。

日記の冒頭は、「世話になった知人が毎日日記をつけていたので、自分もつけてみようと考えた」という一文から始まった。どうやらこの世良貞勝という人物は、陸軍へ入隊したのに合わせてこの日記を書き始めたらしい。しかし、あまり筆まめな人物ではなかったらしく、たいしたことは書かれていない。
陸軍の初年兵教育を終えて満州《まんしゅう》に来た。南方戦線へ行くことになった。出来事が淡々と綴《つづ》られていく中、ある日唐突に「箱根駅伝」の文字が登場する。

どうも自分は、日記というものが得意ではないらしい。何を書けばいいかてんで出てこない。代わりに、箱根駅伝のことを頻繁に思い出す。日本から遠く離れているというのに、あの日の靖国《やすくに》の土の香りや、箱根の寒さを思い出す。日東大の類家《るいけ》が「戦争に行っても、この大会のことを忘れないです」と言っていたのを思い出す。

突然現れた日東大の名前に、一進は息を飲んだ。思わず、ベッドの上で姿勢を正す。現金なものだと自分でも思ったが、八十年前にフィリピンにいたという親近感の欠片《かけら》も湧《わ》かない日本兵が、箱根駅伝と日東大学という単語で一気に身近なものになった。
日記は続く。黄ばんだ方眼紙の上を、黒々とした鉛筆の文字が走る。

せっかくなので、日記ではなく、あの駅伝のことを書き残しておこうと思い立った。箱根駅伝を失った我々が、戦争に行く前にもう一度だけ箱根を走りたいと考え、知恵を出し合い、死に物狂いで開催した、あの箱根駅伝のことを。
我々にとっての、最後の箱根駅伝を。

2　最後の駅伝　昭和十五年一月

鶴見《つるみ》中継所を取り囲む黒山の人だかりの中で、新倉篤志《にいくらあつし》は息を殺していた。コースの先に、待ち人の姿はまだ見えない。

選手の到着にはまだ早いのに、詰めかけた見物客は日の丸の小旗をしきりに振っていた。黒に紺に茶に深緑と、暗い色の外套《がいとう》を着込んだ人が多いから、日の丸の白と赤がより映えて見える。

パタパタ、パタパタ。小旗の乾いたはためきが、篤志には海鳥の羽ばたきと被って聞こえた。

横浜《よこはま》の山手《やまて》に生まれた篤志にとって、箱根駅伝は正月そのものだった。いや、二度目の正月だった。元日に新年を祝い、数日後の箱根駅伝でもう一度新年のめでたさに浸るのだ。駅伝を見なければ新年が始まらなかった。

物心つく前から、父に肩車をされて人混みの中で選手達の走りを見ていた。往路も、もちろん翌日の復路も。父も母も大学は出ていなかったが、目の前を走るすべての大学を応援した。大学というものがどういう場所なのかわからないまま、篤志は常連校であるすべての大学の名前を覚えた。

その大学の一つに、篤志は進学した。

すー、と口から細く息を吐いた。白い筋が舞い上がり、隣に立っていた後輩の田淵《たぶち》の肩口に当たって掻《か》き消える。

まだかな。そう言いかけると、人だかりの中、父親に肩車をされた幼い男の子が「まだあ？」と叫んだ。そうそう、自分も昔はああだった。

道の先に久連松康平《くれまつこうへい》の姿が見えたのは、そのときだった。

「来た！」

正確には、久連松に伴走するサイドカーが見えた。鼠《ねずみ》色のサイドカーに乗り込んだ日東大学陸上競技部監督の郷野《ごうの》に励まされながら、白いユニフォームに身を包んだ久連松が走っている。長距離選手にしては大柄な彼の姿が、肩から掛けられた桜色のタスキが、徐々に鮮明になる。

ざわざわと騒がしかった人だかりが、途端に色めき立つ。「来た来た！　日東大だ」と誰かが言って、そこから先は誰の声も鮮明に聞こえない。「頑張れ」でも「走れ」でもない。興奮と新年を祝う高揚感が混ざり合って、中継所は不思議な浮遊感に包まれた。頰骨に染み入るような一月の冷たい空気が、ほのかに温かくなる。

ああ、これこれ。何年たっても変わらない、箱根駅伝の空気だ。

「久連松さぁーん！」

田淵と揃《そろ》って叫んで、手を振った。久連松の背後には他大学の選手はいない。宣言通り、彼は一位でタスキを鶴見中継所へ運んできた。久連松から１００ｍ近く距離が空いたところで、やっと二位の選手が見えてくる。

「二位が来た。どこだ、どこの大学だ」

篤志が目を凝らすと、視力のいい田淵が「ああー……要《かなめ》大ですね」と呟いた。その声も、観客の声援に掻き消されてしまう。

「よしよし、久連松さんが独走してくれた。田淵、気楽に行ってこい」

はいっ、と返事をした田淵から上着を預かる。白いランニングにパンツ、胸には日東大の「Ｎ」

のマーク。坊主頭に白い鉢巻き。ちょっと年季が入っているが解《ほつ》れてはいないハリマヤ足袋《たび》を履いて、口元には笑みが浮かぶ。後輩ながら、いい顔だった。調子よく走れる日の顔だ。

でも、いささか唇の端が緊張している。最後の一押しをしてやりたくて、篤志は彼の背中をドンと叩いた。

「田淵、勝負所は?」

「権太坂《ごんたざか》の登りです」

「後続が追いついてきたら?」

「登りの一番苦しいところであえて勝負してちぎります」

「よーし、行ってこい」

田淵を中継点に押し出す。口元にこびりついていた緊張は消え去っていた。

「新倉さん」

振り返った田淵が、懸命にこちらに向かってくる久連松を見やった。

「自分は大丈夫ですので、久連松さんをよろしく頼みます」

「ああ、任されたよ」

田淵の隣に要大の二区の選手が並ぶ。自分の頰を叩き、その場で屈伸をして、田淵は久連松の名前を呼んだ。

久連松が中継所に駆け込んでくる。歯を食いしばって、顎《あご》も上がって、決して美しいフォームではなかった。それでも桜色のタスキに手をやって、周囲に見せつけるように天に向かって拳《こぶし》を突き上げた。

一位の到着に群衆がぐわっと沸いて、その振動が篤志の土踏まずに響いてきた。くすぐられているようで、自然と強《こわ》ばっていた頬が緩んでしまう。

タスキをリレーする瞬間、久連松の体が左右に大きくふらついた。しかし彼はタスキをしっかりと受け渡し、体に残った力を振り絞るようにして田淵の背中を押した。

沿道で見守る観客がどよめくほどの力強さで、田淵はスタートした。握り締めた桜色のタスキに肩を通し、ハリマヤ足袋で地面を踏みしめ、跳ねるように中継所を飛び出していく。

そのまま倒れ込みそうになった久連松を担ぎ、篤志は沿道へと捌《は》けた。篤志より頭一つ分背の高い久連松の体は、ずっしりと重たい。

二位の要大がタスキを繋《つな》ぐ。鮮やかな赤いタスキが、尾を引くように篤志の目の前を通過していく。そこから三位の紫峰《しほう》大、四位の専究《せんきゅう》大まではそう離れていなかったが、五位以降の大学の選手はなかなか見えなかった。

久連松は肩で息をしながらコースを見つめ続けていた。好きなだけ箱根駅伝の一区を走った余韻に浸らせてやりたかったが、篤志は心苦しい気持ちで久連松の名前を呼んだ。

「久連松さん、急いだ方がいいですよ」

先ほどまで田淵が着ていた防寒着を渡すと、「おう、ありがとう」と独特の訛《なま》りで礼を言ってユニフォームの上に着込んだ。

「悪いのう、新倉」

人混みを掻き分け、鶴見駅を目指す。「付き添い役なんですから、当然ですよ」と答えたら、久連松は笑いながら「そうじゃない」と返してきた。

「一区、走りたかったやろう？」

「それはもう言わない約束じゃないですか。俺は明日の十区を走るんですから、久連松さんは気に病むことないですよ」

「でも、お前は去年も一区を走ったのに」

「久連松さんこそ、本当は山登りの五区を走りたかったでしょう？」

「それはよかばい。箱根を走れただけで満足、満足」

大柄な体格に反して、久連松は心配性で何事も気にしすぎる傾向がある。後輩にも分け隔てなくそうだ。

「いいんですよ。俺は来年も再来年《さ》もありますから」

久連松さんは、最後なんですから。

そう言いかけて、篤志は言葉を飲み込んだ。どれだけ何気ないふうに言おうとしても、できない気がした。

「ありがとう、新倉」

何度も何度も礼を言ってくる久連松にこそばゆい気分になって、足早に鶴見駅に向かった。予定通りの汽車に乗り、小田原《おだわら》へ行く。

混み合う車内では、熊本《くまもと》にある久連松の地元の話をした。山と田畑しかない小さな村で、野ウサギを追いかけて足を鍛えたのだという。大学に入学して二年、腐るほど聞いた話だった。

それでも、まるで初めて聞いたかのように篤志は驚き、感心し、「いつか行ってみたいですね」と言った。

田淵はしっかり先頭を走っているだろうか。とっくに選手達を追い抜いてしまった汽車の中で、ぼんやり考えた。きっと久連松も同じだろう。

日東大が箱根駅伝の際に定宿として代々利用している小伊勢屋《こいせや》は、小田原駅から歩いて十五分ほどのところにある。少し歩けば駿河湾《するがわん》が望める、穏やかな潮風の香りが心地いい宿だった。年末からチーム全員で泊まり込み、篤志は久連松と一緒に海沿いの道で連日トレーニングをした。

小伊勢屋に到着した頃には十一時を過ぎていた。駅伝はもう三区も中盤に入っているはずだ。日東大の三区を走る大沢《おおさわ》は、安定した走りが持ち味の男だ。調子が悪くても一定のタイムでレースをまとめるだけの力量があって、どんな区間でも安心して任せることができる。

「頑張ってますかね、大沢さん」

荷物をまとめながら、久連松は「大丈夫やろう」と何故《なぜ》か嬉しそうだった。自分が一位で繋いだタスキを、仲間がしっかり先頭で繋いでいることを、信じて疑っていない顔だった。

「そうですね。全区間一位で箱根まで行きますよ、きっと。明日も一位で繋ぎます。それで、俺が一位でゴールインします」

うん、うん、と頷きながら久連松は大きな鞄《かばん》の口を閉めた。数日前にほとんど荷造りは済んでいたから、あっという間だった。

「見られないのが残念やのう」

ふふっと笑って、久連松は立ち上がった。ふわりと畳の香りが舞い上がって、篤志は唐突に目頭が熱くなった。まだ早い、泣くのは今ではない。喉を鳴らして、部屋を出る久連松の後に続いた。

小伊勢屋の女将《おかみ》が、久連松に握り飯を持たせてくれた。代々、年末年始に日東大の選手を世話してくれている女将は、「お気をつけて」と久連松に深々と一礼して送り出した。負けないくらい深々と頭を下げて、篤志は久連松と一緒に小田原駅へ向かった。

今日、久連松は有楽町《ゆうらくちょう》から鶴見中継所までの20キロと少しを、1時間15分ほどで走った。篤志はもう少し早いタイムで走れるはずだ。

そんな二人だから、小田原駅までの道のりは短かった。早かった。

大阪《おおさか》行きの特急が停《と》まるホームには、日東大の校旗がはためいていた。篤志もよく知る久連松の学友達が大勢詰めかけ、久連松を見つけると、歓声と拍手で迎え入れた。

祝・入営——そんな旗が、いくつも振られている。先ほど鶴見中継所で観客が日の丸を振って選手達を応援していたように、ここでは久連松の召集を祝っている。

久連松が友人一人ひとりと言葉を交わし、握手をし、別れを惜しんでいる。篤志が知っている思い出話、知らない思い出話が飛び交うのを、少し離れたところにたたずんで眺めていた。

カシャという乾いたシャッター音がすぐ側《そば》でして、篤志は顔を上げる。そばかすの目立つ馬鈴薯《ばれいしょ》みたいな丸顔の男が、久連松に向かって古びたカメラを構えていた。カメラの側面に「関東学連」と書かれた紙が糊付《のりづ》けしてある。

「関東学連の……」

箱根駅伝を主催する関東学生陸上競技連盟は、学生の手で運営されている。この丸顔の学生も、何度か見かけた覚えがある。

なのに、名前がすぐに出てこなかった。それを察したのか、カメラを降ろした彼はすぐに「世良です」と名乗った。

「法志《ほうし》大学の世良貞勝といいます。普段は陸上部でやり投げをやってます。今日は先輩方の命で、第二十一回箱根駅伝の下っ端記録係です」

「駅伝はいいのか？　もう四区に入っただろ」

「これも今年の箱根の大事な記録ですよ」

歯をニィっと覗かせて笑い、世良は再びカメラを構える。一区を走り終え、地元へと旅立つ久連松を写真に収める。

「まさか、久連松さんに赤紙が届くとは、びっくりですね」

軋《きし》むようなシャッター音の合間、世良が呟く。篤志は何も言わず、深々と首を縦に振った。

「本当だよ。久連松さん、まだ二十四なのに」

久連松に召集令状が届いたのは、年末のことだった。

満二十歳になったら徴兵検査を受け、兵役義務を負う。男子として当たり前に課せられる義務を、学生は在学徴集延期という形で規定の年齢まで猶予される。大学の場合は二十七歳までだった。大学生でいる限り、二十七まで兵隊に取られることはない。

日華《にっか》事変が長引き、国家総動員法が公布される中、その特権は少しずつ狭まっていった。去年の三月には在学徴集延期期間が短縮され、大学生の年齢制限は二十四歳までになった。

久連松はまだ二十四歳だ。まだ、徴兵猶予に守られた年齢の彼に、召集令状が届いた。地元に戻り、期日までに入営せよという命令が下った。

入営日は一月十日。箱根駅伝は一月七日に往路、八日に復路がある。熊本までは丸一日かかるし、地元の村で家族との別れを済ませる必要があるし、入営祝いの行事もある。

久連松は登りが得意で、去年も箱根の五区を走った。大柄な体で重戦車のように山を登り、一位で往路のゴールを駆け抜ける姿は、惚《ほ》れ惚《ぼ》れするほど力強かった。

でも、五区を走ればゴールインは午後になってしまう。それではどうしたって入営日に間に合わない。往路が行われる一月七日の午後一番の特急に乗る必要があった。

なら、一区を走ればいい。そう打診したのは篤志だった。新倉に申し訳ないから、と繰り返す久連松を説得するのに三日かかった。

それでも、久連松に一区を譲ってよかった。彼を送り出す寸前になって、篤志は心からそう思った。

「新倉」

友人との別れはちゃんと済ませられたのだろうか、久連松が篤志の隣にやって来る。改めて「一区、ありがとうな」と礼を言われた。

だから、それはもう言わない約束でしょう。笑い飛ばしたかったのに、声にならなかった。

「……久連松さん、まだ徴兵が猶予される年齢なのに」

「もう二十四だからなあ。ぐだぐだ言わねえでさっさと来いってことなんだろう、きっと」

久連松に召集令状が来た納得のいく理由など、久連松本人にもわからなかった。篤志も堪らず兵役法を読み込んだが、やはりわからなかった。戦時などに必要に応じて徴集を猶予しない場合がある——去年の三月に追加されたそんな一文くらいしか、理由を見つけられなかった。

ただ、年齢制限に引っかかっていないのに兵隊に取られていった学生がいるという噂《うわさ》はちらほらと聞いていた。根も葉もない噂だと思っていた。まさか、それが自分の一番近しい先輩に来るとは想像もしていなかった。

部隊の人員が足りないとか、大陸での戦闘で大勢死者が出たとか、そんな理由で久連松の猶予は、最後の箱根の山登りは、取り上げられてしまったのだろうか。

「明日、よろしく頼んだぞ」

「もちろんですよ。必ず優勝してみせます」

「そうだな、箱根駅伝もどうなるかわからんから」

久連松の語尾が、はっきりと色褪《いろあ》せて沈む。篤志は無言で頷いた。数年前までジャズが流行《はや》り、アメリカやヨーロッパからやって来たビフテキやグラタンやアイスクリームを美味い美味いと楽しんでいたのに、今は鮮明に戦禍の足音が聞こえる。

スポーツにも、着実に忍び寄っていた。記録よりも鍛錬という雰囲気が出てきて、このまま徴兵猶予の期間が短縮され続けたら、駅伝どころではなくなるかもしれない。今日と明日、箱根を走る選手達はみんなそれを感じ取っている。

「最後に箱根を走れてよかった」

自分のために用意された「祝・入営」の旗を眺めながら、久連松はしみじみとした顔で呟いた。そのまま目頭を押さえた。「もう、駅伝を走ることもないな」と声を震わせた。「お前達と会うこともないな」と。

誰かが軍歌を歌い出した。久連松は姿勢を正し、それを聴いた。世良がその様子を写真に収める。あとで彼から写真をもらおう。久連松の実家にも、送ってやろう。

特急がホームにやって来た。ああ、いよいよだ。世話になった先輩ともお別れだ。きっと、一生の別れだ。

列車に乗り込んだ久連松は、大きな体をねじ込むようにして窓から身を乗り出し、ホームに集まった学友達に手を振った。

万歳で彼を見送った。久連松はしきりに「ありがとう」と繰り返したが、その声は万歳の声と列車の音に飲み込まれ、次第に聞こえなくなっていく。

特急が見えなくなった瞬間、篤志は踵《きびす》を返した。別れの余韻に浸る学生達の間を縫うようにして、ホームを離れる。

世良が「もう戻るんですか」と引っ付いてきた。彼も彼で、箱根駅伝の記録係として現場に戻らなければならないのだろう。

「ああ、俺には明日の最終走者の仕事が残ってるから」

「学連の下っ端として、健闘を願っております。写真も撮りますね」

「願う必要なんてない。俺が一位でゴールインする」

言い切って、篤志は駅を出た。世良が驚いた様子で目を瞠《みは》ったが、構わず走って小伊勢屋へ戻った。久連松とトレーニングをした海辺の道を少し走り、軽く汗を流した。駿河湾から吹きつける風は冷たかったが、いつの間にか自分の体温の方が勝っていた。

日東大は往路のすべての選手が順調に力を発揮し、二位に5分の差をつけて往路優勝した。

翌日の復路もそのリードを守り、九区の永井《ながい》は鶴見中継所に独走状態で駆け込んできた。昨日の朝、有楽町をスタートしたタスキを、篤志は無言で受け取った。

汗で湿った桜色のタスキは重かった。足が取られるかと思うほど、重かった。一区の久連松に始まり、ここにいたるまでのすべての選手の汗が染み込んでいる。

軽いわけがないのだ。タスキを肩にかけ篤志は走り出した。昨日と同じ歓声が、たくさんの日の丸のはためきが、父親に肩車をされた少年からの応援が、篤志の背中を押す。

リードは圧倒的で、篤志が多少の失敗をしても日東大の優勝は堅い。それでも、篤志は序盤から速いペースでレースを進めた。昨日久連松が走った六郷橋《ろくごうばし》、蒲田《かまた》を走った。鈴《すず》ヶ森《もり》のあたりで海が見えて、昨日久連松はこの景色を眺めたんだなとふと思った。

品川《しながわ》と田町《たまち》を通過しても、どこも苦しくなかった。普段ならこのあたりで内臓が悲鳴を上げる。心臓が引きちぎれそうになって、喉はひび割れて血が流れ出ているようで、足ががくんと重くなる。今日はそれがない。自分の一歩が猛烈に大きく感じて、瞬《まばた》きを一度する間に、何十メートルと前に進んでいた。

サイドカーで篤志に伴走する監督の郷野の激励も、沿道からの声援も、とても遠くに感じた。久連松の「明日、よろしく頼んだぞ」という声が、篤志のずっと近くにいた。

有楽町の統知《とうち》新聞社前は、鶴見中継所とは比べものにならないほどの観客が二重三重……それ以上の人垣を作り、渦を巻くように蠢いていた。観客という名の、一つの巨大な生き物だった。日東大の大応援団が大学名を連呼している。何十、何百という日の丸の小旗が振られている。

歯を食いしばった。苦しいからではなかった。ああ、久連松さんは実家に着いただろうか。そう思ったら、食いしばらずにいられなかった。

もう、彼が駅伝を走ることはない。彼と自分が会うこともない。大学入学直後から親しんだ先輩は、きっと近いうちに戦地のどこかで命を落とす。少し遅れるだろうが、篤志も同じ道を辿《たど》る。

タスキに手をやって、どん、どん、と胸を二度叩いた。左手を空に向かって突き上げたら、沿道の歓声が一際《ひときわ》大きくなった。歓声は地響きになって、堪《こら》えていた涙をあふれさせた。

昨日、鶴見中継所から久連松の姿が見えたとき。小田原駅で彼を見送ったとき。いや、もっと前。召集令状が来たと久連松に知らされたときからひたすらに堪えていた涙は、目尻《めじり》から大きな雫《しずく》になって遥か後方に飛んでいった。

拳を掲げたまま、篤志はゴールテープを切った。仰いだ空は随分と青く、不思議なほどに高かった。額縁に納めて誰かに贈ってやりたいくらい、見事な雲一つない青空だった。

空に向かって、篤志は短く吠《ほ》えた。

馬鹿野郎《ばか》、ふざけんな。万歳、万歳、久連松さん、万歳。誰への憤りなのかもわからないまま吠えた。勝利の雄叫《おたけ》びだと受け取った群衆は、さらに沸き立って最終走者である篤志を称えた。

昭和十五年、第二十一回箱根駅伝を、日東大学は優勝した。一区から十区まで一度も先頭を譲らなかった。往路復路の合計タイムは13時間12分20秒。二位と10分以上の大差をつけた圧倒的な勝利で、五度目の総合優勝を輝かしく飾った。

その年の秋、箱根駅伝中止の一報が各大学に舞い込んだ。

3　中止　昭和十五年十月

「何とかならんのか、何とか」

　カレーのかかったうどんを苛立《いらだ》たしげに掻き込んだ日東大陸上競技部の主将・有明《ありあけ》は、箸《はし》を持つ右手でテーブルを二度叩いた。近くのテーブルにいた客が驚いた様子でこちらを振り返る。頭の形、目、鼻、口、顎、肩、何から何まで角張った形をしている有明は、少しすごむだけで恐ろしく迫力がある。要するに、存在そのものが厳《いか》ついのだ。

「何とかならんのか！」

　吐き捨てて再びうどんを啜《すす》ろうとして、有明は我に返った様子で手を止める。食べ物は大事にゆっくり味わって食え、という陸上部監督の郷野の言葉を思い出したらしい。

「そんなことを俺達に言われましてもねえ……」

　新倉篤志は、向かいに座る副主将の永井に目配せをしてから、肩を落とした。丸々とした馬鈴薯を頬張り、顎を大きく縦に動かす。有明も永井も同じようにした。具が大きすぎて声が出せず、途端にテーブルが無言になる。

　陸上部の溜まり場であるこの天沼《あまぬま》軒のカレーは、具のニンジンと馬鈴薯が異様に大きく切られている。店主曰《いわ》く、「小さく切ったらお前達はぺろっと食べちまうだろ」ということらしい。

　本来なら天沼軒の名物はライスカレーなのだが、最近は節米運動の流れを汲《く》み、白米ではなくうどんにカレーをかけたカレーうどんを出すようになった。馬鈴薯ご飯カレーや卯《う》の花《はな》ご飯カレーを出した頃もあったが、どれもあまり評判がよくなかった。

「はふぉねがふぁいふぁんてふぇんしゅうにみがふぁいらん」

「有明の旦那《だんな》、食べてから話してください。何言ってるかわからないです」

慌てて馬鈴薯を飲み込んで、有明に伝える。大方、「箱根がないなんて練習に身が入らん」と言ったのだろう。

「箱根がないなんて練習に身が入らん。お前達だってそうだろう?」

「そりゃあそうですよ。秋から冬にかけての大目標だったんですから」

来年一月に開催予定だった第二十二回箱根駅伝の開催を中止する。関東学連からそんなお達しがあったのは、今日の昼間のことだった。神田《かんだ》の三崎町《みさきちょう》にある大学で授業を受け、阿佐ヶ谷《あさがや》の陸上部の合宿所に戻ってきてから篤志はそれを知った。

開催まで三ヶ月を切ったこの時期の中止に、陸上部の部室は静まりかえった。外を飛ぶ赤トンボの羽ばたきが聞こえそうなほどに、誰も何も言わなかった。陸上部監督の郷野は今日の練習を早めに切り上げ、有明は副主将の永井、次期主将である篤志を天沼軒に連れてきた。

「今日の練習を監督が早めに切り上げたのだって、誰も彼も呆然としていて練習にならなかったからでしょうし」

「恐らくは郷野監督本人もな」

有明の言葉に、永井がうんうんと頷く。練習に身が入ってないなんて郷野が激怒するに決まっているのに、今日は叱責《しっせき》されることすらなかった。

「しかし、何とかならんもんか、何とかよう」

有明がテーブルを見回す。篤志はもちろん、永井も無言でうどんを啜った。できる限り大きな具を選んでかぶりつき、有明の問いを宙に浮かす。

春から夏にかけては日本学生陸上競技対校選手権大会、通称・日本インターカレッジに向けてトレーニングし、秋から冬は駅伝。一月の箱根駅伝に向けて練習を積む。長距離走に励む学生の一年間は、意外と単純な作りをしている。

単純だからこそ、秋から冬の大目標がなくなる衝撃は大きい。

桜を横目に走り込んでいるときも、蟬《せみ》の声を聞きながら汗を流しているときも、視線の先には箱根駅伝がある。秋には色づく銀杏《いちょう》並木の下を駆け抜け、冬は寒々とした空気を自分の息で真っ白に染めて、いよいよ箱根駅伝だと意気込む。

それがない秋の過ごし方を、冬の過ごし方を、正月の過ごし方を、篤志は知らない。

「関東学連が中止と決めたんですから、俺達にはどうしようもないんじゃないですか」

一番に口が空になってしまったから、仕方なく篤志は口を開いた。「オリンピックですら返上したんですからね」と。

本来だったら今年の夏に開催されるはずだった東京オリンピックは、支那との事変を理由に二年前に開催返上された。

「新倉、何を諦《あきら》めきってるんだ。久連松さんが徴集されてからお前はずっとそうだな。何でもかんでも諦め悟った顔しやがって」

「そんなつもりはないんですけど」

ただ、箱根駅伝中止の一報を聞いたとき、やっぱりと思った。「箱根駅伝もどうなるかわからんから」という久連松の言葉を思い出した。

真綿で首を絞められているようだった。徴兵猶予の年齢制限が引き下げられ、学生に召集令状が届き、箱根駅伝は中止になった。自分達の手から陸上が取り上げられようとしているのがわかる。じわじわと息の根を止められる気分だ。

来年の三月には卒業してしまう有明にとって、第二十二回大会は最後の箱根路《はこねじ》だ。中止の憤りは、篤志よりずっと大きいはずだ。

「有明、後輩に八つ当たりするなよ」

言葉少なだった永井が有明の肩を叩いた。「新倉に当たっても駅伝は開催されんぞ」と、丸眼鏡《まるめがね》の分厚いレンズを白光りさせる。猪突《ちょとつ》猛進気味な有明を、副主将である永井が冷静に諫《いさ》める。今年一月の箱根駅伝以降、日東大陸上競技部はこうやって回ってきた。

「新倉の言う通り、関東学連が決めたなら、俺達にはどうにもできないだろ。箱根駅伝の主催は関東学連で、俺達じゃない」

「ならばいっそ、関東学連に乗り込んで中止の理由とやらを胸ぐら引っ摑《つか》んで」

有明のやや暴力的な作戦を遮《さえぎ》ったのは、天沼軒の戸が開くガタガタとした音だった。篤志が大学に入学した頃からずっと、あの戸はああなのだ。

「あ、本当にここにいた」

そう言って現れた詰め襟姿の学生は、天沼軒のカレーの馬鈴薯みたいな丸顔で、頰にそばかすが散っていた。

「関東学連の世良貞勝」

思わず世良を指さした。会うのは箱根駅伝以来だが、世良は「お久しぶりです！」とにこやかに挨拶《あいさつ》してくる。ここまで彼を案内したのだろうか、今年陸上部に入ったばかりの類家という新入生が、店の入り口で篤志達に一礼して、すぐに去っていく。

「関東学連の世良です。箱根駅伝中止の件、皆さん到底納得がいかないと思い、ご説明に馳《は》せ参じました」

「おおっ、ちょうどよかった。これから学連の本部を襲撃しようって話して――」

有明の口を塞《ふさ》ぐように、永井が隣の空きテーブルから丸椅子《まるいす》を持ってくる。世良は「襲撃は勘弁してください」と笑って椅子に腰掛けた。

「あれ、いつも見ない人がいる」

戸の開く音を聞きつけて、店の奥から軽快に下駄を鳴らして天沼美代子《みよこ》が現れた。昼間は鷺宮《さぎのみや》の女学校に通っているのだが、夕方になるとこうして両親が営む店を手伝いに来る。昭和元年生まれだから今年で十五になるはずなのだが、背がすらりと高く切れ長の目は妙に大人びていて、篤志はつい最近までもう二、三歳年上に見ていた。

「関東学連の世良といいます」

世良が挨拶するが、関東学連という単語にピンとこなかったのか、美代子は「はあ」と首を傾げるだけだった。

「何か食べるなら、そこの棚から取ってください。ライスカレーは、ご飯じゃなくてうどんにカレーをかけます」

美代子がカウンター横のガラス扉のついた棚を指さす。焼き魚にカボチャの煮物、青菜のおひたし、肉じゃがが小さな皿に盛られて並んでいる。棚の横には「ライスカレー　十銭」と貼《は》り紙がしてあるが、「ライス」の部分に朱色の墨で×が書かれ「うどん」となっている。

「大層美味そうで心引かれますが、困ったことに金がありません」

へへっと大袈裟《おおげさ》な仕草で後頭部を掻いた世良に、美代子が「お金がないなら仕方がない」と水だけを出してやった。

「さて、日東大陸上部の皆さま、来年予定されていた第二十二回箱根駅伝なのですが」

グラスを手に丸椅子に腰掛けた世良に、有明が「おう、説明してもらおうか」と身を乗り出す。

「箱根は、なんで中止なんだ」

そう言ったのは有明だけだったが、永井も、もちろん篤志も、同じ気持ちだった。

「一番の理由は、国道一号の使用許可が下りなかったことです」

ごくりと水を飲み下し、世良は言った。箱根駅伝は有楽町の統知新聞社前をスタートし、日比谷《ひびや》通りを抜けて国道一号に入る。旧東海道を箱根に向かってえっちらおっちら走っていく。国道一号が使えないとなると、箱根駅伝の主要コースは全滅だ。

「どうして」

思わず声に出した篤志に、世良は「日華事変ですよ」と肩を落とす。三年前に勃発《ぼっぱつ》した中華民国との戦闘は、未《いま》だに終わる気配がない。終わるどころか戦線は大陸各地に広がっているとか。

「泥沼らしいじゃないですか。神戸《こうべ》港やら門司《もじ》港から大陸に向けてひっきりなしに船が出てるらしいですよ。国道一号は軍需物資を運ぶための軍用貨物自動車が行き交ってるわけです」

「駅伝のためにその大事な道路を封鎖するわけにはいかない、と」

「これまでなら警察から道路使用許可が下りればよかった話ですが、そこに軍部が介入してきまして。そうなると関東学連としては手の出しようがないです」

とぼけたような言い回しに有明が眉《まゆ》を寄せたが、何も言わず不満げに鼻を鳴らすだけだった。

日華事変は確かに長引いていた。盧溝橋《ろこうきょう》で日本軍と支那軍が軍事衝突したというニュースを最初に聞いたとき、篤志だってこう何年も続く戦闘になるとは思っていなかったのだから。今年に入ってアメリカが圧力をかけてきて、日米の溝は日に日に深まっているなんて話も聞く。

「あと、沿道に観客を集めて空襲があったら被害が大きくなるとか何とか」

「空襲？」

どこが？　と有明が声を大きくする。「そりゃあ、国道一号が、だろう」と永井が答えたが、丸眼鏡の奥で目が泳いでいる。

「日本が空襲される？　支那に？　もうちょっとまともな理由を作れんのか。子供騙《だま》しじゃあるまいし」

国道一号を封鎖されたら堪らないというのはわかる。しかし、空襲の危険があるからというのは……それで学生が「なるほど確かに」と納得すると本当に考えたのだろうか。日本が空襲されるなんて。

「ええ、有明さんのご意見はごもっともです。我々も最初に中止理由を聞かされたときは驚きました。しかし、これは軍部からの命令です」

あと——眉間《みけん》に皺を寄せて、世良はコップの水をぐいと飲み干す。その視線が有明の手元のカレーうどんに移った。

「軍部とは別に、箱根駅伝の主催である統知新聞から……そのう、経営難で費用を出せないと、言われてしまいまして。関東学連としてもお手上げ状態なんです」

軍部を説得すればどうにかなるのかと思いきや、そもそも金の問題があったか。「情けない」と有明が溜め息をつく。これには永井も何も言わなかった。

軍部からの中止令に、金欠。中止になるべくしてなったんだな。頭では納得しているのに、腹の底で猛烈に憤っている自分に篤志は気づいた。丼《どんぶり》に残ったカレーを勢いよく完食すると、客がいなくなったテーブルを台拭《だいふ》きでせっせと拭いていた美代子に「新倉さん、もっと味わって食べてくださいな」と苦笑された。

その様をじーっと見ていた世良が、「ああ、腹減ったぁ」とテーブルに突っ伏した。もっと早く言ってくれれば、一口くらいやったのに。


天沼軒を出る頃には外は薄暗くなっていた。前を行く有明と永井は、打開策など誰も持っていないのに、だらだらと「どうにかならないのか？」という話を続けている。阿佐ヶ谷の駅まで行くという世良と並んで、篤志は無言のまま両腕を組んだ。

夕刻と夜のあわいで、空の一部が桃色だった。橙《だいだい》色と濃紺の境界線を作るように、桃色の筋ができている。日東大のタスキみたいに。

「世良、久連松さんのことを覚えてるか」

「もちろんですよ。お元気にされてるでしょうか」

どうだろうな。嘆きのような祈りのような言葉は、擦《かす》れてほとんど声にならなかった。

もう会うこともないと泣きながら出征していった久連松は、それでも「最後に箱根を走れてよかった」と言った。大学生活に何も思い残すことなく、篤志の前から去っていった。

前を歩く有明と永井は、来年の三月には大学を卒業する。二人とも、そのまま徴兵されていくだろう。有明が再三「何とかならんのか」と言う理由も、永井がそれを諫めながら内心ではきっと同じ気持ちなのも、理解していた。

戦争に行く前に、最後に駅伝を走りたい、と。

「なあ世良よ、箱根駅伝の中止は今回だけのことだと思うか？」

篤志の問いに、世良は答えなかった。眉と眉の間に細く細く皺を寄せ、有明と永井の背中を睨みつけている。

「いえ、少なくとも、日華事変が終わらないことには、再開の目処《めど》は立たないかと」

「だろうな。俺もそう思う」

もしかしたら俺も、箱根駅伝を走ることができないまま戦争に行くのだろうか。考えたら、不思議なほど強く肩が強ばった。無意識に拳を握り締めてしまった。一部始終を、世良が見ていた。

「駅伝、やりたいですよね」

世良が呟く。有明が勢いよく振り返り「当然だ！」と叫んだ。永井はもう彼を諫めなかった。

「じゃなきゃなあ、日東大だけじゃない、全部の大学の選手が、みんな徴兵される。駅伝なんて二度とできなくなるぞ」

「ですよね。有明さんのおっしゃる通りです」

世良が有明と永井の顔を交互に見る。最後に、篤志の顔を覗き込む。馬鈴薯みたいな丸顔は、酷く真剣に篤志を見据えていた。法志大学でやり投げをやっていると話していたが、大会で槍を構えるとき、きっと世良はこの顔をするのだろう。

「すみません。すっかり、箱根駅伝の中止はもう揺るがないものと僕も思い込んでいました。でも、まだ方法はあるような気がします。それを検討もせずにのこのこ馳せ参じてしまい、申し訳ございませんでした」

勢いよく篤志達に向かって頭を下げた世良は、すぐさま「また連絡します！」と走り出した。投擲《とうてき》選手らしい、足の裏で地面を摑むような力強いフォームで薄暗い道を駆け抜け……あっという間に見えなくなってしまう。

「方法、って……」

軍部が「やるな」と言った。その上、金もない。ここからどうやって箱根駅伝をやるというのか。世良を呆然と見送った有明と永井の顔にも、篤志と同じ疑問が書いてあった。

＊

関東学連の本部は神田の錦町《にしきちょう》にあった。篤志の通う日東大経済学部の校舎からも近い。箱根駅伝やインターカレッジで毎度世話になる関東学連だが、本部に来るのは初めてのことだ。

雑居ビルの階段を上がっていく有明と永井は慣れた様子だった。「関東学生陸上競技連盟」という古びた看板が下がっているドアを開けると、陸上部の部室と同じ匂《にお》いがした。汗と埃《ほこり》と、人間の皮脂がこびりついた匂いだ。

そう広くない部屋を木製の本棚が取り囲んでいる。過去の大会の記録が収められているのか、紐《ひも》綴《と》じされた書類や書類入れが雑多に並ぶ。それらに見下ろされるようにして、見知った顔が椅子に腰掛けていた。

一月の箱根駅伝で首位争いをした要大に、紫峰大、専究大、早田《はやた》大、東哲《とうてつ》大、法志大の幹部達が揃う中、有明が一人ひとりに挨拶をして席に着く。五分もしないうちに、日本農業《にほんのうぎょう》大、立聖《りっせい》大、紅陵《こうりょう》大の面々も現れ、見事に箱根駅伝出場校が顔を揃えた。

狭い室内は人でいっぱいになり、椅子も足りなくなって篤志は日農《にちのう》大の主将に椅子を譲った。自分と同じように陸上部の次期幹部として連れてこられたらしい学生と一緒に、窓際で立っていることにする。

学生が二十人近く集まるむさ苦しい空気の中、話題はただひたすら、箱根駅伝中止についてだった。なんとか開催できないのか。国道一号を貨物自動車が走ってるならどうしようもない。補給の不足は戦況を左右する、駅伝で輸送を停滞させるわけにはいかない。陸軍が箱根の山で戦車の上り下りの実験をしてるらしいぞ……それぞれの大学でも散々文句を言い合っただろうに、こうして関係者が集まると余計に盛り上がってしまう。

「各大学の幹部の皆さん、お集まりいただき恐縮です」

がやがやとした雰囲気を払うように声を上げたのは、関東学連の世良だった。白く汚れた黒板を背に、学生服姿の世良は周囲を見回す。天沼軒で会ったときより、学生服の黒い布地が幾分かくたびれて見えた。

目元には、青黒い隈《くま》まである。

「本日お集まりいただいた理由は他でもありません。来年の箱根駅伝の開催についてです」

蜂《はち》の巣を突《つつ》いたように騒がしくなるかと思いきや、本部に集まった学生達は静かだった。ある者は腕を組み、ある者は身を乗り出し、険しい顔で世良を睨みつけている。

「一方的な開催中止の通知を出してから二週間、改めて関東学連として、箱根駅伝開催の道を探しました。その上で、やはり来年一月の開催は難しいと判断しました」

世良の言葉に、真っ先に有明が「そんなことでみんなを呼び集めたのか」と声を上げた。それが呼び水になって、四方から「そうだそうだ！」「結局中止なのかよ！」と憤りや嘆きが飛び交う。

「おい世良、見てみろ。今年の箱根の出場校の主将が雁首《がんくび》揃えてる。『やっぱり中止です』って話を聞くために集まったわけじゃないぞ」

そう訴えるのが、箱根優勝校の主将である自分の役目だとばかりに、有明は椅子から立ち上がって世良を睨んだ。床板を伝って、その圧が篤志の足下にまで響いてくる。

「ええ、もちろん、承知しています」

一音一音嚙《か》み締め、世良は言った。もう一度、舐《な》めるように集まった学生達を見回す。変に芝居がかっていて、腹の底が見えない。

「手を尽くしましたが、箱根駅伝の開催は困難です。そこで我々は、代替大会の開催を検討しています」

世良の横に控えた関東学連の幹事達が表情を引き締めたのがわかった。世良ほどではないが、誰も彼も目元に疲労が滲《にじ》んでいた。

「……代替大会？」

静まりかえった中、篤志は呟いた。世良がこちらを見る。大勢の学生達を挟んで対峙《たいじ》する形になった篤志に向かって、彼は深く深く頷いた。

「箱根駅伝に代わる駅伝の大会を、来年一月に開催するのです」

「場所は」

次期主将である自分が出張るべきではないとわかっているのに、誰よりも先に聞いてしまう。大勢の険しい顔が、一斉にこちらを向く。

「一体、どこを走る」

「神宮外苑《じんぐうがいえん》から、青梅《おうめ》に向かって」

世良が黒板に向かい、チョークを手に取る。

「神宮プールをスタートして、代々木《よよぎ》から新宿《しんじゅく》へ。甲州《こうしゅう》街道を西に進み、東京水道道路を伝って吉祥寺《きちじょうじ》へ。立川、拝島《はいじま》、福生《ふっさ》を通過して青梅へ。往路は四区間。青梅から神宮プールを目指す復路も四区間。全八区間、約110キロを一日で駆け抜ける駅伝です」

話しながら、世良が黒板に叩きつけるようにこの大会の名前を書いた。白い小さなチョークの破片が、世良の手元を舞う。

一同へ向き直った世良は、朗々とその名を読み上げた。

「東京青梅間大学専門学校鍛錬継走大会――略して青梅駅伝と、我々は名付けました」

酷くいかめしい名称に、再び本部は静まりかえる。集まった誰もが、世良が書いた大会の名前を黙読し、反芻《はんすう》している。

「皆さんご存じの通り、青梅は駅伝と馴染みがあります。毎年青梅で合宿をしている大学も多いし、青梅には奥多摩《おくたま》渓谷駅伝競走大会という駅伝の大会が古くからあります。国道一号の使用許可を軍部に取り付けるよりずっと、好意的に話を聞いてもらえるだろうと踏みました」

「しかしだね」

世良の話を手探りに遮ったのは、早田大の主将・石津《いしづ》だった。部屋の隅で椅子に腰掛け、先程からただ一人、声を上げることなく状況を見守っていた。今年一月の箱根では、篤志と同じ十区を走った。目と顎が細い見事なキツネ顔の男だ。長距離選手らしい細身の体だが、膨ら脛《ふくはぎ》がしっかり逞《たくま》しいのが学生服を着ていてもわかる。

「本来なら、我々は兵隊に行くべき年齢だ。学生の特権として猶予が与えられているに過ぎない。我々よりも年下の男子が、今この瞬間も、大陸の戦地にいる。日華事変が長引く中で、特権を見せびらかすように駅伝を走るのは本当に正しいのか。それは軍の精神に反しやしないか」

自分に視線が集まるのに気づいたのか、石津は「君達だって毎日見ているだろう」と、キツネ目をさらに険しく細くした。その口振りは淡々としていた。

「街中《まちじゅう》に『贅沢《ぜいたく》は敵だ』と看板が立ってる。酔っ払いに突然『大学でサボってないでさっさと戦争に行け』と絡まれたことはないか？　俺はあるぞ」

酔っ払いに絡まれたことはないが、石津の言いたいことはわからなくもなかった。大陸での戦闘が長引くのに合わせ、多くの人が腹の底で理解し始めた。日華事変とはつまり、戦争と呼称こそされていないが、戦争なのだ。戦争という存在がじわじわと〈日常〉の顔をして自分達の生活に忍び寄っていると、篤志だって感じ取っている。

「贅沢は敵だ」と書かれた看板をいたるところで見るようになったし、代用食としての外米《がいまい》や、手間の掛かる節米料理なんてものが推奨されるようになった。泥沼化した戦争を終わらせるために、すべての国民に努力義務が課せられた。戦争は兵隊だけの仕事ではなくなった。国のすべてを戦争に動員する——国家総動員とは、よく言ったものだ。

そんな中で駅伝を走ることに、後ろめたさや罪悪感がないといえば、嘘《うそ》になる。それはきっと篤志だけではなく、ここに集まったすべての学生が、大なり小なり同じものを抱えているはずだ。

「石津、お前は駅伝が走れなくても仕方がないと思ってるのか」

有明の問いに、石津は「ああ、仕方がない」とさらりと頷いた。

しかし、数拍置いて「残念だし無念だが、仕方がない」と言い直す。唇を真一文字に結んで、それまで淡々と事実を述べていた顔が、苦渋に歪《ゆが》む。ツンと澄ましたキツネ顔が、初めて人間臭く幼いものに変わる。

「石津さんのおっしゃることはごもっともです」

大仰に咳払《せきばら》いをした世良が切り出す。

「でも、皆さんはこうも思っているのではないでしょうか。『それでも、駅伝を走りたい』と」

石津が静かに顔を上げる。他の学生達もそれに続いた。舐めるように一同を見回した世良は、最後に窓辺にいた篤志を見た。瞬《まばた》き一つせずこちらを見つめる世良が、自分の後ろに久連松の姿を思い描いているのがわかった。わかってしまって、喉が震えた。

「同じようなことを、この二週間、関東学連の中でも議論しました。その中で僕はこのように考えました。駅伝を、贅沢品にしなければいいのだと」

世良が黒板に書かれた「東京青梅間大学専門学校鍛錬継走大会」を指さす。その中の「鍛錬」の二文字を。

「これは、鍛錬のための大会です。近い将来に出征する屈強な男子が鍛錬をするための行事です。長距離を走る駅伝は、兵士として必要な基礎体力を養うものです。精神力や大和魂《やまとだましい》を培《つちか》うものです。学生としての特権に浸ってスポーツを楽しんでいるのではなく、来るべき日に備えて鍛練を積む——それが、青梅駅伝です」

世良の声は、表情は、大真面目《おおまじめ》だった。大真面目なのに、すべてが方便で、建前で、本音など欠片も潜んでいないということがわかる。

「そして、この大会は必勝祈願のための大会でもあります。各区間の中継地点はすべて神社。二区と三区のタスキリレーを行うのは、家康《いえやす》や頼朝《よりとも》も信仰した大國魂《おおくにたま》神社です。大陸で戦う兵隊さん方のため、若人《わこうど》が神社と神社をタスキで繋ぎ、勝利を祈願するのです」

鍛錬で、必勝祈願？　世良は、同じことを関東学連の幹部達の前でしたのだろうか。この演説を引っ提げて、文部省や警察や軍部を説得するつもりなのだろうか。

込み上げてきた笑い声を、篤志は口に手をやって堪えた。馬鈴薯顔の目元にあんな隈を作って、こんな嘘っぱちの大義名分を作ったというのか。

「皆さんが本当に鍛錬として走るのか、必勝祈願として走るのかは、関東学連は問いません。ただ、皆さんがこの青梅駅伝の開催に賛成してくださるなら、我々は来年の一月に向けて全力で動きます」

——駅伝を、やりましょう。

世良の一言は、こちらの胃袋や心臓にまで深々と染み込んできた。勢いよく一礼した世良に、並び立っていた幹事達が続く。

「やろうじゃないか」

誰よりも先にそう言ったのは有明だった。勢いよく席を立った彼は、座っていた椅子を倒してしまった。椅子が床板を打つ甲高い音が響いたが、有明の声はそれよりずっと高らかで、力強かった。

「日東大は参加するぞ。箱根優勝校として、青梅駅伝の初優勝は我々がいただく」

永井が有明の椅子を直し、「うちの主将は毎度騒がしくてすいませんね」と苦笑する。表情は穏やかなのに、視線は鋭い。「うちは出ますけど、あなた方はどうします？」と、好戦的にライバル校を見回す。

「箱根では日東さんにいいようにやられましたからね。出ないわけにはいきませんよ」

そう言ったのは、今年の箱根で総合二位の紫峰大の主将だ。要大の主将も手を挙げ、「うちだって一区では先頭争いをしたんだ。駅伝の借りは駅伝で返したい」と参戦を表明した。

そこからは早かった。わざわざ本部にまで足を運んだ各大学の幹部は、次々と青梅駅伝への参加を了承した。

最後に残った早田大の石津に、有明が歩み寄る。彼が石津の胸ぐらを摑もうものなら永井と一緒に止めに入らねば、と篤志は身構えたが、彼は静かに石津の肩を叩いた。

「鍛錬に、必勝祈願だ。戦争のための駅伝だ」

やるぞ、青梅駅伝。どすん、と音が聞こえそうなくらい強く、有明は石津に呼びかける。

「箱根の第一回大会から参加してる早田大が出なくてどうする」

険しい顔で腕を組んでいた石津が、小さく肩を竦めた。キツネ目が、有明を睨みつける。

「やるか、青梅駅伝」

有明の投げかけた言葉を気持ちよく打ち返した石津に、自然と拍手が湧いた。世良に礼を言おうと思ったのに、彼は頬を強ばらせて「えー、盛り上がりのところ恐縮なのですが」と場を制した。

「金がない問題は、何一つ、解決できていないので、各大学から普段よりちょーっと多めの参加費をいただく形に、なります……」

詳しくは経理担当の者から！　と気弱そうな学生を前に押し出し、世良は黒板の陰に身を隠した。一瞬の間を置いて、本部はドッと沸いた。金の問題は確かに頭が痛いが、駅伝のない正月を迎えるよりはずっとマシ……そんな笑い声が、書類棚に囲まれた狭い部屋を包んだ。

篤志は一人、その輪に背を向けた。窓の外を眺めるふりをして、感極まってしまった自分の頰を必死に叩いた。おかしい。俺は、こんな涙もろい人間ではなかったはずなのに。

それでも、胸が躍っている。

駅伝が、できるんだ。

4　帰国　令和五年四月

ああ、やっと帰ってきた。成竹一進が一息つけたのは、成田《なりた》空港からの高速バスに乗り込んでからだった。ボストンを出発したのは午前七時だったが、日本は午後四時を回っている。モントリオールとトロントを経由した十九時間以上の空の旅も終わり、あとは稲城《いなぎ》にある陸上部の寮にさえ帰れば、この海外遠征は終わる。長い長い行程だった。

混み合うバスの中で一進は大欠伸《おおあくび》をした。隣では、神原八雲が黙々と古びた日記帳をめくっている。

トロントを飛び立って何時間たった頃だったか。機内食を綺麗に完食した彼が「暇で死んじゃいそう」とぼやくので、ボストンでピーター・グランドから預かった世良貞勝なる人物の日記を、試しに手渡した。

「えー、他に何かないんですか」

汚れた日記を指先で摘《つ》まみ上げた神原だったが、一進が「面白かったぞ」と勧めたら、渋々という顔で読み始めた。

以来、神原は世良貞勝の日記を読み続けている。成田空港の動く歩道に乗っているときですら、読んでいた。

出征前の箱根駅伝についての回顧録は、昭和十五年の第二十一回箱根駅伝から始まった。関東学連の記録係として大会の写真を撮って回った世良は、一区を走ってそのまま出征していった日東大の久連松という選手を小田原駅で見送ったという。

最後に箱根を走れてよかった。そう言って地元へ帰っていったその選手の姿が印象的で、どうか来年も箱根駅伝が無事開催されますようにと願った。

ところがその年の秋、箱根駅伝の中止が決まる。世良は関東学連の幹事として随分抵抗したらしいが、中止は覆《くつがえ》らなかった。泣く泣く各大学に頭を下げにいったところ、がっくりと肩を落とす選手達が一月に見送った久連松の姿と重なった。

なんとか箱根駅伝を開催できないか。どうしても無理なら、箱根でなくていいから駅伝ができないか。三日三晩寝ずに考えて、青梅で駅伝をすることを思いついたのだという。

昭和十六年一月十二日、東京青梅間大学専門学校鍛錬継走大会——青梅駅伝はスタートする。

「読み終わりました」

一進の回想を断ち切るように、神原が日記を返してくる。たいして興味のない漫画雑誌を読み終えたような、素っ気ない仕草だった。

「全部読んだのか」

「ええ、世良さんって人がフィリピンに行くところまで、全部」

「どうだった」

「なんでみんなこんなに駅伝が好きなんですかね」

ぐーっと伸びをして苦笑した神原に、一進は肩を落とした。

「それだけか」

「箱根、箱根って、出てくる人がみんな不気味なくらい箱根駅伝に執着してるんですもん」

ボストンのホテルでこの日記を読んだ自分は、夢中になって夜を明かしてしまったというのに。カーテンの隙間《すきま》から差し込む朝日が、涙で滲んで酷く眩《まぶ》しかったというのに。

「八十年近く前の話だからな。同じ大学生でも、今と価値観が全然違う」

「だからって『箱根を走って死にたい』なんて、どうして思うんですかね」

世良の日記を読んだらさすがの神原も何か感じるものがあるんじゃないかと期待したが、どうやら空振りだったらしい。

箱根駅伝を選手としての自分のクライマックスにしたい。何が何でも箱根駅伝を走りたい。そのためなら、自分の今後のキャリアを犠牲にしたっていい。そう思う選手は多い。箱根を通過点にできる選手はほんの一握りで、多くは箱根駅伝を最後に現役を退き、一般企業に就職する。

「神原にはわからんだろうが、みんな、それくらい箱根を走りたいんだよ、今も昔も」

言いながら、舌の根本にざらりとした嫌な感触がした。他人の想《おも》いをわかったような顔で神原を説得する道具にした罪悪感だと、すぐにわかった。

「わかんないですねー。箱根駅伝の何がそんなにいいんだろ」

「俺の祖父さんも、正月に俺が箱根駅伝を見てると『何が面白いんだ』って言いたげに渋い顔をする人だったから、いろんな人がいるのはわかるんだけどさ」

箱根を走って死にたい。そこまでの思いで駅伝を開催した八十年前の学生達に対し、同じ箱根ランナー、指導者として、敬意を払いたい。同時に、現代とは違った箱根駅伝という存在の重々しさに、少しおののいてもいる。

神原から返された日記を手に、一進はポケットからスマホを引っ張り出した。世良の素性《すじょう》はある程度わかっている。彼の母校である法志大、もしくは所属していた関東学連に問い合わせれば、OBとして彼の名前が残っているはずだ。そこから彼の家族には辿り着ける。

法志大にも関東学連にも知り合いはいる。どちらに連絡しようかしばらく迷って、一進はふと隣を見た。いつの間にか神原が口を半開きにして寝ていた。

＊

関東学連の本部は千駄ヶ谷《せんだがや》にある。世良の日記には神田の錦町に足繁《あししげ》く通っていた様子が書かれていたが、一体いつ頃移転したのだろう。何てことない四階建てのビルを見上げて、そんなことを一進は思った。

「ああ、成竹監督、お待ちしてました」

事務所のドアを開けると、ポニーテールの女子学生が奥からやって来た。「どうぞ、準備してあります」と応接ブースに案内される。

「悪いね、一ノ瀬《いちせ》さん。関東インカレ前で忙しいだろうに」

「いえいえ、本棚を探すだけですから」

この一ノ瀬という関東学連のスタッフは、日東大文理学部に通う学生だ。大の駅伝好きで、一年生の頃に「日東大二高出身の一ノ瀬です！　マネージャーをやりたいです！」と陸上部にやって来て、日東大はマネージャーも陸上経験とそれなりのタイムが求められると説明したら、がっくりと肩を落として帰っていった。

さすがに可哀想《かわいそう》になって、関東学連を紹介した。「箱根駅伝は学生の手で作られてるんだよ」と説明したら、彼女は「行ってみます」と頰を紅潮させた。今では関東学連で広報に携わっている。

「こちらです。戦時中の箱根駅伝の記録やら大会概要やら、諸々《もろもろ》一式」

応接ブースのテーブルには、年季の入った書類ファイル、関東学連や箱根駅伝の周年史、各大学の陸上部が節目節目に作った回顧録、古いスポーツ雑誌までが集められていた。

「うわ、こんなに集めてくれたの。申し訳ないな、俺の単なる興味のために」

「ちょうど百回大会に合わせて周年史を作ってるので、古い資料をスタッフみんなで整理してたんですよ。なので、いいタイミングでご連絡いただけました」

あ、お茶持ってきますね、と一ノ瀬が給湯室へ向かう。一進は古びた革張りのソファに腰掛け、目についた大判のファイルを手に取った。昭和の関東学連の役員名簿だ。

「今日は来客の予定もないので、ゆっくり見ていってください」

ペットボトルのお茶を一進の傍らに置き、一ノ瀬は自分のデスクに戻っていく。一進は遠慮なく資料の山を掘り進めることにした。

世良貞勝の名前はすぐに見つかった。昭和十四年から十八年にかけて、確かに関東学連に在籍している。所属大学は法志大学法学部。間違いなく、日記の彼だ。

第二十一回箱根駅伝の記録もあった。日東大の一区を久連松康平が走っている。日記に何度か登場した新倉篤志の名前もある。箱根駅伝中止の一報を受けて関東学連を襲撃しようとしたという日東大の主将・有明義夫《よしお》も、戦時下に箱根駅伝が中止になるのは仕方がないと言った早田大の石津清《きよ》正《まさ》も、いた。

日記の中の登場人物が確かに存在したことに、不思議な爽快《そうかい》感を一進は覚えた。世良の日記が史実を語っているのだと実感できた。

一ノ瀬が用意してくれた資料を漁《あさ》り、青梅駅伝に関する記述を探した。手が空いたという一ノ瀬も途中から参戦してくれた。

「成竹監督がメールでおっしゃってた青梅駅伝なんですけど、関東学連の中でもあまり資料が残ってないんですよ」

「え、そうなの？」

第一回から箱根駅伝に出場する早田大陸上部の周年史から顔を上げ、一進は首を傾げる。

「戦時中ですからねえ。青梅駅伝はかなりイレギュラーな形で開催されたみたいです。箱根駅伝の歴史的にも、青梅駅伝は正式な大会としてカウントしてないんですよ。それに、この頃の関東学連は今よりこう……学生サークル的な？　そういうノリの組織だったようで。今と違って、記録や資料をいちいち残すことを徹底してたわけでもないみたいで」

「どうりで、ネットで調べても全然出てこないわけだよ」

「でも、第一回青梅駅伝のレース動向については、黒田圭助《くろだけいすけ》さんの『箱根駅伝史抄』と『箱根駅伝小史』という古い本に詳しく書かれてますよ。コピー、用意しておきました」

ふふっと胸を張った一ノ瀬を、一進は「うわあ、助かるぅ」と拝んだ。彼女を特例でマネージャーにしておけばよかったと、コピー用紙を受け取りながらつくづく思った。俺の仕事が幾分か楽になったかもしれないのに。

『箱根駅伝史抄』も『箱根駅伝小史』も、確かに古い本だった。何せ手書きの紙を綴じた本なのだ。

「詳しく書かれてますよ」と一ノ瀬は言うが、青梅駅伝の記述自体はそう多くない。

一進の思っていることを察したのか、一ノ瀬は「それが精一杯の詳しい記述ですよ」とつけ足す。

「なるほど」

心して、読み進めた。一文字一文字、丁寧に刻みつけるように記された、第一回青梅駅伝を。

昭和十六年一月十二日。スタート地点である明治神宮外苑水泳場前に集まったのは、十三校。日東大の一区は副主将・永井光一《こういち》が務めた。前年の箱根優勝校として、永井はスタートから飛び出した。しかし、第一回から箱根駅伝に参加する紫峰大と慶安《けいあん》大が永井に食らいつき、そこに専究大、立聖大、東哲大、早田大も混ざって大きな集団になったという。

関東学連の世良は、日記の中でこのことを「駅伝が本当に開催できたという喜びに、みんなが浮かれているように見えた」と語っていた。

世良の日記には、青梅駅伝を中継地点や道中で見守った関東学連の幹事達の声も添えられている。テレビ中継もラジオ中継もネット配信もある今と違って、当時はレースの動向を詳しく知ることもできないまま、自分の持ち場ではらはらと駅伝の行く末を案じていたのだろう。

一区は神宮外苑から新宿方面へ向かい、甲州街道を吉祥寺まで走る。当時の道路環境がどうなっていたか一進にはぼんやりとしか想像できないが、多くの選手がマラソン用の足袋を履いてその道を駆け抜けたと世良は日記に残している。どの選手の足袋も土で汚れていたが、目の前を走り抜ける集団の足下は白く眩しかった――スタートを見守った世良は、そんな詩的なことを思っていた。

一区の先頭集団は、新宿の手前で紫峰大が飛び出し、立聖大と専究大がそれを追いかけた。日東大の永井はどうやら遅れを取ったようだ。しかし、後退してくる選手を一人二人と捕まえ、笹塚《ささづか》に入る頃には先頭に躍り出たという。

そこからは日東大が強かった。箱根駅伝を五度も優勝しているだけはある。吉祥寺駅にほど近い神社でタスキリレーをし、二区は甲州街道を調布《ちょうふ》、府中《ふちゅう》へ。武蔵《むさし》国の守り神である大國魂神社でタスキリレーする。

三区はそこから国立、立川を経由して青梅電鉄に沿って拝島、福生へ。立川の時点で日東大は二位と1キロの差をつけていた。羨ましい。そんな独走を監督として経験してみたい。紫峰大はここで巻き返すべく、新鋭の有力選手を登録変更で投入したようだが、日東大との差は縮まらなかった。

四区は駅伝の名前にもなった青梅町に入り、住吉《すみよし》神社前を通過、熊野《くまの》神社で往路のゴールを向かえる。

　熊野神社の鳥居の下で選手を待ち構えていた関東学連のメンバーの一人は、初めてのコースで無事駅伝が成立するか戦々恐々としていたと世良が記している。道の先に日東大の桜色のタスキが見えたとき、なんとか往路は形になったと胸を撫《な》で下ろしたという。

　熊野神社を折り返した日東大は、再び神宮外苑に向かって走り出す。日東大は先頭を独走し、一区から五区まで見事に区間賞を取っていく。六区を走ったのは佐々川《ささがわ》という選手で、調子が出なかったのか相手が強かったのか、専究大に区間賞を奪われた。

　七区のランナーは主将の有明義夫。佐々川の悔しさを晴らすようなストライドの大きい力強い走りで、桜色のタスキを最終走者の新倉篤志に繋ぐ。

「強いですねえ、この頃の日東大」

　我慢しきれなかったのか、別の資料に目を通しながら一ノ瀬が苦笑する。頭の中はすっかり青梅駅伝のゴール目前だった一進は、反応が遅れた。

「羨ましいくらいに強いな」

「どうやれば倒せるんだろうってくらい強かった頃の青和《せいわ》学院や藤澤《ふじさわ》大くらい強いですね」

「ああ、一ノ瀬はそのへんを思い浮かべる？　俺は箱根の五区で6分差を何食わぬ顔でひっくり返して優勝してた頃の東哲大を思い出したよ」

「成竹監督、ちょうどその頃に現役でしたもんね」

　そう考えると、日東大の黄金時代は戦時中だったのかもしれない。戦後は箱根の常連校だったとはいえ、優勝からは長らく遠ざかっているのだから。

5　青梅駅伝　昭和十六年一月

危なげない足取りだった。道の先に有明の姿と桜色のタスキが見えて、新倉篤志は小さく深呼吸した。

吉祥寺駅のガード下のほど近くにある神社が、七区と八区の中継地点だった。有明の走りは力強い。大きなストライドで肩で風を切って走るのが有明の持ち味なのだ。

ガード下をくぐった有明に、色濃い影が差す。有明はそこでタスキに手をやった。西日を頰に受けながら、有明は握り締めたタスキを高く掲げた。

中継地点に集まっていた見物客達が「おおっ」と沸く。箱根駅伝に比べたら観客の数は少なかった。午前中の往路で「どうやら学生が駅伝をやってるらしい」と知った周辺住民が、そろそろ復路の選手が来る頃かと沿道に集まりつつある。

「旦那！　有明の旦那ぁ！」

右手を挙げ、篤志は彼の名を呼んだ。有明が歯を食いしばったのがわかった。四角い顔が縦に割れるんじゃないかと思うくらい、強く強く。

差し出されたタスキを受け取ると、有明に背中を押された。太い指と、分厚い掌《てのひら》だった。体の底から最後の一絞りを捻《ひね》り出し、「うげぇ」と呻《うめ》きながら篤志の体を最終区へ押し出す。

「後ろは来ないぞ新倉ぁ！」

そう叫んだのは、一区を走り終えて篤志の付き添いに回っていた永井だった。右手を挙げてそれに応《こた》えた。

自分がとんでもない速さでスタートを切ったことに気づいたのは、数十メートル走ってタスキを肩にかけた頃だった。一区から七区、七人分の汗で濡れた桜色のタスキは、色が少しだけ濃くなっている。

スタート時からずっと選手達に伴走していたサイドカーが、ゆるゆると追いつく。運転は日東大OBが務め、サイドカーには監督の郷野が乗り込む。荷台では、補欠選手である類家が運転手にしがみついている。万が一選手が走行不能になったら、その区のスタート地点に戻って補欠選手が走るのだ。

「行くぞ新倉ぁ！　泣いても笑ってもお前が最後だ！」

郷野の野太い声が真横から飛ぶ。怒鳴らなくても聞こえてるのにと、篤志は苦笑いした。苦笑いするほどの心の余裕があることに安堵《あんど》する。荷台から類家が遠慮がちに「が、頑張れぇ……」と声援を送ってくる。

慣れ親しんだ箱根路とは違う、初めて走る青梅路だ。あまり飛ばしすぎるのはよくない。昨日の作戦会議で全選手がそれを共有したのに、一区の永井はそれをすっかり忘れたような速度で走り出した。駅伝だろうとトラック競技だろうと、冷静沈着で安定感のある走りが自慢の、我らが副主将・永井が、だ。それに後続の選手もついていって、第一回大会とは思えない高速の展開となった。

スタートでそれを見送った篤志は、急いで一区と二区の中継地点であり、八区のスタート地点である吉祥寺に移動した。

息も絶え絶えでタスキリレーをした永井は、吉祥寺で待ち構えていた篤志に対し「浮かれてしまった」と苦笑いした。遅れてやって来た紫峰大や慶安大の選手も同じようなことを言った。

彼らの気持ちを、スタートして1キロも走っていないのに心の底から理解した。一度中止を言い渡された駅伝だから、一度奪われたから、より愛《いと》おしくなった。失ったと思ったものが形を変えて戻ってきてくれて、俺は歓喜している。

「新倉、お前、頭は冷静か」

並走するサイドカーから郷野が聞いてくる。篤志は右手を挙げて応えた。ペースは速いが、頭は冴《さ》えている。まるで、一年前の箱根の十区のようだ。

一月の寒さなど気にならなかった。桑畑や針葉樹の群生を横目に、篤志はだだっぴろい水道道路を代田橋《だいたばし》に向かって走った。冷たい土煙が舞う中、ちらほらと声援を送ってくれる人がいた。日東大の学生らしき若者の姿もあった。

箱根駅伝とは景色がまるで違うが、ただひたすら真《ま》っ直《す》ぐな走りやすいコースだ。ぐねぐねと曲がり角のあるコースはいちいち減速しなければならないし、曲がるという行為は意外と足腰の負担になる。苦肉の策で開催した青梅駅伝だが、関東学連はコースの設定にかなり心を砕いてくれたのだろう。

代田橋駅の手前で甲州街道に入ると、応援の声がいくらか増えた。だが結局は郷野の声が一番大きい。それが箱根駅伝との大きな違いだった。

箱根は沿道からの歓声が大きく、日の丸が振られる鳥の羽ばたきのような音が絶え間なく聞こえる。甲州街道を東へ東へ進みながら、しつこく箱根のコースとの違いを探しながら走っている自分に気づいた。これが違う、あれが違う……違う、違う。箱根駅伝が中止になると知ったときはあんなに絶望して、代替大会が開催されるのを喜んだのに、走り出してみたらこうして「これは箱根駅伝ではない」と少し憤っている。

俺はこんなに現金で、自分勝手な人間だったんだな。自己嫌悪は浅い笑い声に変わった。冷たく乾いた空気に、喉の奥が痛む。前半から飛ばしたせいか、胸のあたりに鈍い疼《うず》きがある。

新宿駅が近づいてきた頃、右脇腹《わきばら》に刺すような痛みが走った。あまりに鋭くて、ははっと声を上げて笑ってしまった。

「腹か、腹壊したか？」

郷野が聞いてくる。笑いながら篤志は首を横に振って、スピードを上げた。

いい痛みだ。長い長い……電車やバスを使って移動した方が絶対に効率がいい距離を、人間が体一つで走る。タスキを肩にかけ、リレーを繰り返すたびに増していくタスキの重さに気圧《けお》されながら、走っている。一月のこんな寒い中を。正月明けの晴れ晴れしい空気の中を。

これは、駅伝を走っている人間だけが得られる痛みだ。

人通りの多い新宿駅前を抜け、甲州街道を右折して代々木方面へ出る。ゴールまではあっという間だった。前も後ろも誰もいない。圧倒的独走で終える駅伝ほど、気持ちのいいものはない。

永井がスタートした神宮プール前には大勢の人がいた。往路を走った選手達がみんな集まっている。脇腹をさすりながら現れた篤志に歓声を上げたのは、日東大の選手だけではなかった。

「よーしよしよし、新倉、優勝だ！」

野太い声が飛んでくる。有明がゴールテープのすぐ側で叫んでいた。篤志がスタート後、永井と共に急いで駆けつけたらしい。有明に至っては、ユニフォーム姿のままだ。

脇腹に添えていた右手を、篤志はそっと天に掲げた。人差し指を立てる。一位の一、日本一の一。冬風に揺れる真っ白なゴールテープを、そのまま切った。

「駅伝は途絶えんぞ！　途絶えないから、駅伝だ！」

有明が高らかにそう宣言して、篤志の肩を叩いた。日東大の選手達に揉《も》みくちゃにされながら、篤志は「そうですね」と頷いた。

最終走者だからと、一番に胴上げをしてもらった。宙を三度舞う最中、拍手を送る世良貞勝の姿を見つけた。

監督の郷野、主将の有明と順番に胴上げをした後、篤志は世良のもとに歩み寄った。去年の箱根では記録係だったが、今回の青梅駅伝は中心人物として大会を見守っていたらしい。

「優勝おめでとうございます。さすがの日東大でした。他大学は、どうすれば日東大を倒せるのかとしばらく頭を悩ませることになりそうですね」

来年も再来年も駅伝の大会を開催する心づもりらしい言い方に、篤志は思わず頬を緩ませた。

そのせいで、本音がぽろりとこぼれてしまった。

「でも、箱根駅伝とはやっぱり違うな」

午後に入り、東京の気温はぐっと下がっていた。風も強まった。なのに、篤志の声はそれに掻き消されることなく世良に届いた。

目元を強ばらせた世良に、言ってしまったものはしょうがない、と篤志は肩を落とす。

「青梅駅伝を開催してくれてありがとう。本当に、駅伝を走れてよかった。でも、同時に、箱根駅伝にしかない何かがあるんだってことにも、気づいた。きっと俺だけじゃない」

周囲を見回す。青梅駅伝に参加した各校の選手達が集まっている。走った区間も順位も記録も違う。だが、道中で同じことを思ったはずだ。

ここは箱根ではない。箱根駅伝との違いを噛み締めながら、駅伝を走れる喜びと、箱根駅伝を走れなかった悲しみと憤りを、これでもかと味わいながら、走った。

「ああ、勘違いしないでくれ。そんなに悪い気分ではないんだ。なんというか、晴れ晴れしいけれど、ちょっと苦いというか、痛いというか、そういう感覚なんだ。決して悪い気分ではない」

ははっと、レース中と同じ笑いが込み上げてきた。自分の胸の内がとても複雑な色をしていると、篤志自身わかっている。嬉しいと悲しい。希望と絶望。同じ量だけ混ざり合って、夏風に揺れる木漏れ日のようにころころと姿を変える。

でも、それを眩しく思うのも、輝かしいと思うのもまた、本当だった。

「青梅駅伝、やってくれてありがとう」

世良の両目が静かに見開かれ、何か言いたげに口を開く。しかし、言葉は再び響いた歓声に遮られた。

二位の紫峰大がゴールに駆け込んでくる。その後方から、なんと三つの大学が団子になってやって来た。

専究大の赤紫と緑のタスキ、要大の赤いタスキ、早田大の臙脂《えんじ》のタスキ、夕日の気配が滲む中、三本のタスキが抜きつ抜かれつのままゴールに駆け込んでくる。

最初に前に出たのは専究大だった。要大が追随し、早田大が後れを取る。早田大の最終走者は、石津だ。

「石津ぅ！　競り負けるな！」

真っ先に叫んだのは、何故か有明だった。それが利いたのかどうかわからないが、石津は最後の最後に要大を躱《かわ》し、四位でゴールしてその場に倒れ込んだ。慌てた後輩が駆け寄り、彼を担ぎ上げる。

「くそうっ！」

空に向かって叫んだ石津は、キツネ目を大きく見開き、胸を上下させた。後輩に引《ひ》き摺《ず》られながら、三度も「くそうっ！」と繰り返した。

けれど、何かを思い出したように目を細め、口元をほころばせ、後輩の頭をぐりぐりと撫でた。撫でながら「楽しかったなあ」と呟いた。

専究大、早田大、要大に続き、下位の大学も無事ゴールインしていく。東哲大、立聖大、慶安大、日農大、箱根駅伝参加経験のない横浜六角大《よこはまろっかく》と青和学院大も完走し、世良の通う法志大が十二位。十三位が紅陵大だった。最下位に終わった紅陵大だったが、選手達は悔しがるより先にタスキをゴールまで繋ぎきれたことを称え合った。

その様子を、世良が終始無言で眺めているのに、篤志は気づいた。

第二章　箱根駅伝への選択

1　真珠湾　昭和十六年十一月

新宿方面から中央線沿いにこちらに向かってくる新倉篤志の姿に、関東学連の世良貞勝は息を飲んだ。およそ一年前に見た光景とそっくり同じで、穏やかな夢を見ている気分になった。

でも、違う。

第一回青梅駅伝のゴールは、一月の冷たい風が吹く中だった。神宮外苑の森は葉が落ち寒々しい姿をしていて、その中を駆け抜ける日東大のタスキは、色鮮やかで美しかった。胴上げされる新倉の姿を眺めながら、青梅駅伝を開催できてよかったと心から思った。

その後、他ならぬ新倉から「箱根駅伝とはやっぱり違うな」と言われて、肝が冷えた。自分勝手な満足と感動の混ざり合った恥部の中心を、彼に指さされた気がした。

第一回青梅駅伝を走った多くの学生が、三月に大学を卒業し、徴兵されていった。新倉が慕って

いた有明義夫と永井光一も。ゴール直前で接戦を演じた早田大の石津清正も。

あれから一年もたっていないのに、随分とこの国は雰囲気が変わった。青梅駅伝が終わったのを見計らうように、新聞ではアメリカへの過激な論調が目立つようになった。軍部が学生の繰り上げ卒業を要請し、帝大の総長が猛反発をした。六月には独ソが開戦。日本はこの機会を逃さず東南アジアへと進出した。

石油の禁輸を始めとしたアメリカからの経済制裁が目に見えて感じられるようになったのは、いつからだったか。肉屋に肉が並ばない日があったり、八百屋に行っても碌《ろく》な野菜が手に入らなくなったりしたのは、一体何月のことだったろう。蚕から油を絞り、絞りカスでうどんを作る……なんて方法が世紀の大発見かのように新聞に書かれていたこともあった。

そんなひもじさのすべては米英のせいで、米英を叩《たた》けばこんな状況はすぐさま立ち直る。多くの人が、腹の底でそんなことを思っている。

箱根駅伝など、開催できるわけがなかった。学生は戦争にも行かず大学でサボっているとか、徴集延期のためにわざと卒業を遅らせている学生がいるとか、そんな非難が街を歩いていて直接飛んでくることもあった。

大学の繰り上げ卒業が決まったのは、十月だ。

三月に卒業予定の学生を対象に、前年の十二月に臨時の徴兵検査をして繰り上げ卒業させ、翌年二月に入隊させる。事態は切迫していた。同じ頃に軍人出身の首相が誕生し、誰もが〈いよいよだと思った。いよいよ、臨戦色濃厚である。東條《とうじょう》首相はこれまでの内閣にできなかった思いきったことをするに違いない。大東亜共栄圏《だいとうあきょうえいけん》という言葉が、人類がこの世に誕生したその日から存在していたかのように、当たり前に叫ばれるようになった。

翌年一月に予定していた第二回青梅駅伝を悠長に待っていては、選手の多くが繰り上げ卒業させられてしまう。慌てた関東学連は、第二回青梅駅伝を十一月に繰り上げ開催することにした。

昭和十六年十一月三十日。外苑の木々はしっとりと紅葉していた。赤、黄、茶。沈みゆく生命の最後の煌《きら》めきが、眩《まぶ》しい色になる。

来週には、きっと散ってしまう。

その中を新倉篤志は一人黙々と走り、ゴールテープを切った。拳《こぶし》を胸の高さで握り込んだ彼の表情は硬かった。一月のときの方がずっと晴れやかな顔をしていた。

優勝した日東大の選手達が、最終走者の新倉を胴上げしている。優雅に宙を三度舞った新倉の瞳《ひとみ》は、随分と凪《な》いでいた。勝利の高揚ではなく、この先の自分に何が待ち受けているのかを淡々と見つめる顔だ。

「新倉さん」

後続の大学が次々とゴールインする中、貞勝は彼の隣に並んだ。ゴールテープを切る早田大の選手を眺めながら、新倉はふっと笑った。

「これで最後だ」

新倉は来月に繰り上げ卒業をし、徴兵検査を受ける。その後の行き先はどこだろう。彼の出身は確か横浜だから……それ以上を考えるのはやめた。悲しみとも虚《むな》しさとも違う、冷たく深くほの暗い感情が待っているだけだ。

「駅伝が、ですか」

「駅伝も、今日ここにいる連中と顔を合わせるのも」

去年、箱根駅伝の一区を走り終えた久連松康平が、小田原駅で同じことを言って泣いたのを思い出した。祝・入営という旗と軍歌に見送られ、箱根の一区を走り終えたその体で熊本へ旅立っていった。

それを見届けた新倉は、怖いほど淡々とした顔で「最終走者の仕事が残ってるから」と宿へ帰っていった。多くを語らぬ彼の肩口から、青い炎が燃え上がって見えた。

その新倉は、今、穏やかに笑っている。

「もう、世良と生きて会うこともないだろう。支那なのか南方なのか、どこかでお国のために戦って死ぬだけだ」

「少し遅れますが、僕もあとに続きますよ」

「そうだな。そのうち、靖国で会おう」

戦地で散った兵士は、英霊として靖国神社に帰る。いくつの英霊が靖国に集えば、戦争は終わるのだろう。

「すみませんでした。新倉さん達に、最後に箱根駅伝を走らせてあげることができなくて。青梅駅伝の開催にたくさん協力してくださった世代の皆さんに、箱根を走ってもらいたかった」

「箱根の代わりの、青梅だろう。駅伝が走れただけ、充分だ。関東学連には感謝している」

「それでも、久連松さんみたいに、最後に箱根を走りたかったでしょう。箱根の一区を」

第二十一回大会で、新倉は一区を久連松に譲った。久連松に最後の箱根駅伝を贈るため、自身は十区に回ったのだ。同じコースとはいえ、スタートを飾る一区と締めの十区は全くの別物。新倉は単独走よりも集団の中で駆け引きをしながら走るのが得意な選手だから、一区でこそ力を発揮したはずだ。

「そりゃあ、な」

観念したように、新倉は肩の力を抜く。砂埃《すなぼこり》を被《かぶ》ったような薄い青空を見上げ、乾いた笑い声を上げた。枯葉が風に巻き上げられる音とよく似ていた。

「箱根が、走りたかったよ」

何も返すことができなかった。口を開いたら謝罪の言葉しか出てこないし、新倉はきっと「謝るなよ」と言うに決まっている。

そうやって自分達は別れ、もう会うことはないだろう。

「お達者で」

新倉に一礼し、関東学連の幹事達のもとに駆け寄った。慌ただしくゴールインのタイムを集計するその横顔には、「今回も無事駅伝が終わってよかった」という安堵《あんど》の色がある。繰り上げ卒業の前に、駅伝を開催できてよかったと。

「箱根だ」

貞勝は言い放った。背骨のあたりに、かすかに新倉の視線を感じていた。

「次は、箱根駅伝をやるぞ」

箱根だ、箱根じゃないと駄目なんだ。繰り返す貞勝に、彼らの表情が強《こわ》ばる。無理に決まってるだろう。青梅駅伝を始めたときの苦労を忘れたのか。そんな否定的な意見が出るのはわかっていた。わかっているから、あえて彼らの言葉を奪う。

「いいか、箱根駅伝をやるんだ」

第二回青梅駅伝から八日後の、昭和十六年十二月八日。ハワイ・オアフ島真珠湾《しんじゅ》にあるアメリカ太平洋艦隊の基地を、日本海軍の機動部隊が奇襲攻撃した。その大戦果に、多くの日本人が歓喜した。その日は、街ゆく人が誰も彼も機嫌よく見えた。我が軍の強さに惚《ほ》れ惚《ぼ》れとし、一生忘れぬ感激を得たような足取りだった。

箱根駅伝の中止を命じられたとき、「沿道に見物が集まる駅伝は、空襲があったら被害が大きくなる」という現実味のない理由を告げられたのを貞勝は思い出した。市谷《いちがや》にある法志大の校舎へ向かう道中のことだった。外堀の川面《かわも》は鉛のような冷たい光り方をしていて、水鳥が一羽、悠々と泳いでいた。

アメリカとの戦争が始まった。貞勝がそれを実感したのは、真珠湾攻撃大成功の知らせではなく、それに押し流されるように新聞やラジオから天気予報が消えたことに気づいたときだった。ああ、そうか、気象情報は軍事機密なのか。関東学連の本部で新聞を広げながら、感心した。

年が明け、徴兵検査に合格した新倉は大学を卒業し、陸軍に召集された。真珠湾攻撃のニュース映画が正月に封切られて大人気になり、一月二日には日本軍がマニラを占領した。皇軍連勝、なんてめでたい正月！　と沸き立つ市民をよそに、戦時命令で関東学連の上部組織である日本学連が解体された。

南方での日本軍の快進撃に国中が熱狂した。二月にシンガポールが陥落すると全国で祝賀会が行われ、百貨店ではシンガポール物産展が開かれたが、気づいたら衣類の購入が切符制になっていた。

四月、日本本土は初めて空襲を受けた。その日も貞勝は錦町の関東学連の本部にいた。遠くから奇妙な破裂音が聞こえて、本部にいた数人と外に出たら、銀座《ぎんざ》方面を爆撃機が飛んでいった。新宿の方にも機体が見えた。ぼんやりとしか見えなかったが、日本軍の機体ではないと何故《なぜ》かすぐにわかった。

六月、関東学連に解散命令が下った。

2　広島　令和五年四月

午後六時を回り、ほのかに薄暗くなってきたエディオンスタジアム広島《ひろしま》を、色とりどりのユニフォームが駆け抜けていく。トラックの端から身を乗り出して、成竹一進は眉間《みけん》に皺《しわ》を寄せた。

「成竹君、顔が怖い怖い。般若みたいな顔してる」

大袈裟《おおげさ》に言って高笑いしたのは、紫峰大の駅伝監督・館野《たての》だ。カワウソのような愛嬌《あいきょう》のある顔で江戸紫色のジャージを着込み、目の前のトラックを走り抜ける教え子達に「ほーら、前についていけー！」と叫ぶ。こちらには顔が怖いと言ったくせに、館野の声もだいぶドスが利いている。

「指導者が怖い顔してると、若者が萎縮《いしゅく》するでしょ。貴船御大《おんたい》のそういうところまで継承しなくても」

恩師・貴船前監督の指導は、とにもかくにも厳しいと有名だった。練習と言ったら貴船に怒鳴られながら走るものだったし、本番は……やはり貴船に怒鳴られながら走るものだった。

「継承してないですって。したくてもできないですよ、あんな閻魔大王《えんまだいおう》みたいな顔」

「えー、箱根名物、監督車からの貴船節を成竹君が受け継ぐの、楽しみにしてたのに」

そう、日東大の選手にとっての箱根駅伝は、監督車から飛んでくる「ちんたら走ってんじゃねえ」とか「気持ち切らしてんじゃねーぞ」なんて怒鳴り声を聞く二日間なのだ。こちらは走るのに精一杯で、何を言っているのかほとんど聞き取れないし。

「あんなの令和のこの時代に僕がやったら、速攻で退任ですよ。視聴者から毎年クレームが届いてたんですから」

前時代的なやり方ではあったが、それについていきたいと思う選手が日東大には集まっていたし、体罰を振るうこともなかったし、昭和のスパルタ指導者のような風体で「お前はどう練習したいんだ」と選手の自主性に任せてくれる面もあった。

貴船節も監督自身が歳《とし》を取るのに合わせてトーンダウンしていったが、それでも、あの人が監督車から決め台詞《ぜりふ》のように叫ぶ「お前、俺の教え子だろ!」という言葉に、不思議と〈あと一踏ん張り〉ができてしまうのだ。あの怒鳴り声は、決して自分達を縛りつけ、苦しめるものではなかった。それが世間から前時代的な指導に見えてしまうなら仕方がない。

今の自分にそんな魔法の言葉が放てるとは、とても思えない。

「楽しみだなあ、成竹君の監督車からの第一声」

うふふと笑った館野が、いたずらっぽくこちらの顔を覗《のぞ》き込んでくる。予選会、ちゃんと通過してね。そう言っている顔だ。紫峰大は四年連続で箱根駅伝の予選会を通過し、本戦に出場している。そろそろシード権に手が届きそうなところまで来ていた。

トラックを一周した集団が、再び一進達の前を通過する。館野は再び「いーぞ、いーぞ! もうちょっと前につけろ!」と紫峰大の選手に声をかける。

館野は一進より八つほど年上で、一進が大学を卒業し実業団に進む頃にはマラソン選手として晩年を迎えていた。こうして気さくに声をかけてくれるようになったのは、一進が日東大でコーチを始めてからだ。自分と同じように三十代でチームを率いることになった一進のことを、何かと気にかけてくれる。

はあ、と溜《た》め息《いき》をついて、一進は腰に両手をやった。

「今年こそ、予選会を通過しなきゃですよ」

紫峰大の選手にやや遅れて、日東大の駅伝主将・田淵悠羽《ゆう》が一進の前を通過する。濃紺のユニフォームは、集団の中で揉《も》まれて走りづらそうだった。まだ中盤だというのに表情に余裕がない。

毎年四月の終わりに開催される織田幹雄《おだみきお》記念国際陸上競技大会、通称・織田記念も終盤だ。男子５０００ｍのＢ決勝には、Ａ決勝よりはタイム的に劣るものの、名の知れた選手が集まっている。その多くが実業団の選手で、大学生の割合は少ない。

しかし、田淵は日東大でも上位のタイムの持ち主で、決して勝負にならないレベルの選手ではない。５０００ｍの自己ベストだって13分58秒52だから――現役大学生のトップ１５０くらいには入るはずだ。

しかし、いかんせん、本番に弱い。持ちタイムはいいのに、レース本番で自分より自己ベストの遅い選手に競り負ける。織田記念にエントリーさせたのも、彼には一回でも多く本番を経験させたかったからだった。

もちろん、箱根の予選会を見越して。

「日東大の田淵って、田淵伶央《れお》の弟か」

少し離れたところから、そんな声が飛んでくる。視線をやると、日農大と紫峰大のコーチがエントリーリストを片手に語らっていた。

「去年の予選会で怪我《けが》してから、随分調子悪そうですよね」

紫峰大のコーチが呟《つぶや》くのが聞こえ、「うんうん、そうなんだよ、俺も困ってんだよ」と深々と頷《うなず》いてしまう。

田淵の兄は、数年前に慶安大を箱根優勝に導いた立役者だった。学生ながら東京オリンピックの代表選考レースにも出場したし、昨年はオレゴン世界陸上のマラソン日本代表の補欠にも選ばれた。秋に控えるMGCの出場権も、もちろん持っている。

田淵兄弟は両親どころか曽祖父《そうそふ》まで日東大の卒業生で、しかも陸上経験者が何人もいるアスリート一家だった。もちろん日東大としては兄の方も全力で勧誘したのだが、慶安大に見事に盗《と》られてしまった。

弟も決して弱いランナーではない。しかし兄に比べるとどうしても勝負弱さが際立ってしまう。去年の箱根予選会ではスタート直後から第二集団についていったのだが、給水を取り損ねて転倒し、そのまま途中棄権した。

先頭がラスト一周に入った。それを告げる鐘が鳴り響き、会場の空気が引き締まる。スタンド席の観客、トラックの周囲に立つ指導者達が、一斉に前のめりになる。

先頭集団から三人が飛び出した。どれも実業団の選手で、箱根駅伝でその名を轟《とどろ》かせた有名選手だ。伸びやかなストライドで後続を引き離し、あとは誰が表彰台の一番高いところに立つかの戦いになる。

田淵は第三集団の後方にいた。走りに推進力がない。懸命に走ってはいるけれど、気持ちが切れているのは嫌でもわかる。

レースにはいくつもの関門がある。ラスト一周のスパート合戦に勇んで参加できる選手は、それらをクリアしている。クリアできなかった選手は、ああやって何のいいところもなく、自分が何位なのかもよくわからないまま、ゴールする。

ゴールラインを駆け抜けた田淵は、苦しそうに咳《せき》をして両膝《ひざ》に手をやった。大きく肩を落として、捌《は》けていく。

「ねえ、成竹君」

駆け寄ろうとした一進のことを、館野が呼んだ。

「神原君は予選会に出るの？」

館野の目が、スタンド席に向く。私服姿の神原八雲がそこにはいる。出場予定もないのにどうして彼が広島に来てるんだと、レースが始まる前から関係者がざわついていた。

「出るわけないでしょう。予選会の翌日が、ＭＧＣですよ？」

今年の十月十四日が箱根駅伝予選会、翌十五日がＭＧＣなのだ。箱根の出場校とパリオリンピックの日本代表が決まる濃密な二日間が待っている。

「じゃあ、本戦は？」

館野の表情から、一瞬だけ笑みが消えた。カワウソがどんなふうに狩りをするのか知らないが、完全に獲物を前にした動物の顔だった。シード権を狙《ねら》う紫峰大にとって、神原がもし本戦に出ようものなら「話が変わってくるぞ」ということなのだろうか。神原のいない日東大なら過度に恐れる必要はないと、そういうことなのか。

「出てほしいんですけどね。俺はまだ口説き落とせてないですよ」

「頼むよ～、楽しみにしてるんだから。ボストンマラソンで三位になった学生が、箱根をどう走るのか」

果たして、どこまで本心を言っているのかわかったものじゃない。だが、〈楽しみ〉という言葉は完全な嘘《うそ》ではないはずだ。

ボストンマラソンのコースは少々癖がある。スタート直後は下り坂でペースを摑《つか》みづらいし、道中も起伏があってフラットコースではない。そしてあの雨だ。あのレースを攻略した神原が箱根駅伝をどう走るのか。一区から十区まで、どこに起用されても見物《みもの》になる。

一人の陸上関係者として、一進だってそれを〈楽しみ〉に思ってしまう。

*

日記を手に取っても、世良の家族の反応は薄かった。世良の弟の孫だという男性は一進より少し年上のようだったが、祖父の日記をめくっても「はあ……」と首を傾《かし》げるだけだ。

「ねえ、祖母《ばあ》ちゃーん。これ、わかる？　祖父《じい》ちゃんのお兄さんの日記らしいよ」

同席した祖母に男性が日記を見せるが、耳が遠いのに加えて認知症というのも相まって、芳しい反応は得られなかった。記憶が鮮明だったとして、義理の弟、それも太平洋戦争中に戦死してしまった親族の学生時代に精通しているとも限らない。もしかしたらこの人が結婚したのは戦後で、世良貞勝はとっくに死んでいたのかもしれない。

「すみません、法志大の方から連絡をいただいてから、一応、親戚《しんせき》にも聞いてはみたんですけど。大伯父、でいいんですかね？　この貞勝さんという人を詳しく知ってそうな人間が軒並み他界してまして」

「いいえ、無理もないです。八十年も前の日記ですし」

「せめて僕の祖父が生きてるうちだったら、いろいろわかったんでしょうけど。なんせ兄弟だったわけですから」

苦笑した男性は、どうぞ、と一進にコーヒーを勧めた。「アメリカであなたの親族の日記を預かったから返したい」と訪ねてきた一進達のことを快く迎えてくれた上に、茶菓子にカステラまで出してくれた。

一進の隣で早々にカステラを完食した神原は、さり気なくリビングに視線を巡らせている。男性の息子は野球少年らしく、リビングの一角にチームの集合写真が飾ってあった。

箱根駅伝は流し見するが、陸上に詳しいわけではないという男性は、神原を紹介しても「あ、そんなすごい方なんですね」とちょっと困った様子で笑うだけだった。大伯父である世良の日記は、テーブルの端に追いやられている。取り扱いに困っているのがありありと伝わってきた。

一進達が帰ったら、妻や子供と一緒に「これ、どうする？」と話し合うのだろうか。それすらせず、家のどこかにしまい込むだろうか。まさか、すぐにゴミ箱行きということはないだろうが。

男性を責める気にはならなかった。顔も知らない、下手《へた》したら名前も知らない親族が残した日記なんて、今更返されても困るに決まっている。

「あの」

お節介とは重々承知した上で、一進は助言した。

「その日記には、我々陸上関係者からすると、とても貴重な証言が書いてあります。扱いに困るようでしたら、関東学連あたりに寄付してあげてください。きっと喜ばれるはずです」

手をつけていなかったカステラを皿ごと神原へやる。「あ、いただきます」と笑って、彼は大口を開けてカステラを頬張《ほおば》った。

そこからはたいして話も弾まず、神原がカステラを完食するのと同時に一進は世良家を出た。あまりにあっさり終わってしまった。

一応は世良貞勝の生家のはずだが、そのたたずまいはどう見ても築十年ほどだ。岩手《いわて》県一関《いちのせき》市にある築三十年の一進の実家の方がよほど古い。

「あれ、日記は寄付してもらうのが一番いいんじゃないですか？　すごく困った顔してたし」

駅に向かいながら、神原が興味なさそうに呟く。

「せっかく広島まで来たのに、面白いものが見られなくて残念だったな」

織田記念にエントリーもしていない神原がわざわざ広島まで来たのは、世良の日記を届けるためだ。一進一人で世良家を訪ねる予定だったのに、「面白そうだから最後まで見届けますよ」と直前になってついていくと言い出した。

八十年の時を経て戻ってきた親族の日記。感激して涙を流す家族達。そんなドラマティックな展開を望んでいたわけではないが、今こうしてちょっと落胆しているのは、やはりそういうのを期待していたのかもしれない。

世良家は広島駅から在来線で二十分ほどのところだった。広島駅に戻る頃には午後四時を回っていて、広島見物をしていた部員達と無事合流し、帰りの新幹線のチケットを買った。昨日の織田記念に参加した四人は、広島平和記念資料館を見学してお好み焼きを食べてきたらしい。

「どうだった、平和記念資料館」

ホームの案内表示に従って列に並び、田淵に問いかけた。上りの新幹線は混んでいて、三人ずつ別々の車両に分かれて乗ることになった。一進、神原と同じ車両のチケットを受け取った田淵は、浮かない表情で「僕は見学しませんでした」と首を横に振る。

「小学生の頃、修学旅行で見学して、結構気が滅入《めい》ったんですよ。だから今日はあんまり気が乗らなくて。平和記念公園でぼーっとしてました」

肩を落とす田淵に、一進はどうしたものかとこめかみを小指で掻《か》いた。

「苦い遠征だったけど、トラックシーズンはまだまだここからだからな。夏合宿もあるし、箱根の予選会までにしっかり仕上げていけばいいよ」

昨日の5000mのフォローは昨日のうちにした。これまでだって何年も、調子の悪い選手をコーチとして同じように励ましてきた。ただ、貴船前監督のいない今、同じような声かけに果たして意味はあるのだろうか。

案の定、田淵は「そうですね」と曖昧に笑う。しっかり仕上がった自分の姿が、全く見えない。そんな顔で小さく首を傾げる。

「神原は、やっぱり今年も駅伝は走らないの」

一進を挟んで列に並んでいた神原に、唐突に田淵が問いかける。同時に新幹線が到着するというアナウンスがホームに響いたが、田淵の声は思いのほかはっきりしていた。

「えー、走るわけないじゃん」

スマホを弄《いじ》りながら欠伸《あくび》を噛《か》み殺した神原に、田淵がぬるりと顔を上げる。

「MGCがあるから予選会が無理なのはわかるよ。でも、本戦は」

「本戦こそ、予選会で頑張った人達が走ればいいんじゃないの？　そのために予選会を頑張るわけでしょう？」

「本戦は走りたいよ。でもそれ以上に、ちゃんと結果を出したい。シードを取り戻したい」

新幹線が停車する。ドアが開き、乗客が降りていく。列が動き出す。

「なあ神原、俺達さ、箱根駅伝出場を逃した最弱世代って言われてるんだ。神原以外は全然走れない駄目な世代だって」

田淵が一瞬だけ一進に視線をやった。「そんなことない」と言ってやりたいところだが、箱根駅伝は事実として逃している。最弱世代と田淵達の代を罵《ののし》っているのが他でもない日東大のOB・OGやファン達なのが、これまた頭が痛い。

「神原は知らないだろ。俺達が予選会を走るたび、日東大の幟《のぼり》を持ったおじさん達から『日東大が予選会なんて走るんじゃない』とか『やる気がないならやめちまえ』って言われてるの。『こいつらじゃなくて神原八雲を走らせろ』ってSNSで言われてるの」

強い頃の日東大を知っているから、腹立たしくて、情けない。その気持ちもわかる。わかるが、外野の声はいつだって勝手だ。去年までは「貴船監督の指導は時代遅れ」という声が大きかったのに、一進が監督に就任した途端に貴船を称《たた》える声が出始め、「あんな若造に監督は無理」なんて言われる始末だし。

「で、それを俺にどうしてほしいわけ？」

キャリーケースを引きながら、神原は飄々《ひょうひょう》と新幹線に乗り込む。どうにも不穏な気配を感じて、一進は神原を窓際に、田淵を通路側に座らせた。自分は、三列シートの真ん中に窮屈に腰掛ける。

「本戦、走ってよ」

リュックサックを抱きかかえ、田淵は絞り出す。苦々しい表情をしていた。昨日、不甲斐《ふがい》ない結果でゴールした直後と同じ顔だ。

「嫌だね」

伝統校としてシード権を取り戻したい？　ＯＢの鼻を明かしたい？　そんなことのために走る暇など俺にはない。そんな口振りで神原は窓枠に頰杖《ほおづえ》をついた。一進は田淵の肩に手をやった。

「昨日のが不甲斐ないレースだったのはわかる。焦るのもわかる。でも、他人を頼るより先に、まずは自分だ。お前がエースとしてうちを引っぱらないと」

「誰も僕をエースだなんて思ってないですよ。僕だって思ってない」

新幹線が静かに走り出す。田淵は足下を睨《にら》みつけたままだった。

「うちの部で、神原が一番なんです。いや、日東大だけじゃない。今の現役大学生の中で、神原が一番速いんです。神原が駅伝を走らないから、田淵弟が次点でエースと呼ばれてるだけです」

「じゃあ例えばだけどさ、俺が本戦を走ることになって、田淵がエントリーを外れることになってもいいの？」

そんな残酷なことを、外の景色から視線を外すことなく神原は聞いてくる。

「もちろん、嫌だよ。でも、箱根を走れたらそれでいいわけじゃない。ちゃんと結果を残して、笑って終わりたい。不甲斐ない気持ちで大学を卒業したくない。だからベストメンバーで箱根駅伝を走りたい。そう思うのはそんなにおかしいか」

「おかしいねえ。まず、箱根駅伝を陸上生活のゴールに置いてる時点で、俺と田淵はどれだけ話したってわかり合えないよ」

いや、神原、あのな。話に割って入ろうとした一進を押しのけるように、田淵が顔を上げる。

「ゴールなんだよ」

田淵は大学卒業と同時に競技を引退するから、来年の箱根駅伝が本当に〈最後〉で〈ゴール〉なのだ。

「神原やうちの兄貴みたいなのはほんの一握りで、ほとんどの選手は大学を卒業したら、普通に就職するんだよ。だから箱根駅伝がゴールなんだよ。オリンピックも世界陸上も目指せないけど、俺みたいな平々凡々な選手でも目指せるのが、走りたいって願えるのが、箱根駅伝なんだよ」

一月二日と三日に東京から芦ノ湖《あしのこ》までの道路を封鎖し、テレビで何時間も生放送され、選手一人ひとりの名前と人生がクローズアップされる駅伝の大会など、世界中どこを探しても箱根駅伝しかない。しかもそれが大学生の大会だなんて、異常だ。

異常だから、数ヶ月後には普通の会社員として社会人になる青年が、命懸けで走りたいと願う。競技者として生きる次元が違うから、神原にはその必死さを理解できない。

「ぐだぐだとすいません」

これ以上は新幹線の中でやり合うべきじゃないと思ったのか、浅い溜め息をついた田淵は一進に謝罪した。話は終わったとばかりに、神原は再び窓枠に頬杖をついた。十分もしないうちに、船を漕《こ》ぎ出す。

3　スパイク　昭和十七年七月

真夏の大教室から本来の密度が消えた気がして、世良貞勝は手にしていた鉛筆を咥《くわ》えて頬杖をついた。じんじんと鳴き続けていた蟬《せみ》の声が唐突にやんだせい……だけではない。

窓の外の燦々《さんさん》とした夏の日差しとは正反対の、冬枯れした芝のような風貌《ふうぼう》の老教授が、黒板の前でぼそぼそと民事訴訟法について語っている。自分の周囲の空席にばかり視線が行って、どうにも耳に入ってこない。

数ヶ月前までこの席には学生がいた気がするし、最初から空席だったような気もする。

貞勝の隣もまた、空席だった。同じ広島出身の倉敷《くらしき》という友人といつも並んで座っていたのだが、一ヶ月前、彼は陸軍への入隊を希望して大学から姿を消した。

法志大に限らず、そういう学生がちらほらいることは知っていた。知ってはいたが、友人が座っていた場所がこうして空席になると、大教室に点在する空席がどうも気になってしまう。

七月の大教室はじっとりと暑く、ノートの紙が肘《ひじ》に貼《は》りつく。それは去年とも一昨年《おととし》とも変わっていないのに、不思議と寒々しい気分になる。

結局、貞勝が再び鉛筆を手に取ることはないまま、民事訴訟法の授業は終わった。

「世良さん、今日も本部に行くんですか」

教室を出たところで、後輩である宮野喜一郎《みやのきいちろう》とかち合った。独法の分厚い本を抱え、羨《うらや》ましいほどにすらりとした長身で貞勝を見下ろす。これではどちらが後輩か。

「いや、どうせ人もいないだろうから、ちょっと外に出る」

「外？」

「日東大の合宿所を訪ねようかと思ってな」

「まさか、仲間集めですか？　世良さんも懲りないなあ」

すんと澄ました顔で笑いながら、当たり前という様子で宮野は貞勝についてくる。校舎を出たところで「日東大の合宿所って、阿佐ヶ谷でしたっけ？」なんて聞いてきた。

「なんだ宮野クン、一緒に来てくれるのか。優しいな」

「僕がいなくなったら、世良さんが寂しいでしょう。ただでさえ関東学連は解散状態なのに」

この後輩にはこういうところがある。可愛《かわい》げはないのに人情深いというか、人たらしの才能があるというか。黒目部分が凛《りん》と大きな宮野の目には奇妙な引力があって、それに引き寄せられるように、大会となると親衛隊らしき女学生達が応援に駆けつける。

去年、陸上部で走高跳をやる傍ら関東学連に仲間入りしたとき、彼は「青梅駅伝、大変そうですね。手伝いましょうか」とにこにこ笑って貞勝についてきた。チャラチャラしていて気に食わん……と思いつつも、こういう面があるから可愛がってしまう。

その関東学連は、六月に解散した。五月の関東インターカレッジが無事開催されたのを見計らったかのような解散命令だった。

学生スポーツの中止令といってよかった。大日本体育協会や全日本陸上競技連盟といった関連団体は次々と改組され、大学の陸上競技部は「陸上戦技部」に名前を変えた。手榴弾《しゅりゅうだん》投げと重量物運搬競走が競技として……いや、戦技として新たに導入された。「運動部」ではなく「鍛錬部」なんて名前で呼ばれるようになった。

戦技としてなら、鍛錬としてなら、スポーツは許される。その事実に、肩甲骨が強ばるような気持ち悪さを覚える。鍛錬と必勝祈願としての青梅駅伝を発案したのは自分のくせに。

「甲子園、来月やるらしいですよね」

外堀沿いを市ヶ谷《いちがや》駅に向かって歩きながら、宮野が川面に石を投げるように呟いた。外堀を吹き抜ける緩い風が、水面に黒い線をいくつも描く。

「やるといっても、主催は朝市《あさいち》新聞ではなく文部省と学体振《がくたいしん》らしいぞ。同じ甲子園でも、全く別の官製大会というわけだ」

学体振、正式名称・大日本学徒体育振興会は、日本学生陸上競技連合を解体して新たに作られた団体だ。その下部組織だった関東学連は、大きなうねりの中で木っ端微塵《こっぱみじん》に吹き飛ばされた。

「スポーツ行事は官製大会を除いて軒並みぜーんぶ中止ときた。箱根への道のりは険しいな」

「世良さん、まだ、本気でやるつもりなんですか？」

ひょいと一歩前に出た宮野が、後ろ歩きをしながら貞勝を見下ろす。優雅な足取りから「もう手がないでしょう？」という声まで聞こえてくる。

「何が言いたいんだ宮野」

「戦局はどんどん激しくなってるし、日本学連どころか関東学連もなくなって、官製以外は大会開催を認められない。青梅駅伝ですら中止なのに、ましてや箱根駅伝なんてどうやって開催するんですか？　という真っ当な疑問です」

「その真っ当な疑問を解決するためには、とにかく仲間が必要なのだよ宮野クン。箱根駅伝を本気で開催しようと思う仲間が」

関東学連解散に伴い、幹事をやっていた学生の数は当然ながら減った。そもそも解散しているのだから、本来なら幹事など誰一人残っていないはずなのだ。

それでも、貞勝や宮野を始めとした何人かは、どさくさに紛れてこうして関東学連としての活動を続けているし、神田の錦町にある本部もまだ辛《かろ》うじて機能している。

「なるほど、僕もその仲間に数えられてるんですね」

「君は俺の右腕として扱う。俺が出征したら君が関東学連を何とかしてくれ」

「あははっ、仕方ないですねえ」

宮野はいつもの澄まし顔ではなく、ホウセンカの実が弾《はじ》けて飛ぶように顔をくしゃっとさせ、声を上げて笑った。当然のように「了解です」と頷く。こういうところだ。この生意気な後輩を可愛がってしまう所以《ゆえん》は。

「ああ、関東学連だけは、絶対に潰《つぶ》さないでくれ」

関東学連が生きているなら、どれほど道が険しかろうと、可能性はあるはずなのだ。


阿佐ヶ谷駅で降りるのは久々だった。二年前に箱根駅伝の中止が決まったとき、日東大に事情を説明するために訪れて以来だ。天沼軒とかいう店のカレーうどん、あれは美味《うま》そうだった。

日東大の合宿所は附属中学の敷地内にあり、練習も附属中のグラウンドで行われている。正門をくぐってまだ青々としている銀杏《いちょう》並木を進むと、グラウンドを走る陸上部の選手の姿があった。

朝方に雨が降ったせいか、グラウンドはかすかに湿っていた。水分を含んで粘ついた土をものともせず、一人の選手が跳ねるように貞勝と宮野の前を走り抜けていく。

「お、いいですね」

貞勝より先に、宮野が声を上げた。貞勝も「あれは登りが強いぞ、絶対」と続く。

古びたマラソン足袋《たび》で地面を踏みしめるその一歩一歩は、一言で表せば〈強い〉だった。腕の振りが早く、歩幅は狭い。でも走りが大きく見える。体重移動が上手《うま》いのか、競走馬を思わせる鮮やかな推進力は、箱根の山登りに向いていそうだ。

グラウンドは長距離選手だけでなく、短距離や跳躍、投擲《とうてき》の選手もおのおの練習に励んでいる。大学によっては選手の数がぐっと減ってしまったところもあると聞いたが、日東大は以前と変わらず活気がある。

グラウンドの端にある部室の入り口には「陸上競技部」と看板が出ていた。陸上戦技部ではない。

「郷野監督、ご無沙汰《ぶさた》しております」

部室の戸を開けると、陸上部の監督・郷野が険しい顔で新聞を手にしていた。読んでいるというより、忌々《いまいま》しいものをただただ睨んでいる顔だ。

「おう、関東学連の」

「世良と宮野です。ご相談があって参りました。来年一月の箱根駅伝のことで」

箱根という単語に、郷野の頬がぴくりと震える。勧められるがまま宮野と共に椅子《いす》に腰掛けた貞勝は、ここを訪ねた経緯を郷野に説明した。

「お前ら、本気でやるつもりか」

先ほど通り抜けた並木道の銀杏のような貫禄《かんろく》のある口調で、郷野は問うてくる。口数こそ多くないが、その場にいるだけで妙な説得力がある指導者だった。

郷野はちょうど十年前——日東大の学生だった昭和七年にロサンゼルスオリンピックにマラソン日本代表として出場し、八位に入った経歴を持つ。箱根駅伝には三度出場し、八区と十区で区間賞を二度獲《と》っている。その上で、監督として黄金時代を迎えた日東大を率いている。

箱根駅伝への思い入れが、強くないわけがない。

「関東学連も人が減りましたが、何とか来年一月の開催を目指して動いているところです」

「当てはあるのか。やりたい、やりたいと言うだけじゃ、到底不可能なことをお前達はやろうとしている」

郷野の視線が、テーブルの上の新聞に向く。同じものを今朝、貞勝は下宿先で読んだ。学徒も出征するべきだ。大学に行ける金持ちばかりが徴兵を猶予されるなんて不公平だ。そんな論調が新聞を賑《にぎ》わせるようになったのにも、随分と慣れてしまった。

「スパイクまで、鉄の供出で履けなくなった。箱根駅伝の開催が許されると思うか」

アメリカによる経済制裁が厳しくなり出した頃から、街から少しずつ金属が消えた。虎《とら》ノ門《もん》や桜《さくら》田門《だもん》の官庁の門扉ですら取り払われた。鍋《なべ》や仏具も供出された。陸上選手が履くスパイクのほんのわずかな金属も、例外ではない。

「まずは関東学連の評議員の皆さんに協力をお願いして、文部省の体育局に繋《つな》いでもらおうと考えています。箱根駅伝の経験者もいますし、話は聞いてもらえるのではないかと」

「上手《うま》くいくかはわからんが、それくらいしか方法はないだろうな」

「郷野監督は、文部省体育局体育運動課長の沢森《さわもり》さんと親しいですよね？」

陸上競技界の重鎮と言っていい人物の名に、郷野の目がさらに険しくなった。こちらの真意を——どこまで本気で箱根駅伝開催に意気込んでいるかを、探り当てようとする目だ。

「もちろん。沢森さんが統知新聞の運動部員だった頃からよく知っている。箱根に何年も関《かか》わっていた人だからな」

沢森自身も紫峰大陸上部の出身で、短距離選手だったらしい。統知新聞時代に社が主催していた箱根駅伝に関わり、現在は文部省体育局体育運動課長を務めている。文部省内でも特に体育訓練や教練などを管轄する部署だ。

「ご紹介いただけないでしょうか」

貞勝が頭を下げると、示し合わせたわけでもないのに、隣に座っていた宮野も間髪入れず同じようにした。

「沢森さん一人に直談判《じかだんぱん》したところで、ハイでは開催しましょうとはならないぞ」

「もちろん承知しています。とにもかくにも、一人でも多くの重要人物に会いたいのです。体育局の沢森さんへのツテはいくつかありますが、沢森さんが郷野監督を現役時代から大変評価していたと小耳に挟んだもので」

郷野を見上げる。こちらの腹を探るような視線は相変わらずだった。

「やはり、お願い事をするときは、相手がより好感を持っている人を経由するのが最も効果的かと思いまして」

無意識に口角が上がってしまい、いかんいかんと頬に力を入れる。どうにも昔から親や教師に「お前の話し方は芝居がかっていて嘘くさい」と言われてきた。そのせいで何度損をしてきたか。

「なるほど、一理あるな」

郷野がふっと肩の力を抜き、薄く微笑《ほほえ》んだ。貞勝は密《ひそ》かに胸を撫《な》で下ろす。

「わかった。沢森さんには話をしておく。箱根駅伝に関しては文部省の中でも特に思い入れが強い人だ。何か力になってくれるはずだ」

俺も、このまま箱根駅伝がなくなるのは忍びない気持ちだからな。ぼそり呟いて郷野は席を立つ。貞勝も宮野と共にあとに続いた。郷野の節くれ立った手が戸を開けると、熱っぽく重たい風が部室に吹き込んでくる。部室の中が怖いくらいひんやりしていたことに、今更ながら気づいた。

グラウンドを、先ほど見かけた長距離選手がまだ走っている。相変わらずいいフォームで走る。距離を積んでも乱れのない足さばきに、貞勝は溜め息をこぼしそうになった。

それに気づいた郷野が、「類家というんだ」と彼の背中を顎《あご》でしゃくる。

「箱根の山を登らせてみたい」

「そうですね。いい登りを見せてくれそうな雰囲気がします」

「だから、よろしく頼んだぞ」

郷野はこちらを見なかった。グラウンドを走る選手達に視線をやったまま、唇を真一文字に引き結ぶ。

「陸上部でもそうでなくても構わないんですが、頭が切れて弁の立つ学生はいませんか」

思い切って聞いた貞勝の真意に、郷野はすぐに気づいた。「箱根に思い入れがある奴《やつ》で、だろう？」と両腕を組み、天を仰ぐ。しばらく考え込んだと思ったら、緩やかにグラウンドの一角を指さした。

丸眼鏡《まるめがね》をかけた小柄な学生が一人、グラウンドを走る類家のタイムを計ってやっていた。

「春に入部したばかりの及川《おいかわ》という。今日は類家の練習の手伝いをしてるが、箱根を走りたくてうちの大学の陸上部に入ったのに、箱根駅伝どころか青梅駅伝すら中止になっちまったと肩を落としてた。法学部の学生で、学内の弁論大会でもいい成績だったと聞く」

「なるほど、確かに頭が切れて弁が立ちそうだ」

「小説を読むのが好きらしくてな、合宿所では暇さえあれば何か読んでるよ。それに、妙に肝《きも》が据わってる」

あとは好きにしろとばかりに、郷野は一人、グラウンドを歩いていった。

「さて、では、勧誘しに行きます？」

神妙な顔をすべき場面では神妙な顔を、にこやかでいるべき場面ではにこやかに貞勝の後ろで控えていた宮野が、大きく伸びをする。長身の彼の足下から伸びる影は、夕刻を迎えてさらに長く細くなっていた。


天沼軒のカレーうどんは、貞勝の記憶にあるよりも幾分カレーが水っぽくなった気がした。それは何もこの店に限った話ではない。以前は当たり前に出していたビフテキやグラタンは店から消え、出される料理は肉も野菜も粗悪なものになった。

「一回目の青梅駅伝の頃にここに来たことがあってな。そのときに見たカレーが美味そうでなあ。

いつか食いたいと思ってたんだ」

相変わらず天沼軒のカレーは具がごろごろと大きく、甘い香りが鼻先をくすぐった。どうやら、小麦粉を節約するために馬鈴薯《ばれいしょ》を潰して粘りを出しているらしい。カレーは緩いが、うどんとして食べるならちょうどいい。

「割と普通のカレーですけど」

宮野が口を挟んでくるが、構わずピンポン玉ほどの大きさに切られた馬鈴薯を頬張った。うん、美味い。全然辛くないが、逆にそれがいい。久しく食べていないが、家で母親が作るカレーという感じがする。

「遠慮せず食べたまえ及川クン。ここの払いは我々が持つから」

日東大陸上部の練習終わり、半ば誘拐のように貞勝達に連れ出された及川肇《はじめ》は、箸《はし》を手にしたまま「は、はあ……」と丸眼鏡の向こうで目を泳がせる。

グラウンドで見ていた通りの、生真面目《きまじめ》な印象の学生だった。頭は悪くないだろうが、物腰も柔らかそうだ。弁論大会で勝ち上がる姿はなかなか思い描けない。

「先ほども説明した通り、我々は怪しい者ではない。関東学連の人間だ。君の先輩にあたる有明さんや永井さん、新倉さんがこのカレーうどんを食べるのを指を咥えて見ていたこともある」

あぐ、あぐ、と顎を動かしながら改めて説明すると、及川はやっとうどんを一本箸で摘《つ》まみ上げて口に運んだ。

「有明さんも永井さんも新倉さんも、直接お会いしたことはないですが、先輩方から話を伺ったことはあります」

「ああ、みんな出征してしまった」

二年近く前に四人で囲ったテーブルはどこだったか。あの四人の中で、未《いま》だに兵隊に行っていないのは俺だけか。当たり前のことが、胸に鋭く刺さる。

ちょうど厨房《ちゅうぼう》から一人の女の子が出てきた。割烹着《かっぽうぎ》姿で下駄を鳴らして、カウンター横のガラス棚に、カボチャの煮物と青菜のおひたしを補充する。「美代子ちゃん、背ぇ伸びたじゃないの」と早速カボチャに手を伸ばす常連客らしき男がいた。

「あ、カントー学連の」

二年前よりだいぶ大人びた雰囲気になった天沼美代子は、貞勝の顔を見て小さく肩を竦《すく》めた。

「新倉さんも卒業しちゃったのに、まだ同じようなことをしてるんですね」

「その新倉さんと約束したからな。箱根駅伝をやると。あと、ここのカレーうどんをずっと食べたいと思ってたんだ」

「あら、ありがとうございます。うどんも鰹節《かつおぶし》も小麦粉もすぐに売り切れちゃうから、お父ちゃん達がカレーも煮物も苦労して作ってるんですよ」

だから、ちゃんと味わってくださいね。そうつけ足した彼女が、宮野と及川にも視線をやる。

「本当に、みなさん、どうしてそんなに駅伝が好きなんですかね」

呆《あき》れた様子で笑う美代子の顔に「あなたと同い年の男は戦争に行っているのに」と書いてある気がするのは、こちらの被害妄想というやつだろうか。「ごゆっくりどうぞ」という彼女の言葉まで、皮肉めいたものに聞こえてしまう。

「新倉さんが言っていたよ。最後に箱根が走りたかったって」

及川に向き直る。彼は表情を変えなかったが、かすかに目尻のあたりが強ばったように見えた。

「その願いは、新倉さんだけのものではないはずだ。だから関東学連として、何とか箱根駅伝を蘇《よみがえ》らせたいと考えている。組織としての関東学連は解散状態だが、幸いなことにこの宮野という色男と、及川クンという頼もしい仲間もいる」

「頼もしい仲間って……僕が、ですか?」

「郷野監督からの推薦だ。頭が切れて肝が据わっていると。箱根を走りたくて日東大に来た、とも」

「いやいや……確かに箱根を走りたくて選んだ日東大でしたが、僕はそう優秀な選手ではありません。仮に箱根駅伝が開催されたとして、走者に選ばれるかどうか」

「それで、箱根なんてどうでもよくなったかい?」

及川の顔を覗き込む。強豪校に進学し、自分が平々凡々な選手だと思い知って、やる気も根気もすべて削《そ》がれた——及川はそういう顔をしていなかった。

「いいえ、箱根を走りたいという気持ちは、日東大入学前と変わらずにあります。開催されてほしいという気持ちは、もっとあります。仮に僕が走れなかったとしても」

言い切った及川に、貞勝の隣で黙々とカレーうどんを咀嚼《そしゃく》していた宮野が「ふーん」と小さく鼻を鳴らした。

「僕の地元は東北の山奥ですが、箱根駅伝というものの存在は陸上の先生から何度も聞いていました。走ってみたいと思って東京に来ましたが、それ以上に、この目で箱根駅伝を見てみたい」

「君ならどうする」

宮野が問いかける。穏やかな物言いだが、不思議と鋭さを伴った横顔を彼はしていた。

「君なら、どうやって箱根駅伝を開催する」

「また、難問を出題してきますね……」

困った様子で頬を掻いた及川だったが、カレーをまとった大振りな馬鈴薯にかぶりつくと、「そうですねえ」と思案し始める。

「官製大会は何故できるか、というところから考えるのはどうでしょうか」

「そりゃあ、官製だからだろう」

あえてとぼけてみせる宮野の真意に、及川はどうやら気づいているようだった。相手が吹っかけてきた議論に飛び乗るかのように、楽しげに頬を緩ませる。

「ですから、官製大会はどのような目的や方法で開催されているかを考えるんです。それを箱根駅伝でも取り入れれば、官製大会に近いものとして政府や軍部も許可を出すんじゃないかと。相手の思惑や願望を読んで、手玉に取ると言いますか……要は、関東学連が青梅駅伝開催のために打った芝居を、もっと盛大にやるんです。政府と軍部を相手に」

政府と軍部。さらりと言ってのけたその二つが、今この国で一体どれほど力を持っているか。彼らを相手に芝居を打つ——欺《だま》すということが、どういう意味を持つのか。

彼らが、久連松や、有明や永井や新倉を、戦地へ送った。箱根駅伝を走った大勢の選手を、箱根を想《おも》いながら青梅駅伝を走った選手を、支那へ、満州へ、南方へ、太平洋の彼方《かなた》へと送った。

そして、貞勝達のことも、早く徴兵したくて仕方がないのだ。

「及川クン、それがどれだけ大変なことか、君はわかっているね？」

貞勝の問いに、及川は「一足す一は二だ」と答えるように頷いた。なるほど、確かに肝が据わっている。この生真面目そうな学生は、対戦相手の強大さと、目的の実行のために果たすべきことを、切り分けて考えることができるのだ。

「東條首相の東大での演説を新聞で読みました。近いうちに大学の繰り上げ卒業がもっと早まると思います。下手したら、卒業を待たずしてみんな兵隊に行くことになるかもしれないです」

「そうだな、それは間違いない」

今月、東條内閣の橋本《はしもと》文部大臣が辞任した。東條首相が文部大臣を兼任することになり、東大で学生の徴兵を推し進める宣言かのような演説をした。

徴兵に行った期間など、戦争が終わればすぐに取り返せる。私は陸軍学校を繰り上げ卒業したが、努力をしたから今は首相にまでなっている――演説について大々的に取り上げる新聞記事を、貞勝も読んだ。

「僕達のような若い男子は、スパイクのピンみたいなものです。金属ならどんなに小さくても、金物供出で根こそぎ戦争のために捧《ささ》げられる。ならせめて、スパイクのピンとして働けるうちに何かを成したいと思います」

「ならば、我々に協力してはくれないか」

金物供出でスパイクは履けなくなった。汗を拭《ぬぐ》う手拭いは、水分をなかなか吸わない人工繊維になり、練習着はいつの間にかザラザラの肌触りに変わった。

鰹節も塩も砂糖も不足していて、それらが店頭に並べばたちまち大行列だ。戸を閉めたまま営業する気配のない飲食店が、一体何軒あるか。貞勝が行きつけにしていた大学近くの甘味屋も看板を下ろしてしまった。あそこのみつ豆は絶品だったのに。

「じわじわと失われていくものばかりの世の中で、せめて最後に箱根駅伝をやらないか」

カレーうどんを完食した宮野が、「開催できるかどうかは、また別の話ですけどね」と水を差す。

だが続けて「まずは文部省に行きましょうか〜」と軽やかに頰杖をついた。

「僕は、何かお力になれますか？」

「なるさ。俺と宮野も、君と同じようなことを企《たくら》んでいた。正面突破で開催が認められないなら、欺《あざむ》くしかない。しかし俺は如何《いかん》せん、偉い人と交渉をするのが苦手でね。昔から、親や教師を怒らせてぶん殴られたもんだ。君の方が上手《うま》そうに見える」

「あ、わかります。世良さんの話し方って、ちょっと胡散臭《うさんくさ》いんですよ。及川君の方が偉い人に好かれやすいと思います」

あはははっと笑った宮野を無視して、「関東学連に入ってくれないか」とテーブルに手をついて頭を下げる。

箸で掬《すく》い上げたきり行き場を失っていたうどんを一度だけ見ろした及川は、短く「はい」と頷いた。

「戦争で死ぬ前に、箱根駅伝をやりましょう」

4 交渉 昭和十七年七月

八月を目前に、蟬が一層高らかに鳴くようになった。東南アジアや南太平洋での日本軍の戦果、同盟国であるドイツによってロストフが陥落したと伝える新聞記事を読んだせいだろうか。蟬までが凱歌《がいか》を歌っているようだ。

しかし、三年町に建つ文部省の玄関ホールに足を踏み入れた瞬間、貞勝は二の腕を這《は》い上がる冷気に鳥肌を覚えた。外壁は鮮やかなレンガが敷き詰められていたが、鉄筋コンクリート造りの建物内は素っ気ないほど寒々しい。

一緒に来た宮野と及川も同じように思ったのか、外を歩いていたときより若干頬が強ばっている。

案内された会議室で待っていると、五分ほどで体育局の体育運動課長・沢森正《ただし》はやって来た。背は低いが筋肉質な男だ。四十路《よそじ》近い年齢のはずなのに、紫峰大陸上部で鍛えた筋肉はまだ衰えていないらしい。

沢森とは別に、口髭《くちひげ》を生やした長身の男も一緒にやって来た。糊《のり》でも塗ったようにぴっちりと分けられた七三の髪に、顔立ちはどう見ても日本人なのに、英国紳士的な雰囲気を感じる。差し出された名刺には、「文部省体育主事　音喜多英治《おときたえいじ》」と書いてあった。

「三人とも、郷野君のところの学生かい？」

黄ばんだ団扇《うちわ》を片手に、沢森がどかりと椅子に腰掛ける。対して、音喜多は音もなく彼の隣の椅子を引いて着席する。

「いえ、日東大はこっちの及川だけで、僕とこの宮野は法志大です。僕達はもともと関東学連の幹事でした」

関東学連を解散したつもりなどないから、〈もともと〉というのは納得がいかないが、文部省の人間を前にそんなこと言えるわけがない。

「なるほど、それで、箱根駅伝の復活を画策しているというわけね」

「はい、来年一月の開催を目指しています」

言い切った貞勝に、沢森が目を丸くする。その目が宮野と及川を見た。今の発言が貞勝の暴走でないことを、確かめるように。

「俺も箱根駅伝に長く携わった身だ、君達の気持ちはわかる。さぞ無念だろう。だがしかし、こればかりは優先順位というものがある」

沢森は窓の外を顎でしゃくった。半開きの窓の向こうに、舐《な》め取ってやりたいほど真っ白な入道雲が浮かんでいる。

「新聞には『学徒も出兵せよ』『大学から学徒を閉め出すべし』なんて文言が並んでる。君達も見てるんじゃないの?」

「ええ、もちろん。毎日のように見ています」

「国が滅んじゃ、箱根駅伝も何もないのだよ。駅伝だけじゃない。教育も、スポーツも、国家があってこそ成立する。今、この国は大東亜共栄圏の理念のもとに、アメリカやイギリスと戦争をしているのだよ。国家の目的に対応してこそ、教育にも意義が生まれる」

「夏の甲子園が官製大会としてなら開催を認められるのも、そういうことだと重々承知しています。軍国主義の名のもとのスポーツでないと、わざわざ若者にやらせてやる意義がない、ということですよね。重々、承知していますとも」

おっと、沢森の目の奥が赤く光って見えた。ちょっと皮肉っぽく言いすぎた。何かの聞き間違いですよとばかりに、宮野が「そうです、承知しています」と芝居がかった笑みを浮かべ、続ける。

「私達は何も、戦争に行きたくないと直談判をしに来たわけではないのです。戦争に行く前に箱根駅伝を開催できないか、というご相談をしたく伺ったのです」

今度は、沢森の右眉《まゆ》がくいっと不審そうに動く。「世良さんの話し方って、ちょっと胡散臭いんですよ」と宮野は言うが、こいつも大概だ。色男が白い歯を見せびらかしながら気取った話をしているようで、聞いているこちらはどうしてだかいい気持ちにならない。

貞勝の無言の合図を、端に座る及川はしっかり受け取っていた。ごほん、と喉《のど》を鳴らし、事務的に切り出す。

「僕達は、過去二回にわたり自主的に開催した東京青梅間大学専門学校鍛錬継走大会にならい、学徒の鍛錬と必勝祈願としての箱根駅伝を開催したいと考えています。日本陸連は、今年の三月に米英撃滅祈願継走大会を開催しています。同様の大会として、箱根駅伝開催を認めていただくことはできないでしょうか」

米英撃滅祈願継走大会は、伊勢《いせ》神宮から東京宮城《きゅうじょう》前を繋ぐ駅伝大会だった。各大学のOBが出身地別に東軍と西軍に別れ、およそ五百キロを走った。

「それは日本陸連解体前の話だ。今は大日本体育会陸上戦技部だし、陸上競技は陸上戦技になったと、君達もわかってるだろう?」

貞勝の真似《まね》をするように、沢森は皮肉っぽく肩を竦める。

「そうだね、例えば、米英撃滅祈願継走大会のあとに開催された報国団武装行軍競走みたいな形なら、軍部も許可を出すかもしれない」

報国団武装行軍競走も、やはり三月に開催された。年末の真珠湾攻撃、年明けのマニラ占領に、二月のシンガポール陥落。戦争に向かってひた走る政府を追従するように各大学の学生が参加し、歩兵の出《い》で立《た》ちで銃と砂袋の入った背嚢《はいのう》を背負い、東京帝国大学~浦和《うらわ》を往復した。別名は「長距離武装競走」だった。

「銃を背負って、足にゲートルを巻いて、駅伝を走るということですか」

及川の問いに、沢森は苦い顔で頷いた。規則的にパタパタと動いていた団扇は、いつの間にか止まっている。

「本当に鍛錬のつもりならそれが一番いいだろう。戦勝祈願としても見栄《みば》えがする」

「もうすぐ、夏の甲子園が大々的に開催されますよね」

思わず口を挟んでしまった貞勝を、沢森がぎろりと睨んでくる。

「しかも、戦意高揚のための官製大会としてだ。彼らは歩兵の格好で野球をするんですか？ ボールではなく手榴弾を投げるんですか？」

「野球は国民的スポーツで、夏の甲子園には外地を含め全国から出場校が集まる。規模も注目度も、箱根駅伝とは比べものにならんだろう」

なんだ、曲がりなりにも統知新聞時代に箱根駅伝に関わっていた人間なのに。喉まで出かかった不満を、いや正確には前歯の裏まで迫っていた嫌味を、なんとか飲み込む。

ただ、こちらの目や鼻、眉や唇から、それは沢森に伝わっていたのだと思う。

「君達の気持ちはよくわかる。こう見えて、箱根駅伝は長く見てきた方だ。何か方法があればとは思うが」

ふう、と重苦しい溜め息をついた沢森に、及川が青梅駅伝をベースにした箱根駅伝開催計画を説明した。沢森の表情は晴れなかった。真珠湾攻撃の前と後で、状況も様変わりした。組織のありようも変わった。何より、青梅駅伝と箱根駅伝とでは規模が違いすぎる。軍用道路である国道一号を使えるのかという問題もある。

収穫と言えば、渋い顔をしながらも沢森が話を聞いてくれることがわかったくらいだろうか。

「あの方も、立場というものがありますからね」

自己紹介のとき以外ほとんど喋《しゃべ》らなかった音喜多がそう言ったのは、貞勝達を見送るために一階へ続く階段を下っているときだった。沢森は次の予定があると、会議室を出ると足早にどこかへ行ってしまった。

「先日、うちの大臣が替わったでしょう」

玄関の手前で立ち止まった音喜多は、これはあくまで独り言だとばかりに、外に目をやった。大扉の向こうで、白い石の階段に午後の日差しが反射して眩しい。

音喜多が着込んだワイシャツはそれに負けないくらい白く、パリッと音が聞こえそうだった。

「学生諸君は薄々勘づいているでしょうが、徴兵猶予期間を短縮……いや、いっそのこと廃止したいとさえ考えている軍部を押さえ込んでいたのは、橋本文部大臣でした。一方で、徴兵猶予をなんとか守ろうとする各大学からの突き上げも厳しくてね、板挟みになった末の辞任でした」

「それで、首相が文部大臣を兼任することになったわけですね」

ぼやくようにこぼした及川に、音喜多は「そうなりますね」と口髭を撫でながら微笑んだ。

「それはつまり、政府は今後、徴兵猶予を廃止するつもりでいるということですよね」

「まずは繰り上げ卒業をさらに早め、それが済んだらその次は——ということでしょうか」

押し黙る及川を挟むようにして、貞勝と宮野も唇を嚙んだ。薄々勘づいていたとしても、文部省の人間から直接言われるのとでは、重みが違う。

「なので、あんな物言いをしていますが、沢森も、私も、何か方法はないかと考えているんですよ。私の母校は箱根駅伝には出場してませんが、友人と日比谷通りで一緒に観戦したこともあります」

「音喜多さんは、どちらの大学のご出身なんですか」

聞いたところで何になると思いながらも、関東学連の人間として、貞勝は思わず聞いてしまう。

「青和学院です。卒業したのは十年以上前ですけどね」

「青和学院、第一回青梅駅伝に初出場しました。総合十一位で、無事完走しています。一区の大杉《おおすぎ》という選手は、早田大や要大の選手に果敢に食らいついて、区間九位に入ったのが見事でした」

へえ、と音喜多が目を細める。

「OBとしては、いつか母校が箱根駅伝を走るところを見てみたいですね。遠い遠い夢でしょうが」

「箱根駅伝が復活さえすれば、いつか青和学院も出場するはずです。この戦争に勝利し、三十回、四十回、五十回と歴史を重ねていけば、優勝だって夢じゃないでしょう」

「ははは、優勝か。それは気分がいいですね」

笑いながら再び玄関の外を見やった音喜多は、「そろそろですかね」とホールの柱時計を確認した。時刻は午後二時ちょうどだった。

ハンカチで額を拭いながら玄関前の階段を軽快に駆け上がった男が一人、ロビーにやって来る。音喜多ほどではないが長身の男で、爽《さわ》やかな短髪に白いカンカン帽を被っていた。屋内の涼しさにふっと息をついたと思ったら、音喜多の姿を確認して面食らったように足を止める。

「ちょうどいい時間だったので、あなた方にご紹介したい人がいます」

音喜多はそう言って、やって来た男に「お疲れさまです」と丁寧に一礼した。釣られるように、貞勝達も同じようにした。

直射日光をたっぷり浴びたカンカン帽を脱ぎ、男は「昼飯から戻ってみたら、すごいお出迎えだな」と胸元を扇ぐ。音喜多と歳は近そうだが、髭がない分だけ彼の方が若く見えた。

「影山《かげやま》さんにお目にかけたい学生がいるんです」

「学生？」

影山と呼ばれた男の視線が、貞勝達に向く。はて？　と首を傾げた影山に、音喜多は「箱根駅伝の件で」と告げる。

「あぁっ、この前、音喜多と沢森さんが難しい顔で話し込んでたあの件か」

「箱根駅伝が復活したら、いつか我らが母校が優勝する日も来るだろうと彼は言うんですよ」

ふふっ、ふふっと笑いながら、音喜多は影山に耳打ちする。どうやら、二人とも青和学院大のOB同士らしい。

「なるほど。だがしかし、それは気が遠くなるほど時間がかかるんじゃないかね。今の青和学院は、選手を十人揃《そろ》えるのも大変だろう」

「ええ、ですから、気が遠くなるほど箱根駅伝が続いてくれないと、我々はこの目で母校の優勝を見られないんですよ」

一体何が面白いのか。二人は顔を合わせて「見てみたいですねえ」「見たいねえ、きっと美味い酒が飲めるぞ」と笑い合う。

「学体振で陸上委員長をやっている、影山だ。音喜多とは大学の先輩後輩でね」

カンカン帽を脇に抱き、影山が右手を差し出してくる。「が、がくたいしん……」と呟き、貞勝は慌てて握手に応じた。

学体振――大日本学徒体育振興会は、学生スポーツを統括する組織だ。関東学連の上部組織である日本学連も、解体されたのちに学体振に合流した。

学体振の陸上委員長ということは、箱根駅伝を含むあらゆる学生陸上競技を統《す》べる立場にあるということだ。

「君達が箱根駅伝の復活を望む気持ちは、詳しく聞かなくてもわかる」

宮野、及川と順々に握手を交わし、影山は改まった口調で言う。同じ大学の後輩と笑い合っていたときとは一変し、表情に切れ味が増した。

「二年前に箱根駅伝が中止になったとき、自力で青梅駅伝を開催した君達だ。文部省に直談判に来る熱意も、箱根駅伝に対する思い入れも、何としてでも早いうちに駅伝を開催したい気持ちも、よくわかる。中止期間が長くなれば、それだけ復活が難しくなるからね」

影山は貞勝達を見回し、頬に力を込めた。彼の傍らに立つ音喜多と目が合う。彼は静かに、小さく、頷いてみせた。

「そんな君達に僕からできる助言は一つだけだ。軍部を説得なさい。具体的には、戸山《とやま》の陸軍学校を」

「……陸軍戸山学校、ですか」

「ああ、あそこが運動部……いや、鍛錬部の中心だ。そこを説得できれば、軍部も許可を出すかもしれない」

ちらりと宮野を見た。宮野も及川も貞勝を見ていた。陸軍戸山学校――学校と名前はついているが、要するに陸軍と直接対決して交渉しろということだ。

「よかったですね。やっと具体的な交渉相手が見つかりました」

真っ先に及川が言った。先ほど、沢森に箱根駅伝開催計画を具体的に語ってみせたのもそうだが、この後輩はなかなかに神経が太い。

「しかし、いきなり陸軍学校に『ごめんくださーい』と入っていくわけにも行かないですよね」

宮野が難しい顔で腕を組んだが、貞勝は構わず大きく頷いた。

「わかりました。戸山に行ってみます」

こちらがすぐに頷いたのが意外だったのだろうか。影山は唇の端をにやりと緩めた。「陸軍には多少のツテがあるから、私から話しておいてあげよう」とまで続ける。

でも、瞳は刃物のように冷たく鋭く、険しいままだった。

「交渉の手札はちゃんと用意しているんだろうね？」

「この際、徴兵猶予の廃止が迫っている中、なり振り構っていられません。学生の鍛錬と、戦勝祈願のための駅伝であることを掲げます」

「軍部に跪《ひざまず》いて箱根駅伝を開催するというわけだね」

嫌に皮肉っぽい言い方を影山はしたが、貞勝が「その通りです」と続けると、宮野が言葉を引き継ぐように大きく頷いた。

「僕達には、どうやら時間がないようですから。開催できるなら、どこにだって尻尾《しっぽ》を振りますよ」

やはりどこか澄ました感じになってしまう宮野の口振りに、影山は肩を竦めて笑った。

「私も、開催の可能性があるとしたら、それくらいしか手段はないと思うよ。文部省がどれだけ許可したところで、軍部が首を縦に振らなければ事は動かない。この国は今、そういう国だ」

影山の目はとても冷静で、黒目は凛として聡明《そうめい》な眼差《まなざ》しをしていた。だがその奥に淀《よど》んだ諦観《ていかん》と鬱屈《うっくつ》が沈殿して見えて、貞勝は息を飲む。

「交渉は難航するかもしれないね。根気よく、同じ話を何度も丁寧に諦めず繰り返すことだ。私もあちら側に片足を突っ込んでいるようなものだが、話のわからない年寄りを相手にするときは、とにもかくにも根気が大事だ」

開催を祈っているよ。

確かにそう言って、影山は二階へと続く大階段を上っていく。笑みを浮かべたまま「それでは」と貞勝達に一礼して、音喜多も影山の後に続いた。

5　戸山学校　昭和十七年八月

「なんだか物々しいですよね、この界隈《かいわい》」

大久保《おおくぼ》駅を出て少し歩いたところで、宮野がぼそりと呟く。横にいた及川が「ちょっと行けば早田大があるのに、全然雰囲気が違いますよね」と頷いた。

確かに彼らの言う通りで、ここから少し歩けば早田大がある。一駅も離れていないというのに、随分と空気が違う。頭上から照りつける日差しまで、奇妙な威圧感をまとう。盆が明けたら暑さも多少は緩まるはずなのに、このあたりは話が違うのかもしれない。

陸軍戸山学校のある戸山一帯は、かつて尾張《おわり》藩が所有する下屋敷があったという。明治に入ってから陸軍の兵学寮が移転し、陸軍戸山学校となったのだとか。その後、周辺の土地を次々買い上げて施設が作られ、今や射撃場や軍医学校や科学学校が隊列を組むようにして建っている。

「目と鼻の先にいる早田大の学生を徴兵したくて、うずうずしてるんじゃないですかね」

ははっと宮野は笑ったが、陸軍学校の表門が見えてきて、表情を引き締めた。陸軍戸山学校と看板が掲げられた門扉の側《そば》に、貞勝達とそう歳の離れていなそうな男が軍装でたたずんでいる。

ここで追い返されたらどうしようかと思ったが、職員との面会の約束があることを伝えたら、思いのほかあっさり通してもらえた。暑さに負けじと三人揃って詰め襟を着込んで来たはいいものの、軍学校の敷地に入った途端、妙に浮き足立った気分になる。

歩兵の出で立ちの学生が、酷《ひど》くきびきびとした足取りで目の前を通り過ぎていく。教官らしき男達はその数倍険しい表情をしていた。軍装なんて街でだって見かけるのに、軍学校となると印象が変わる。敵の本陣に乗り込んできた感がある。

学生達が入っていった集会所らしき建物の側には藤棚《ふじだな》があって、貞勝達が向かう本部棟の目の前には桜の老樹がたたずんでいた。桜や藤の花の季節には、さぞ美しく咲くのだろう。

そうやって花や季節の移ろいを愛《め》でる感覚があるのなら、箱根駅伝にも何かしらの温情を与えてくれるのでは――なんてお気楽なことを考えそうになって、貞勝は自分の両頬を叩いた。

「お、気合いが入ってますねえ、世良さん」

「ここで気合いを入れず、どこで入れる」

本部棟を見上げた宮野は、声色ほどへらへらしていなかった。その隣に立つ及川なんて、親の仇《かたき》を取りに行くような目をしている。

「とりあえず、短期決戦を狙うって作戦でいいんですよね?」

「交渉の段階でずるずると長引かせるわけにもいかないからな。むしろ、一回目の交渉が失敗したら、次からがぐっと難しくなる。今日で決着をつけよう」

それは、戸山学校と貞勝達を繋いでくれた学体振の影山も言っていた。できるだけいい印象を向こうに与えながら話を進め、電撃戦で開催の許可をもぎ取れ、と。

「少し早いですが、行きましょうか」

絞り出すように及川が言う。全員で額と首筋の汗を拭って、大きく息を吐いて、本部棟の扉を開けた。

軍学校の本部といっても、法志大の教務課や学生課の集まる建物とそう大きく雰囲気は変わらなかった。通されたのも質素な会議室で、貞勝達は椅子にも座らず背筋を伸ばして待っていた。

十分ほどしてやってきたのは、軍服姿の背の低い男だった。低いと言っても、決して華奢《きゃしゃ》ではない。胸板も二の腕も腰回りも分厚く、一歩一歩に野太い力強さがある。

影山が繋いでくれたのは、戸山学校の幹事を務める北尾《きたお》大佐なる人物だった。

「待たせてすまないね」

立ったまま一礼した貞勝達を一瞥《いちべつ》し、北尾は低い声で着席を促す。黒光りする長机を挟んで対峙《たいじ》した北尾は、眉間《みけん》に深い一本皺《いっぽんじわ》が走っていた。歳は……文部省で会った沢森より年上に見えるから、四十代半ばくらいだろうか。

貞勝から順番に自己紹介していくのを、北尾は眉間の皺を緩めることなく聞いていた。ただ、不機嫌にも気が立っているようにも見えない。戸山学校の幹事がどんな役職なのかわからないが、日々の業務がこんないかめしい顔にしてしまうのだろうか。

「学体振の影山君から軽く話は聞いているのだが、要するに君達は、駅伝の大会を開催したいわけだね？」

「はい、第二十二回箱根駅伝の開催のお許しをいただきたく、今日は参りました」

自分で自分の手綱を引くように、極力平坦《へいたん》な声で貞勝は言った。「世良さんはそれくらいがちょうどよく鼻につかないと思います」と、文部省からの帰り道に及川に助言されたのだ。

「君達は、今この国がどういう状況にあるかわかった上で、駅伝をやりたいと言っているのかね」

「もちろんです。年明けの南方での戦果には心震えましたが、やはりアメリカは手強《てごわ》い。四月の空襲の際は、我々も敵の機影をこの目で見ました。先日のミッドウェー沖の海戦も、劇的な勝利の裏に多くの兵士の犠牲があったと推察します」

「ならば、改めて諸君に聞こう。今は、スポーツを楽しんでいる状況かね？」

北尾の視線は鋭かった。暗闇を照らし出すように、貞勝、宮野、及川と順番に睨みつけてくる。

「ここの学生の姿を見ただろう。学内は気合いに満ち満ちている。君達と歳の変わらない学生が、万事戦力増進、実戦本位を掲げ、一突必殺の銃剣術を磨き、一発必中の射撃に励んでいる。軍楽隊が奏でるのは、国民士気の鼓舞高揚のための豪快勇壮な軍楽だ。この精神は、今や軍人や軍学校だけのものではない。すべての国民が持つべきものだと思わんかね」

「もちろんですとも」

深々と頷いたのは宮野だ。こいつはすぐに歯を見せてにやにやと笑うから、「今日は歯を見せて笑うな」と来る前に言い聞かせた。「私達は、戦争に行く前に箱根駅伝を開催できないか、というご相談をしたく伺ったのです」と、文部省で沢森に言ったのと同じ台詞《せりふ》を神妙な顔で口にする。

「先週閉会した夏の甲子園も、大盛況でした。間違いなく、国民精神の高揚に寄与したことと思います。参加した選手達も、次はバットを銃剣に持ち替え、日本人としての誇りを胸に卒業後は戦地で戦い抜くことでしょう」

官製大会として開催された夏の甲子園――全国中等学校錬成野球大会は、ラジオ中継を聞いているだけでも、異様さが目に浮かんだ。ユニフォームにはローマ字の使用が禁じられ、スタンドには「戦ひ抜かう大東亜戦」という横断幕が掲げられた。召集令状が届いた観客の名前が場内放送で読み上げられ、一人ひとりに拍手が湧《わ》いた。突撃精神だか何だかに反すると、負傷以外の選手交代も禁止だった。

それでも、甲子園球場は超満員だった。物資不足に喘《あえ》ぐ不自由な生活の中で、大勢の人が楽しみに飢えていた。

沢森は、甲子園と箱根駅伝とでは規模が違うと言った。それでも、大手町から芦ノ湖を繋ぐあの長い長いコースの周辺に暮らす大勢の人々もまた、甲子園に詰めかけた人々と同様に、飢えているはずなのだ。

「私達は、先日の甲子園と同じことを自分達の手で成したいと考えています。駅伝という鍛錬を通して自分達を鼓舞し、国民を鼓舞し、一人の日本男児として米英と戦うのです」

宮野の言葉に、北尾の左眉がくいっと動いた。それが不愉快を表すのか、何か違う感情を表しているのか、貞勝にはわからなかった。

「心意気は立派だ。しかし、この情勢下で東京から箱根まで行って帰ってくる駅伝大会など、贅沢《ぜいたく》が過ぎると思わないかね」

「東京箱根間の往復は、大正九年の第一回から続く伝統です。箱根駅伝の父とも言える金栗四三《かなくりしそう》先生は、アメリカ大陸横断駅伝の予選会として箱根駅伝を構想しました。文字通り、アメリカを股《また》にかけて活躍する長距離選手の育成のために生まれたのが箱根駅伝です。ロッキー山脈走破のための鍛錬として設定された箱根の山登りは、箱根駅伝に欠かせません」

宮野が事前の打ち合わせ通り放った〈アメリカを股にかける〉もしくは〈鍛錬〉という言葉が響いたのだろうか、北尾が小さく「ほう」とこぼす。

貞勝は無言で及川に合図を送った。鞄《かばん》から一枚の書類を取り出した彼は、「失礼します」とそれを北尾の前に置いた。

「こちらが、関東学連が構想している箱根駅伝の概要です」

たったの紙一枚か。北尾はそんな顔をしたが、及川は気圧《けお》されることなく説明を続けた。この日に向けて天沼軒で連日行った作戦会議の結果、「書類を何枚も出したところでどうせ真面目に読んではもらえない」と結論づけたのは及川だった。

「第二十二回箱根駅伝を、我々は戦勝祈願のための駅伝大会と位置づけ、従来とは異なるコースを設定しました。前回大会までは統知新聞社前と元箱根郵便局の往復コースでしたが――」

及川が短く言葉を切り、北尾の顔を窺《うかが》う。重く険しい視線が書類の一点に吸い寄せられて止まったのを、及川は見逃さなかった。

「今回のスタート地点は、靖国神社です」

北尾の口が再び「ほう」と動く。しかし、声は擦《かす》れてほとんど聞こえない。

「往路のゴールは箱根神社に設定します。源《みなもとの》頼朝や足利《あしかが》氏、北条《ほうじょう》氏、徳川《とくがわ》家康といった武家の崇敬を集めてきた神社です。往路復路共に、スタート前に選手と関係者で戦勝祈願の参拝を行います。大会名は、紀元二千六百三年　靖国神社・箱根神社間往復関東学徒鍛錬継走大会とします」

今度は北尾は相槌《あいづち》を打たなかった。いつの間にか、及川の視線も声も、針に糸を通すような鋭さを伴っている。

「出征に備え、何年も陸上戦技に励んできた選手達ばかりです。鍛錬の集大成として、今回の駅伝大会を開催させていただきたいのです。武器や弾薬は断絶したら無となりましょう。しかし、精神力は断絶しない。体が小さな日本人がアメリカ人を倒せるのは、精神力の賜《たまもの》です。それを養うための駅伝です。靖国を出発し、タスキを繋ぎ、再び靖国神社に我々は帰ります。そして今度は靖国から戦地へ旅立ちます。いずれ、英霊として靖国神社に戻ってくることを願って」

まるで小説の朗読でもしているみたいな話し方をする。乾いた土に雨水が染み込んでいく様を、ふと貞勝は思い浮かべた。ほんの数週間前、人々はこんなふうに甲子園球場に引き寄せられていったのかもしれない。

この水は、果たして北尾の胸に染み入るのだろうか。眉と眉の間に変わらず鎮座する深い一本皺を見つめながら、貞勝は意を決した。

「北尾大佐、いかがでしょうか。これが、箱根駅伝に対する我々学生の率直な気持ちです」

「言いたいことはよくわかった。鍛錬に戦意高揚、戦勝祈願、大変よい心がけだ。だが、心意気だけでは解決できない問題が多いのもまた事実」

太い人差し指でテーブルをトンと突いた北尾は、書類をするりと及川に返してきた。

「駅伝となれば、沿道に大勢の観客が集まる。万が一、四月の空襲のようなことがあったときに大きな被害が出る」

「いえ、それは大丈夫です」

及川が身を乗り出す。

「ご存じの通り、駅伝は常に選手が移動します。短距離の駅伝となれば、往路を観《み》終えてそのまま復路を観戦しようとその場に留《とど》まる人も確かに多い。しかし箱根駅伝のような長距離レースともなれば話は別です。出発時刻から選手のおおよその通過時間が予想できますし、観客はその区間の選手がすべて通過すると散り散りになります。敵からの攻撃があったとしても、そう大きな被害は出ないはずです」

――球場に集まって野球をするより、ずっと安全です。

慎重に慎重に、薄氷に足を下ろすように及川がつけ足す。心臓がぎゅっと縮こまる感覚がした。きっと宮野も同じ気持ちだろう。北尾の反応よりずっと、及川の澄ました表情に寒気がする。

「箱根駅伝が開催中止されていた二年間、我々は東京青梅間大学専門学校鍛錬継走大会を二度開催しました。この駅伝を走った選手達は、胸を張って出征していきました。各地から先輩方の活躍が聞こえて、後輩の我々も誇らしい気持ちです。当時よりずっと戦場は拡大し、重大な局面を迎えています。今こそ、大々的に箱根駅伝を開催し、戦士として皇国のためにこの命を捧げたい。箱根駅伝を待ち望む多くの選手が、同じ気持ちでおります」

及川の演説を、北尾はずっと不機嫌そうに聞いていた。だが、遮《さえぎ》ることはしなかった。

「申し訳ございません、少し気持ちが昂《たか》ぶりました」

これっぽっちも昂ぶりを感じられない冷静な口調で一礼した及川が、一度は返された書類を再び北尾に差し出す。北尾は受け取らなかったが——突き返すまではしない。

唇を引き結んだまま、北尾は何も言わない。

その沈黙は異様に長かった。誰かが生唾《なまつば》を飲み込む音が怖いくらい大きく響き、それが自分のものだと気づいて肩が震えた。

「よくわかった」

北尾の太い手が、再び書類を突き返してくる。

「だがしかし、軍用道路である国道一号を封鎖してまでやるべき行事か、という点で私は納得していない」

及川、宮野、そして貞勝と、北尾が順繰りに視線を寄こす。軍用道路の封鎖。この一点において私を納得させられる人間はいるか、いないだろう。そう言いたげな顔だ。

「これればかりは、お願いをするしかありません」

両膝に手をやって、貞勝は深々と頭を下げた。長机の天板に、額を擦りつける。

「箱根駅伝を走って死にたい。我々のその気持ちに、大佐殿は応《こた》えてくださると信じております」

北尾は陸軍士官学校の出身だ。若い頃に何かスポーツを嗜《たしな》んでいたかはわからない。実は陸上経験者だったりしないか……などと淡い期待も抱いてここに来たが、ここまでの言動を思うに、恐らく違う。

「話は以上のようだね。ならば、ここまでとしよう」

「それは、陸軍内で検討してくださるということでしょうか」

「半分答えは出ているが、後日、正式に返答をしよう」

机の上に及川の作った書類を残し、北尾は席を立った。振り返ることもなく、会議室を出ていく。長々とした文書を作るより勝算があると用意した一枚の書類が、扉の閉まる風圧で小さく揺れた。

「すみません、力及ばずでした」

戸山学校の敷地を出た直後、及川が「ああ～、上手くいかなかった」と額に手をやった。

「いやいや及川よ、名演説だったぞ。予行演習以上の出来だった。知っているのに胸を打たれたぞ俺は」

及川の肩をぽんぽんと叩き、努めて明るく、朗らかに、前向きに、貞勝は言った。日東大の郷野監督を北尾に見立てて交渉の予行演習をしたのは一昨日《おととい》のことだ。しかし、郷野の五倍、本物の北尾は厳《いか》つく険しい顔だった。見立てが甘かった。

「本当ですよ。よくもまあ、自分が入学する前に開催された青梅駅伝のことを、自分が開催したかのように言えるもんだ」

苦笑する宮野に、「あまり褒めているように聞こえませんよ」と及川が顔を上げる。

「弁論大会と一緒です。自分のことを、小説の主人公だと思い込むんです。すると不思議なもので、自分の意識と体が切り離される感覚がして、緊張せずに言うべきことがすらすら出てくるんですよ」

そういえば、及川は読書家なのだと郷野が以前話していた。それにしたって、一種の才能だ。

「伝えるべきことは伝えましたが、電撃戦という意味では失敗じゃないですか」

「確かに、今日あの場で開催を取りつけることはできなかった。しかし、絶対に駄目だと言われたわけでも、二度と来るなと言われたわけでもない。一つ目の作戦が上手くいかなかっただけで、まだ手はあるはずだ」

そうだ、そうだ。自分の言葉に、貞勝は必死に頷く。

「でも世良さん、そうは言いますが、短期決戦を見込んで切れる手札は全部切っちまいましたよ?」

「宮野よ、皆まで言うな。俺も及川も重々承知してる」

鍛錬のための駅伝、戦勝祈願の駅伝、靖国神社と箱根神社の往復、スタート前の参拝、そして「紀元二千六百三年　靖国神社・箱根神社間往復関東学徒鍛錬継走大会」という大会名。軍部が喜びそうな要素をふんだんに盛り込んで、盛り込んで盛り込んで、こちらは胸焼けを起こしそうになっているというのに、それでも北尾は頷かなかった。

「こうなったら、文部省の沢森さんの言う通り、次は歩兵の格好で走るって言うしかないんじゃないですか?　タスキの代わりに銃剣でリレーするんです」

貞勝と及川、二人に左右から同時に睨まれて、宮野はすぐさま「冗談です」と肩を竦めた。

「でも、ここまで譲歩してまだ許可されないなら、こちらはもっと譲歩できる部分を探さないとでしょう?」

「この際、歩兵の出で立ちまでなら譲歩しよう。面倒になったら走りながら脱いじまえばいい。だがタスキを銃剣にというのは駄目だ。駅伝は、タスキをリレーするから駅伝なんだよ」

それでも軍が首を縦に振らなかったら——考え出したら、いつの間にか三人揃って俯《うつむ》いて、大久保駅に向かってとぼとぼ歩いていた。地面に落ちる三人分の影が濃い。八月も終わりに差し掛かっているというのに日差しは強く、どこかから蟬の鳴き声が聞こえる。

その後、作戦を練り直し、何度か戸山学校に足を運んだ。「歩兵の姿で走ることも辞さない」と試しに交渉してみたが、北尾には「歩兵の格好なら軍用道路を走ってもいいということにはならない」と突き返された。

文部省の音喜多から貞勝に電報が届いたのは、九月の終わりのことだった。

*

およそ二ヶ月ぶりに訪れた文部省は、何故だか空気が淀んでいた。屋外は暑さもとうに和らぎ秋の気配がしているというのに、窓は閉め切られ、ロビーは薄暗く陰気な雰囲気を醸している。階段を上る三人分の足音まで、じとじとと湿って聞こえた。

しかし、案内された会議室の扉を開けた瞬間、爽やかな風が吹き込んできた。

「やあ、よく来た、よく来た」

開け放たれた窓を背に、学体振の陸上委員長・影山は湯飲みを啜《すす》った。隣で音喜多が「ご無沙汰しております」と丁寧に会釈してくる。

てっきり沢森と会うと思っていたのに、あの筋肉質な小型戦車のような男の姿はない。

「急に呼び出してすまないね。君達にとっても朗報だから、早く伝えたくて」

貞勝達に椅子に座るように促して、影山はするりと長机の端に腰掛けた。音喜多は貞勝の向かいに音もなく着席する。

「戸山学校の北尾大佐から、第二十二回箱根駅伝の開催を許可するという連絡があった」

軽やかに言ってのけた影山の言葉を、貞勝も、もちろん宮野も及川も、聞き取ることができなかった。口を半開きにして、揃って「はいぃ？」と首を傾げた。

「箱根駅伝をやっていいと、軍部が許可をくれたということだよ」

ははっと笑った影山を横目に、貞勝は音喜多を見た。影山がありもしない妄想話をしているのではないか……貞勝の懸念を打ち砕くように、音喜多は「おめでとうございます」と優雅に微笑んだ。

「ど、どういうことですかっ」

最初に声を上げたのは及川だった。勢いよく席を立って、微笑んだままの影山の顔を覗き込む。

「先週も僕達は戸山学校に行きました。北尾大佐の態度は全く軟化せず、むしろ足繁《あししげ》く通い詰める僕達にうんざりしている様子だったのに」

「君達の熱意に根負けしたんじゃないかな」

採れたての夏みかんみたいな顔で貞勝達を見下ろす影山に、宮野がすぐさま「まさか」とこぼす。

「情に負けて許可を出すような人には見えませんでしたけど」

「おお、君はいい観察眼をしているな、ハンサム君。まさにその通りで、北尾大佐はそんなお優しい性格の人ではないよ」

音喜多が苦笑しながら「ええ、確かに」と頷く。仕掛けたいたずらが成功したかのような楽しげな二人の様子に、貞勝はピンと来るものがあった。

「もしかして、お二人が何か根回しをしてくださったんですか？」

探り探り、聞いた。一瞬だけ笑みを引っ込めた影山だったが、すぐにふふっと鼻を鳴らした。

「私だけではない。誰よりも熱心に軍部と調整をしたのは沢森さんだ」

「どうして」

「文部省で箱根駅伝に思い入れが一番強いのはあの人だからね。立場上、君達には厳しいことも言っただろうが、裏では各省庁の箱根駅伝経験者に声をかけて、一生懸命に軍部を説得していたようだよ」

二ヶ月前、団扇を片手に箱根駅伝復活に苦言を呈していた沢森の顔を思い出す。まさか、あの態度の裏で？　あちこちに声をかけ、あの手この手で軍部に働きかけたというのか。

「私も一応、軍部にはパイプがあったからね。微力ながら交渉はさせてもらったよ。でも、軍部が態度を軟化させていなかったら、どうしたって無理な話だった。スポーツ行事は官製大会以外認めないと頑《かたく》なになっていた彼らを解きほぐしたのは、君達の功績だ」

ひょい、と長机から下りた影山は、その場で両手を打ち鳴らした。駅伝のスタートを飾るピストルのような、高らかで鋭い音だった。

「ここからが大変だよ。年明けの大会開催まで、三ヶ月と少ししかない。時間はないぞ」

「大会準備のための実務は、私もお手伝いしましょう」

ふふっと口髭を揺らし、英国紳士のように音喜多が胸に手をやる。不思議なもので、それを見て初めて、実感した。

箱根駅伝が、俺達の手に帰ってきた。

隣を見た。宮野と及川がこちらを見ていた。二人とも、真夏に雪が降るのを見たような顔でいる。きっと、俺もそんな顔をしている。

やったー！　と声を上げて、この場で三人で抱き合いたい衝動に駆られた。恐らく宮野も及川も同じ気持ちのはずだ。

けれど、三人ともそれをぐっと堪《こら》えていた。

「大変なのは、むしろこれからだ」

貞勝の胸の内を代弁するように、影山が言った。窓から吹き込む秋の芳しい風に、気持ちよさそうに目を細めながら。

影山の瞳の奥が、霜が降りたように冷たく、身を切られたように痛々しく強ばっているのを、貞勝は見逃さなかった。

6　夏合宿　令和五年八月

眩しい緑の中を、日東大の濃紺のウエアを着た選手達が隊列を組んで走っていく。それをワゴン車で追いかけながら、成竹一進は助手席から顔を出して叫んだ。

「ぼちぼち苦しくなって来ただろー？　ここからだ。箱根の予選会はここから粘れたチームが勝つんだ！」

間違ったことは言っていないのだが、どうも据わりが悪い。夏合宿と言えば駅伝指導者にとって定番の「夏を制する者が箱根を制するぞ」という台詞が降ってきたが、言っている自分を想像したら猛烈に恥ずかしくなった。

日東大陸上部の夏合宿といえば、新潟《にいがた》県妙高《みょうこう》市の池《いけ》の平《たいら》地区が定番だった。日東大だけでなく、箱根駅伝を目指す多くの大学が、八月に涼しいトレーニング地を目指して妙高に集まる。

夏合宿では、とにもかくにも徹底的に走り込む。目標は一人あたり最低500キロ。チーム全体の底上げを図り、一体感を作り、秋冬の駅伝シーズンに備えるのだ。

その合宿も折り返しである五日目を迎えた。選手達に課せられた今日のメニューは30キロ走。地区内に設定されたトレーニングコースの一つを使って、全員が30キロをしっかり走りきるのが目標だった。

高地とはいえ午後の気温は三十度を超える。起伏のあるコースは、もちろん箱根の予選会や本戦を想定してのことだ。連日こうして何十キロと走り込んでいたら、ぼちぼち疲労が溜まって抜けきらなくなるのは当然だった。

現役時代に四度、コーチとしても何度も夏合宿を経験した。今の時期はどうしたって、走りに精彩を欠いてしまう。そんな状態でも長距離をしっかり走りきれるか。大崩れせずに、タイムをまとめられるか。

「田淵っ、下がるな下がるな！」

20キロを過ぎ、隊列は崩れて細長い糸のようになっていた。田淵悠羽が後方まで下がってきたから、堪《たま》らず発破を掛ける。田淵は右手を挙げて応えた。しかし、力のない走りは変わらない。

スタート直後は最後尾で調子の悪そうな後輩に声をかけながら走っていた田淵は、10キロ地点で隊列の先頭に出て後ろを引っ張った。

予選会では、確かにそういう走りが大事になる。十二人の選手が出走し、ハーフマラソンの距離を走る。上位十人の合計タイムで本戦出場チームが決まる。エースは単独走でできる限りタイムを稼ぎ、それ以外は集団で走って安定したタイムでゴールする必要がある。

一進が監督として田淵に求めるのは、集団走の先導ではない。エースとして一秒でも速いタイムを出すことなのだ。

「後ろも後輩も気にしなくていいから、お前はお前のタイムを考えて走れ」

――誰も僕をエースだなんて思ってないですよ。

織田記念のあと、広島から帰京する新幹線の中で田淵がそう言ったのを思い出した。自分は名ばかりのエースだから。集団を引っ張るのも、せめて主将らしいことをしようという気持ちの表れなのだろう。

六月に開催された全日本大学駅伝の関東地区選考会でも、田淵の走りはどうも闘争心が弱かった。競りかけられたら粘れないのだ。決してそれだけが原因ではないのだが、日東大は本戦出場を今年も逃している。

田淵はそれ以上下がることはなかったが、重たそうに体を引《ひ》き摺《ず》りながら30キロを走り終えた。

スタート・フィニッシュ地点である宿の駐車場に入っていく選手達を横目に、一進はそこに神原八雲の姿がないことに気づいた。

「神原を追いかけて」

運転席にいたマネージャーに指示を出す。一周10キロのコースをしばらく走ると、道の先に神原の背中を見つけた。

10キロ過ぎから後続を引き離し、単独走で30キロ以上走っているというのに、足さばきのリズムが全く乱れていない。アスファルトに落ちる黒々とした影まで、軽快に跳ねている。

神原の後ろでワゴン車を徐行させる。サングラスをかけた神原は一瞬だけこちらを確認したが、そのまま淡々と走り続けた。

コースを一周し、宿の駐車場前を神原が通過する。ダウンはちゃんと終わらせたのだろうか、駐車場の側の芝生に寝転がったまま、疲れて動けずにいる選手が何人かいた。

彼らの目が、神原に向く。賞賛の眼差しを向けるわけでも、苦々しい顔をするわけでもない。それはまるで――レース中、ケニアやエチオピアの選手が先頭を走るのを、日本人選手だけで作った二位集団の中で眺めているみたいな、そんな目だった。

神原は42・195キロを走りきったところでペースを落とし、軽くジョグをして緩やかに足を止めた。

「あー、腹減った〜」

ぶるぶると頭を振る神原の毛先から、汗の雫《しずく》が飛ぶ。車を停《と》め、「乗って帰るか？」と助手席から顔を出した。

「勝手にプラス12・195キロ走ったのに、怒らないんですね」

神原に課せられたメニューも、他の部員同様30キロ走だった。彼はそれを勝手にフルマラソンの距離に延長して走ったわけだ。

「お前は好きにやらせた方が伸びるって、この三年ちょっとでよーくわかってるからな。まずいなと思ったら止めるよ」

「さすが成竹監督、話がわかる」

神原は十月にＭＧＣが控えている。本番まで三ヶ月を切ったから、すでに本番へ向けたコンディショニングも始まっている。MGC当日にピークを持っていくため、一ヶ月、一週間、一日単位で練習メニューを組む。誰に強制されるでもなく、神原はそれをこなす。物足りないと思ったら、こうして自分で練習の負荷を高めていく。

彼が持ち合わせた才能の類《たぐい》がそうさせるのか、陸上の神様が彼に適宜囁《ささや》くのかはわからない。ただ、神原にはわかっているのだ。自分がマラソンで結果を出すために必要なものを、自分でしっかり選ぶことができる。

「ダウンがてら、走って戻るか？」

「ええ、そうします」

その場で軽くストレッチをした神原は、宿へ向かって来た道を戻っていく。運転席のマネージャーに断りを入れ、一進は車を降りて神原を追った。

神原より若干重たい足音を立てながら横に並んだ一進に、彼は「みんなもう風呂《ふろ》入ってますかねー」と笑った。

「どうだろ。まだ外でくたばってる奴がいるかもな」

「ああ、そんなにきつかったんですか？」

「一周多く走ってる神原を見るあいつらがどんな目をしてるのか、お前は気に留めたことすらないだろ」

彼は先頭を走っているから。後続がどれほど苦しい顔で、息も絶え絶えに走っているか知らない。眼中にない。日東大に入学してから、彼はずっとそうだった。

えー……と困った顔で首を傾げた神原に、一進は「俺はな」と熱っぽい息と一緒に吐き出した。

「俺は現役のとき、マラソンではいつも二位集団につくことを目標にしてた。要するに、日本人選手の集団だ。前にはたいてい、ケニアやエチオピアの選手の集団があった」

「あはは、中継を観た視聴者がしたり顔で『日本人がいないじゃないか。これはどこの国の大会だ?』って嘲笑《ちょうしょう》するやつですね」

そうだ、その通りだ。

「やっぱりケニアの選手は速いなあ、どうせ勝てないんだから、とりあえず二位集団のペースでしっかり走ろう。そうやって、どんどん小さくなっていく彼らの背中を見送るんだ。一位集団の中に日本人選手がいると、おお、やるなあ、勝負してんなーって思う」

本来なら自分も、ああでなければならないのに。レースが始まったばかりなのに、勝手に勝負から降りている。

「もちろん、オーバーペースで一位集団に食らいつくのが必ずしも正解と限らない。でも、日本人一位ではなく優勝を狙うなら、もっと果敢に勝負をするべきだったって、引退してから後悔してる」

その後悔はきっと、日東大の選手達にもいつか訪れる。予選会の頃かもしれない。運よく出場できた本戦の頃かもしれない。競技を引退した頃かもしれない。やりきれなかった後悔とはまた違う。飛び込む無謀さを持たなかった、安堵と紙一重のタラレバだ。

「俺に何を求めてるんですか?」

回りくどい話にうんざりしたのか、神原が率直に聞いてきた。ジョグのリズムは淡々としていて、こめかみのあたりに照りつける日差しと正反対だった。

「例えばな、俺が二位集団で走ってるとき、前を走ってる誰か——ケニアの選手でもエチオピアの選手でも、日本の選手でも、誰でもいいからこっちを振り返って、『カモン！』って手招きされたら、多分、飛び出したんだよ。30キロ過ぎで自滅しただろうけど、きっと飛び出しちゃったと思う」

「え、まさか、俺にそれをやれと？　田淵達に向かって『カモン！』ってやれってことですか？

そんなの、個人がそれぞれ自主的にやればいいでしょう」

「もちろんそうだけど、お前みたいな選手の『カモン！』は、すごいエネルギーを生むんだよ」

宿が見えてきた。駐車場には先に戻ったマネージャーと、何人か部員の姿がある。田淵もいた。

「世良貞勝の日記、覚えてるか？」

四月の終わりに広島に届けた日記は、二ヶ月ほどして関東学連に寄贈された。「第百回箱根駅伝を前に貴重な資料が手に入りました！」と関東学連の一ノ瀬は飛び上がって喜んでいた。

「ええ、一応」

「箱根駅伝の復活のために、世良貞勝と二人の学生がいろいろ動いてただろ」

「学生が頑張ったから復活したんじゃなくて、文部省だか何だかにいた大人がだいぶ裏で動いてあげた結果っぽくなかったですか？　世良さんって人も、そんなふうに書いてたし」

「ああ、俺もそう思うよ。しょせんは学生だからな。でも、学生の箱根駅伝をやりたいって気持ち、それこそ『カモン！』って掛け声に、大人が感化されて動かされた結果だったんじゃないかと思う」

それ以上は何も言わなかった。神原は世良の日記を読んでいる。多くを語る必要はない。

宿の駐車場に入ると、田淵がドリンクとタオルを神原に投げて寄こした。「ダウン、手伝おうか」と言いかけた田淵を、神原の「あっ」という声が遮る。

神原は、腕に巻いたスポーツウォッチで今日の日付を確認したようだった。

「今日、八月六日だったんですね」

乾ききった土に、雨水が染み込むような、そんな言い方だった。

「……八月六日？」

田淵が首を傾げる。どうしてだか、一進は自分の胸が大きく脈打つのを感じた。ジョグのせいではない。体の底から、何かが湧き上がる感覚だった。

「広島に原爆が落とされた日だ」

口の端からこぼすように呟いて、神原は何かに呼ばれたように空を見上げた。妙高の空は夕方になっても青く、高原らしい深い色合いをしている。磨《す》りガラスのような薄い雲が一進達の頭上を漂っていた。

「そうか、じゃあ、もうすぐ終戦記念日か」

田淵の声に、神原が彼に視線をやる。真正面から見据えられ、戸惑った田淵が瞬《まばた》きを繰り返す。

「田淵がさ」

タオルでがしがしと髪を拭《ふ》き、もったいつけるように神原はボトルのキャップを開け、ドリンクを呷《あお》る。「……俺、が？」と怪訝《けげん》そうに眉を寄せた田淵に、神原は唐突に笑った。鼻先を掠《かす》めた綿毛を吹き飛ばすような、ささやかで、いたずらっぽい笑い方だった。

「いや、田淵だけじゃないな。駅伝チームのみんなが予選会を死ぬ気で頑張って、いいタイムをバンバン出して、本戦出場できるとなったら――もしかしたら、俺は感化されるかもしれない」

「……感化？」

「箱根駅伝を走ってみたいなと、思うかもしれない」

田淵がさらに眉間の皺を深くする。神原がそんなことを言うなんて気持ち悪い、という顔。どうせすぐに「ま、嘘だけどね」なんて残酷で軽薄な言葉が続くに決まっている……という顔。

でも、神原は言わない。

「難しいと思うけどさあ、頑張ってくださいよ、田淵主将」

田淵の背中をポンと叩き、「さー、風呂入って飯食お！」と神原は宿の玄関へ向かう。呆然《ぼうぜん》と立ち尽くす一進と田淵を、置き去りにして。

神原が玄関の戸を閉めたとき、田淵が大きく息を吸った。生まれて初めて呼吸をしたみたいな顔で、頬を紅潮させ、喉を震わせた。見開かれた目の奥で、鳥か何かが羽ばたいたようだった。

なんてわかりづらい「カモン！」だよ。胸の奥でそう毒づいた。わかりにくいのに、どうやら、効果は抜群らしい。

第三章　箱根駅伝の亡霊

1　類家　昭和十七年十一月

午前六時ちょうど、及川肇は合宿所の個室を出た。眼鏡《めがね》は邪魔になるだろうから、つけずに行く。酷《ひど》く軋《きし》む廊下の先、のんびり歩く細長い影をいつも通り見つける。

「類家さん、ご一緒していいですか」

玄関で練習用のマラソン足袋《たび》の紐《ひも》を結んでいた類家に、肇はおずおずと声をかけた。類家が断ることはないのに、どうしてだか毎度そうしてしまう。

「いいぞ、一緒に行こう」

猫のように大きく伸びをして、類家が玄関の引き戸を開ける。十一月の、秋と冬のあわいでまどろむようなしっとりとした風が吹き込んできた。

ちょうど日の出の時間を迎えたらしい。空から色が抜けて、東から徐々に青みが滲《にじ》んでいく。眼

鏡をしていないせいで、見えるものすべてがいつもよりぼんやりと丸みを帯びている。そんな景色が、肇は嫌いではない。

合宿所の前でゆっくり準備運動をして、空が勿忘草《わすれなぐさ》の花を溶かしたみたいな色になった頃、肇は類家と並んで走り出した。

黄色く染まった銀杏《いちょう》並木を抜け、日東大附属中の正門をくぐる。少しずつ上がっていく体温と戯れるようなゆったりとしたスピードで、類家は肇の少し前を走った。

類家の歩幅は決して広くない。なのにその走りは大きく感じられて、油断するとあっという間に置いていかれる気がする。足さばきは確かに力強いのだが、どこか飄々《ひょうひょう》としているのだ。軽やかで、どんな山道もすいすいと登っていってしまうのが目に浮かぶ。

初めてこの走りに触れたのは、陸上部に入ってすぐのことだった。春の日差しの中、肇は類家の背中を追いかける形で初めて練習に参加した。

不思議なもので、あのとき、自分はこの走りに魅せられてしまったのだと思う。春特有の強い風に砂が巻き上げられて煙たいグラウンドで、淡々と走るこの背中に。

力強く推進力があるのに、周囲を突き放す孤独な走りではない。類家は、一緒に走る者を誘い込むような走りをする男だった。もう走るのがしんどい。足が上がらない。そう思ったときに、あと一歩だけ足を前に出してみようと思わせる何かを、彼の背中はまとっている。

類家が日課とする朝のランニングについていくようになって、半年以上になる。さも「僕も朝はランニングから始めたいので」という顔で、一緒に走る。

あなたと走ると、気分よく一日が始められるんです。大学の授業も、陸上部の練習も、関東学連での仕事も、何でも積極的にこなせるくらい、ぴんと背筋が伸びるんです。毎晩つける日記に「今日もいい一日だった」と書けるんです。なんてことは、類家本人に言ったことはない。

軒を連ねる瓦屋根《かわら》に朝の日差しが反射して、不思議と街全体が浮き上がるような感覚がした。附属中学前の通りを荻窪《おぎくぼ》駅に向かって走り、賑《にぎ》わい出した駅前を抜け、青梅街道を東へ進む。これが自分達の定番コースだった。

通行人、自動車、自転車、そして路面電車が行き交う青梅街道は騒がしく、正直に言って、走るのには向いていない。

なのに、類家はこの道を走りたがる。「俺は田舎者《いなかもの》だから、こういう人がいっぱいいるところが楽しいんだ」と目を細めて笑うのだ。僕だって東北出身だから、あなたと変わりませんよ……と、肇はいつも呆《あき》れてしまう。

路面電車と追いかけっこするように青梅街道を進み、高円寺《こうえんじ》のあたりで進路を北に取り、昭和通りを今度は荻窪に向かって走る。

類家がスピードを上げた。軒先に吹く風が風鈴を鳴らすような、軽妙な加速。一呼吸の間に、肇と距離ができる。

その差を無理に詰めようとは思わなかった。それ以上離されないよう、歯を食いしばって腕を振った。出発前はあれほど涼やかだったのに、額と背中にじわりと汗をかいている。

附属中学の正門を再びくぐる。鮮やかな山吹色をした銀杏の葉が一枚、類家の肩に落ちて、肇の鼻先を掠《かす》めた。

うん、今日は、いい一日になりそうだ。粗くざらついた呼吸の合間、そんな気がした。

「いつもより疲れた」

合宿所の玄関脇《わき》の植木にかけておいた手拭《てぬぐ》いをひょいと摑《つか》んで、類家が笑う。全長10キロ弱。一時間に満たないランニングだ。ペースも非常にゆったりしていて、そう強い負荷もかかってない。

「重たい走りには見えませんでしたけど」

「うーん、そうか、及川が言うならそうなんだな。箱根はこの倍を走らなきゃいけないと思って、ちょっと気負ったかな」

走る前と同じように大きく伸びをした類家が、すっかり青くなった空を仰ぐ。あはは、と笑う。

「及川が頑張って箱根駅伝開催をもぎ取ってくれたんだから、頑張って優勝しないと」

「僕はたいしたことはしてないですよ。それに、結局のところは文部省の沢森さんや音喜多さん、学体振の影山さん達のお力添えがあったからで、僕達学生の力なんて、きっと一割もないですよ」

国道一号の使用を警察に求めたら、「軍部が許可したなら仕方がない」とあっさり許可された。窓口の担当者の口振りからして、軍内部の陸上関係者の口利きがあったようだった。

「いいじゃないか、みんな及川達が頑張ってくれたって思ってるんだ。堂々としてなよ」

「確かにそうですけど、準備期間がなくて、どの大学も大変そうです」

各大学に箱根駅伝の開催が伝えられたのは十月の終わり。まだ正式発表はされていないが、すでにどの大学も準備に入っている。

影山が危惧《きぐ》していたとおり、本番まで圧倒的に時間が足りない。繰り上げ卒業によって選手の数が足りず、箱根駅伝を走るのに必要な十人を集められないという大学もあるらしい。

「紫峰大からは、出場を断念するという連絡があったばかりで」

「そりゃあ残念。選手が揃《そろ》ってれば、間違いなく上位争いをしたはずなのに」

日東大も選手不足は深刻だが、何とか十人の選手を揃える算段は立っている。

類家は、その中でも上位に入る有力選手だった。郷野監督は彼を五区の山登りに起用するつもりらしい。箱根駅伝開催の目処《めど》が全く立っていない頃から、譫言《うわごと》のように「類家に箱根の山を登らせたい」と繰り返していた。

「どれだけ出場校が少なくても、俺達はちゃんと走って、優勝しないとな」

汗を吸いにくい人工繊維の手拭いを、類家がばさりと広げて風に揺らす。彼はいつ、誰といても穏やかに微笑《ほほえ》んでいる人で、それをときどき郷野から「へらへらするな」と叱責《しっせき》されるのだが、根がタンポポの綿毛のような性格をしているのだと思う。

「類家さんにそう言っていただけてよかったです。頑張った甲斐《かい》がありました」

「そりゃあ、後輩があんな難しい顔で何ヶ月も頭を抱えてたらね。そこまでして開催まで漕《こ》ぎ着けてくれたんだ、是が非でも優勝しないと」

そう言われると、「僕達の力なんて一割ですよ」という謙遜《けんそん》が、喉元《のどもと》で言えてしまう。誇らしいという気持ちまで湧《わ》いてきてしまった。

「二回目の青梅駅伝が終わったあと、新倉さんが『箱根を走りたかった』って言いながら卒業していったのを見てるからね。俺は走らせてもらえるんだから、しっかり走るよ」

及川は日東大陸上部の主将だった新倉篤志のことを、直接は知らない。赤紙が届いた先輩のために箱根駅伝の一区を譲り、二度の青梅駅伝で最終走者を務めて優勝のゴールテープを切り、卒業して出征したと聞いている。

類家は、二度の青梅駅伝で控え選手として郷野と共にサイドカーで新倉に伴走した経験がある。そんな新倉の姿が、類家の目には他の誰よりも色濃く焼きついているのだと、肇は気づいていた。世良貞勝から関東学連に協力してくれと誘われたとき、思い出したのは毎朝淡々と走る類家の背中で、その中にある新倉篤志の影で、だから、誘いに乗った。

およそ二ヶ月前、陸軍戸山学校で肇は幹事の北尾を相手に熱弁を振るった。世良と宮野は「あの演説がなかったら開催許可はなかった」と肇を褒めたが、肇は未《いま》だに、あのときのことを苦々しく思い出すときがある。

青梅駅伝を走った選手達は、胸を張って出征していった——自分はそう言った。その論法でしか、軍部を納得させられないと思ったから、そうした。

でも、青梅駅伝を走り、無念のまま卒業した新倉は、本当にそんな気持ちだったのだろうか。新倉だけではない、箱根を待ち望んだ多くの選手達の胸の内を、自分は勝手に代弁してしまった。

そのしっぺ返しが、いつか来るのではないか。こうして類家と走るのを清々《すがすが》しいと思うたび、自分を呼び止めるようにそんな予感が降ってくる。

＊

「大変だ、紫峰大が一転して箱根駅伝に出場すると連絡してきた！」

錦町にある関東学連本部に肇が顔を出すと、世良貞勝が鼻息荒く迫ってきた。手には大量の書類束。長机にも書類が山になっていて、世良の後輩である宮野喜一郎がそれに埋もれて呻《うめ》いている。

「え、選手不足で出られないんじゃ」

「短距離だろうと投擲《とうてき》だろうと跳躍だろうと、選手をかき集めて出場するそうだ」

「随分と心変わりが早いですね」

紫峰大から「箱根には出ない」と連絡があったのは、十一月の頭だった。それから二週間で急激に選手数が増えたとも思えない。

「どうも、文部省の沢森さんが動いたらしいぞ」

にししっ、と音が聞こえそうな顔で笑った世良に、肇は首を傾《かし》げる。

「あの人、紫峰大のOBだろう？　母校が出場を断念すると聞いて、『紫峰大は箱根駅伝の産みの親・金栗四三先生の母校だぞ！　第一回箱根駅伝優勝校だぞ！　何とか出場してくれ！』と陸上部に直談判《じかだんぱん》しに行ったとか」

「本当に箱根駅伝が好きなんですね、沢森さん……」

最初に文部省で顔を合わせたときは、あんな素っ気ない対応だったというのに。

「それだけじゃない、青和学院大も、青梅駅伝に続いて出場を決めてくれた」

「まさか、影山さんと音喜多さんが？」

「『後輩諸君のために箱根駅伝開催の手筈《てはず》を整えたから、頑張って出場してくれたまえ』と激励したと聞いた。意地でも選手を十人かき集めるそうだ」

なるほど……という呟《つぶや》きは、笑い声に変わった。あの三人がそれぞれの母校で後輩達の尻《しり》を叩《たた》く姿を思い浮かべてしまう。

「熱くなるのは結構ですけど、専門外の競技に駆り出されるこちらの身にもなってくださいよ」

長机に突っ伏して呻いていた宮野が、のそりと顔を上げた。法志大も例に漏れず選手不足で、走高跳の選手である宮野までが出場選手の頭数に入れられているのだという。

「大体、俺じゃなくて世良さんが走ったらいいじゃないですか」

「俺には関東学連幹事としての仕事があるからな。それに、俺は長距離はからっきしなんだ。宮野の方がまだ戦力になる。第二回青梅駅伝四位の法志大として胸を張って走ってくれ」

「おかげでこちらは、箱根駅伝の準備に加えて走り込みですよ。まだまだ問題は山積してるっていうのに」

宮野がひらひらと肇達に見せてきたのは、箱根駅伝開催のための予算表だった。そうだ、問題は金なのだ。軍部から国道一号線の使用許可は下りたものの、関東学連には金がない。

長く箱根駅伝を後援してきた統知新聞社は、新聞統制によって読吉《よみきち》新聞社と合併された。関東学連としては、箱根駅伝開催に向けてなんとか読吉新聞といい関係を作りたいのだが、なかなか上手《うま》くいかない。

「読吉新聞は『多少は協力する』と言ってますが、この調子だと以前のような資金援助は見込めないですよ」

箱根駅伝復活が決まったことで、関東学連にはかつての人員の何割かが戻ってきた。もちろん、軍に志願して大学を去った者、繰り上げ卒業で出征してしまった者も多かった。

幸い、文部省の音喜多も実務に協力してくれている。参加校からも、二名ずつ代表を出してもらった。手作り感は否めないが、大会を回すだけの人員の目処は立った。

資金面では参加校に一万円ずつ開催費用の負担を要請しているが……各大学がＯＢに頭を下げ

て回っていると聞く。日東大ももちろん同様だ。肇は先週、浅草《あさくさ》で地金商《じがねしょう》をしている陸上部のOBを訪ねて「何とか、何とかご協力を……」と頼み込んだ。

「軍部の説得という一番の課題は達成したんだ。金集めなど、それに比べたらいくらでも方法があって前向きな気持ちになれるってものだよ、宮野クン」

世良はここのところ上機嫌だ。確かに、戸山学校に通っていた頃に比べたら気分はずっといい。あの頃は毎日のように胃が痛かった。戸山学校に行く前日の夜なんて、布団の中で何時間目を閉じても眠ることができず、明け方までひたすら本を読んで気を紛らわしたものだ。

肇は壁に掛かったカレンダーに目をやった。紀元二千六百三年・昭和十七年、十一月。その横には世良が作った「箱根駅伝まであと〇日」という日めくりカレンダーが添えられている。

「あ、いかんいかん。今日の分をめくり忘れていた」

肇の視線に気づいた世良が、日めくりカレンダーを一枚破いた。音楽に合わせて踊るような、機嫌のいい音を立てて箱根駅伝までの日数が一日減る。

あの日めくりがすべてめくられたら、箱根駅伝が来る。

そして、箱根駅伝が終わったら、自分達は——。

2 予選会　令和五年十月

快晴の秋空に、大太鼓の音が花火みたいに打ち上がった。あちこちから聞こえる応援歌が、チアリーダーの掛け声が、立川駐屯地の滑走路の上を跳ね回る。

先週までは午前中も残暑がぎらついていたが、今週に入って天候はすっかり秋の顔になった。今日の気温も高すぎず低すぎず、レースには打ってつけの陽気だ。

目の前でウォームアップをする日東大の選手達を、成竹一進は腰に両手をやって眺めていた。

「十二人で縦一列に並んで一斉スタートなんて、よくよく考えたら異常なスタイルですよね～」

お茶の間でテレビでも見るような呑気《のんき》な顔で、神原は一進の真似《まね》をした。大声を出したわけでもないのに、アップ中の他大学の選手がちらりと彼を見る。「え、出ないよね？　神原は予選会に出ないよね？」という顔だ。

エントリーすらしていない神原八雲を予選会の会場に連れてきたのは、他ならぬ一進だった。

明日には、パリオリンピックのマラソン日本代表を決めるMGC（マラソングランドチャンピオンシップ）が控えている。予選会に来ている場合ではないのだが、一進が「来ないか？」と問うと、神原は意外なほどあっさり「しょうがないなあ」と頷《うなず》いたのだ。

箱根駅伝の予選会は、陸上自衛隊立川駐屯地の滑走路をスタートし、市街地を走り、国営昭和記念公園内をぐるりと回ってゴールする。距離はおよそ20キロ。前半はフラットなコースなのに対し、公園内を走る後半はアップダウンの激しいレースになる。

各大学十二名まで出場し、上位十人のタイムの合計を競う。本戦に出場できるのは、十三チーム。百回大会を記念し、昨年より三チーム多く本戦に進める。

一進の側《そば》を、見慣れないユニフォームの選手が走り抜けていった。三重の神宮《じんぐう》大学だ。本来なら関東学連に加盟している大学しか出場できない箱根駅伝だが、百回大会の予選会は全国の大学に門戸が開かれている。準備期間が短かったこともあって参加校はそう多くないが、関西や北海道、東海、北信越、中四国、九州地区の大学の姿もあった。

「そろそろだな」

腕時計で時間を確認する。ぼちぼち選手の招集が始まるだろう。アップを終えた選手達が、スタート地点へ向かい出す。

ベンチコートを羽織ったまま硬い表情で靴紐を確認していた田淵悠羽に、一進は声をかけた。

「お前のやるべきことはシンプルなんだ。気負うなよ」

予選会を戦い抜くには、二つの戦法を組み合わせる必要がある。有力選手は上位争いをし、一秒でもタイムを稼ぐ。それ以外の選手はできる限りまとまって走り、集団でタイムの底上げを狙《ねら》う。エースが精彩を欠いた走りをしてしまったり、集団が崩れて大きくタイムを落とす選手が続出すると——去年の日東大のようなことになる。

「はい、わかってます」

田淵の表情は変わらない。でも、神原が「そーだよ。十二人もいるんだから、チームの力でなんとかってやつでしょ」と無神経な茶々を入れると、ムッと眉《まゆ》を寄せた。

「後悔させてやるよ」

珍しく、苛立《いらだ》ちを隠さない様子で田淵は神原の名前を呼ぶ。神原の顔から、笑みが引いた。

「大学四年まで、箱根駅伝を走らなかったこと。もっと走りたかったって、君に思わせる」

「いや、これまだ予選会でしょ?」

「だから、本戦の話だよ」

言いながら、田淵は視線を泳がせた。強気な態度は五秒くらいしかもたなかった。

「……そう、できるように頑張って……きます」

一進に一礼し、田淵はスタート地点に駆けていった。係員による招集が始まった。

圧倒されるほど広い滑走路に、選手達が並ぶ。一月の本戦でシードを獲得できなかった十チームがまずは滑走路の中心から順番に。その後、去年の予選会の成績順に各大学の選手が続く。

選手達を見送る指導者達の中に、紫峰大の館野の姿があった。江戸紫のジャージを着込み、「楽しんでこいよ〜」と選手達の肩を叩いて送り出す。

カワウソみたいなその顔が、こちらをちらりと見た。「お互い頑張ろう」なのか「負けないよ」なのか、笑顔で手を振ってくる。

上位十チームに本戦出場権が与えられた去年の予選会で十二位だった日東大は、田淵を先頭に濃紺のユニフォームが整然と列を作った。

一進はそれを、神原と並んで滑走路の内側から眺めていた。ピリッと辛味を帯びた風が芝生の上を駆け抜ける。スタートを見守る関係者や応援団、そして会場に詰めかけた観客の視線の渦と混ざり合って、ジリジリと不気味な音を立てた。

二〇二三年十月十四日、午前九時三十五分。

鋭いピストルの音と共に、第百回箱根駅伝予選会はスタートした。


予選会は情報戦だと、日東大でコーチをするようになってつくづく思い知った。

走るのはもちろん選手だが、それ以外の部員達が手分けして仲間やライバル校のタイムを計測し、チームが何位かを計算する。コース各所に人員を配置して選手に状況を伝え、監督は情報をもとに臨機応変に作戦を立てる。追い抜くべき大学、逆に抜かれてはいけない大学が、それによって変わってくる。沿道から選手に指示を出すのもまた、監督である自分の役目だ。

テレビの中継画面にも、定点で各大学の上位十人の通過順位が表示される。大量のストップウォッチを手にスマホで各所に連絡をし、同時にタブレットで中継を確認しながら、マネージャー達は器用に持ち場に散っていった。

「ひええ、戦場だ、戦場」

動物園で珍獣でも見るような顔で、神原は公園内を移動する一進について来た。レース中にトラブルがあったらしい大学のマネージャーが、スマホ片手に叫びながら横を走り抜けていく。

「神原っ、暇なら中継を見ててくれ」

タブレットを神原の胸に押しつける。面倒くさそうに肩を竦《すく》めた神原だったが、「お、あらくさ大の留学生、随分飛ばしますね」「二位集団には、紫峰大と日農大と紅陵大がいます。集団の端っこに田淵も」と、いい具合に実況をしてくれた。

公園内の15キロポイントに到着する頃には、各所の部員から上がった情報のおかげでレースの全容が見えていた。

日東大のトップは田淵で、留学生が作る先頭集団から10秒後方、二位集団の中にいる。集団を引っ張ることはせず、端っこで気配を消しているようだ。その後ろの三位集団にも日東大の選手が二人。それに続く大集団の中で、残りの九人が集団走をしている。大きく遅れている選手はいない。日東大は全体の五位~七位のあたりにいた。

「おおー、10キロ地点で六位みたいですよ」

神原がタブレットを見せてくるが、安心はできない。

「去年だって、10キロまではギリギリ通過圏内だった」

「あれ、そうでしたっけ？」

「昭和記念公園に入ってから遅れる選手が続出して、ガクッと順位が落ちた」

うんざりするほどの〈予選会あるある〉だ。逆に、前半で遅れていても、公園内のアップダウンに入った途端に猛烈な強さを発揮する大学もある。夏の間に高地トレーニングやクロスカントリーコースで走り込んで鍛え、予選会に完璧《かんぺき》に照準を合わせてきた連中だ。

うちだって、ばっちり仕上げてるんだけどな……と声には出せないまま、一進は緑に包まれたアスファルトのコースを睨《にら》みつけた。

木々の隙間《すきま》から木漏れ日が差して、不穏なリズムでゆらゆらと揺れる。沿道には各大学を応援するため、幟《のぼり》を持った観客が詰めかけている。日東大のピンク色の幟が、少し離れたところに何本もあった。一進より年上の男性陣が、酷く険しい顔でスマホと睨めっこしている。

ここだけではない。立川市街地を走るコースのいたるところにも、日東大のOB・OGやファンが応援に駆けつけている。ありがたいのだが、本当にありがたいのだが……頼むから、選手のモチベーションを、苦しい中でギリギリつながっていた気持ちをポキリと折るようなことを、言ってくれるなよ。

溜《た》め息《いき》をついたとき、コースの先が騒がしくなった。トップを走る留学生達がやって来た。スタート時とほとんど変わらないメンバーで、一進達の前を通過していく。タイムを確認した神原が「思ったよりペース落ちてますすね」と呟いた。

それから10秒遅れて、日本人選手の集団が来る。沿道からの歓声はより大きなものになって、幟が錦鯉《にしきごい》の大群みたいに蠢《うごめ》く。

集団の先頭を走るのは、江戸紫のユニフォームを着た紫峰大の選手だった。すでに集団はばらけている。レースも後半に入り、各大学のエース達の〈仕掛け合い〉と〈揺さぶり〉が始まった。

「田淵は――」

濃紺のユニフォームを探して、「あちゃあ……」と無意識に声に出した。ばらけた集団の最後方に彼はいた。歯を食いしばって、力んだフォームで腕を前後させる。前の仕掛けに反応が遅れて置いていかれた形だ。

田淵は、一度離されたら食らいつけない。自分を納得させるのが上手いから。自分の力じゃ無理、だってしょせんは俺なんだもの。そうやって納得して、ずるずると引き離されてしまう。

日東大の幟を持った男性達が、そんな田淵に何やら叫んだ。がらがら声で聞き取れなかったが、「頑張れ」のニュアンスではなく「しっかりしろ」とか「何だその体たらくは」という雰囲気だ。

やめてやってくれ。体も気持ちもいっぱいいっぱいのときにそんなことを言われて、頑張れるわけがないだろう。今時の若者がとか、Z世代だからどうこうじゃない。しんどい自分に追い打ちをかけてくる人間がいるという事実が、モチベーションと自己肯定感を蝕《むしば》むのだ。

田淵の表情は変わらなかった。変わらず苦しそうだった。

だが、沿道からの声に彼の体温が何度か下がったのが、わかってしまう。

「――つまんないなあっ！」

唐突に、横にいた神原が叫んだ。

「田淵ぃ、つまんないよ！」

そこまで大きな声ではなかったのに、集団の尻尾《しっぽ》でちぎれそうになっていた田淵には聞こえたらしい。驚いた顔をして、一瞬だけ泣きそうな顔をして、彼は一進達の前を通り過ぎていった。

一進は何も声をかけることができなかった。

すぐに三位集団がやって来て、そこにいた日東大の選手に神原は「前、そんなに速くないよ〜」と呑気に声をかけた。そりゃあ、お前にとっては速くないだろうよ。そう思いつつ、現在の日東大のおおよその順位と、注視すべきライバル校の名前とタイム差を伝える。

神原に声をかけられた選手達の表情は、苛立ちと嬉《うれ》しさがまぜこぜになった複雑なものだった。夏合宿以降、部内では「箱根を走ってほしかったら俺をその気にさせてみろと神原が言っている」と噂《うわさ》されるようになった。神原の耳にも間違いなく届いているはずなのに、彼はそれを否定も肯定もしないのだ。

それがどんな効力を発揮するのか、一進にもわからない。わからないが、ここまで日東大は作戦通りにレースを進めている。

集団走をしている選手も公園内に入った。複数のチームが合わさって入道雲のように膨れあがっていた大集団も、公園に入るとばらけていく。

自分の状況に合わせ、前に出られる選手は前に出ろ。すぐ後ろに国技館《こくぎかん》大がいるから抜かれないように注意して。そう指示を飛ばす。

タブレットで淡々と中継を見ていた神原が珍しく「おおー！」と歓声を上げたのは、数分後だった。

「田淵、やるじゃーん」

中継画面には、日本人トップが映っていた。そこから十メートルほど後方に、田淵の姿がある。ほとんど単独走の状態だが、集団にちぎられそうになってはその尻尾を掴み、またちぎられそうになっては、ぎりぎりのところで食らいつく。

きっと、沿道からの歓声も、側を走る選手の足音も聞こえていない。半ベソ状態の自分の呼吸音だけが、頭の中に鳴り響いている。

田淵はラスト3キロをその状態で走り続け、ゴールした。アナウンサーに名前を呼ばれることもなく、ただ「日東大の選手もゴールしました」と伝えられただけ。

それでも、画面の横に表示された各大学のフィニッシュ人数の一覧に、「日東大：1」と確かに表示された。

「田淵、頑張ったじゃん」

フィニッシュ地点から待機場所である広場に移動してきた田淵を、真っ先に神原が称《たた》えた。芝生の上に張られた真っ白なテントの下で踏み潰《つぶ》された蛙《かえる》みたいに倒れ込んだ田淵は、「えっ？」と素《す》っ頓狂《とんきょう》な声を上げた。

「……いや、別に日本人一位ってわけじゃないし、多分十位とかだし、留学生も入れたら、個人十五位とかだし」

「15キロ地点であのまま離されるんじゃないかなと思った。自称〈熱心な応援団〉に勝手なこと言われて気持ち切らして、いつも通り被害者みたいな顔でゴールするんだろうなって」

田淵の傍らに屈《かが》み込んだ神原の口振りは、子供を相手にしているようだった。同い年なのに、同学年のチームメイトなのに、田淵のレース結果を可愛《かわい》らしく微笑ましいものだと思っている。あえて辛辣《しんらつ》な言葉選びをするのは、素で田淵を下に見ているから。

でも、肝心の田淵が、満更でもない顔をしている。

「うん、神原を、面白がらせないとって思ったんだ」

テントの天井を仰ぎ見て、田淵は「たいしたことできなかったけどね」と肩を落とす。

「いや、別に面白くはなかったけどね。つまらないレベルが多少は軽くなったかなって感じ」

レースを終えた選手達が続々とテントにやって来る。やりきれた顔、悔いが残る顔、どちらなのかわからず困惑している顔。どの大学の選手も、大体その三種類のうちのどれかの顔だ。

「明日、頑張って」

喉を鳴らしてそう言った田淵に、神原は素振《すぶ》りでもするみたいに軽やかに立ち上がった。「俺の心配するの？　予選会の心配したら？」と、皮肉っぽく笑う。

田淵に一声かけようかと思ったが、どうやら必要ないみたいだ。一進は大人しく広場の一角に陣取る日東大の関係者の輪に加わった。陸上部の面々だけでなく、広報部や学長室の人間まで詰めかけている。さらにその周辺を、ピンク色の幟が二重三重に囲う。

まるで、処刑前だな。マネージャー達が計測したチームのタイム、ライバル校のタイムの一覧を確認しながら、一進はそんなことを思った。

個人総合十五位だと田淵は謙遜していたが、タイムは予想以上によかった。集団走をしていた選手達も、全員が与えられた目標タイムをクリアしている。

「よし、みんな、よく頑張った」

周囲を見回した。中継カメラが人混みを縫うようにして現れたが、たったの一台だ。どこの大学かわからないが、離れたところの陣地にはブーム付きのマイクが何本も立っている。

アレは要するに、そのチームが当落線上にいるという目印だ。数秒差で本戦出場を掴む、もしくは逃す様を、テレビでしっかり中継するためだ。

それがないということは、そういうことだ。うなじのあたりがゾワッと震えて、肌が粟立《あわだ》つ。

「ギリギリで本戦出場なんてドラマティックな展開も捨てがたいが、そういうのは一月の本番に取っておこう」

選手達が整列し、一進の言葉に深々と頷く。神原だけが、列を外れて能天気に周囲を眺めていた。そんな彼にわざわざ「明日のMGCの抱負は?」なんて聞くスポーツ記者がいる。

「俺達が戦うべきは、一月二日・三日の本戦だ。今日からまた本番に向けた練習が始まる。出走メンバー争いはもっと熾烈《しれつ》になること間違いなしだから、気を引き締めていくように」

はい！　という返事のあと、全員の意識が神原に向いた気がした。当の本人は素知らぬ顔で「明日は勝ちに行きますよ」なんてインタビューに答えている。予選会でチームメイトが懸命に目標を達成しようとしたことなど、本番前の些細《ささい》なデモンストレーションだったかのように。

広場に設けられた特設ステージに関東学連のスタッフが立ち、予選会の結果を一位から発表していった。日東大は四位通過だった。詰めかけた大学関係者や応援団に挨拶《あいさつ》をし、手短にテレビとスポーツ雑誌のインタビューに答えていたら、三位通過した紫峰大の館野が「おめでと～、それじゃあ一月に」とにこやかに宣戦布告に来た。

「お手柔らかにお願いします」

差し出された手に応《こた》えると、館野は「その気もないくせに」と笑って去っていった。

確かに、手加減をしようとも、してもらいたいとも思っていない。箱根駅伝とは、そんな浅ましい行為がどうやったって届かない場所にある。

快晴の秋空を見上げて、一進は静かに、でも深く息を吸った。

さあ、久々の箱根駅伝だ。

3 足を 昭和十七年十二月

山間《やまあい》の木々を抜けると、前方から強めの風が吹いてきた。視界が開けて、年の瀬らしい薄氷のような雲が低く流れていく。

辛《つら》い登りはとうに抜けたというのに、足を前に出すのが苦しい。体がまだ登り坂を覚えていて、下り坂に対応できていない。ちぐはぐな感覚が余計な負担をかけている。

数メートル先を走る類家進《すすむ》の背中を、及川肇は睨みつけた。類家も同じような状態なのか、走り方に切れ味が欠ける。

「あ……芦ノ湖だ……」

ぐるぐるとした山道を抜けた先に巨大な湖が見えて、肇は思わず声に出した。そうでもしないと、体がガソリン切れで干からびてしまう。痙攣《けいれん》し始めた太腿《ふともも》を拳《こぶし》で叩いて、歯を食いしばった。顎《あご》が上がった無様な走り方になるが、気にしてなどいられない。

芦ノ湖沿いに通りを進んだ先に、箱根駅伝――正式名称「紀元二千六百三年　靖国神社・箱根神社間往復関東学徒鍛錬継走大会」のゴール地点・箱根神社はある。

「ああー……長かった」

足を止めた直後、類家はその場にゆっくりと蹲《うずくま》った。「一生終わらないかと思った……」と、神社の参道へと続く階段に寝転んでしまう。相槌《あいづち》を打つこともできず、肇も彼の隣に倒れ込んだ。

芦ノ湖から吹きつける風に、周囲の木々が枝葉をざわつかせる。顔を上げると、杉の木がこちらを見下ろしていた。ケヤキやトチノキもある。箱根山は木の種類が多いから、いろんな木を組み合わせて作る寄木《よせぎ》細工が有名だと聞いたことが——考えているうちに汗が冷えて、特大のくしゃみが出た。

「類家さん、早く帰りましょう。夕飯の時間に遅れます。それに、下手したら遭難します」

「夕飯か、夕飯は大事だな。食わなきゃ練習にならん」

「そうですよ。腹に力が入らなきゃ、箱根のあんな急坂、人間が足で登れるわけがないですよ。木炭バスなんて、今にも坂を逆走しそうだったじゃないですか」

と言っても、合宿中の食事事情は決してよくはない。小伊勢屋の女将《おかみ》も頑張ってくれているのだが、主食はお湯の中を米粒がぷかぷか泳いでいるような粥《かゆ》だ。実家が農家の学生を頼り、食べられるものは何でも持ち込んだ。箱根の開催費用集めに協力してくれたＯＢが米を差し入れてくれたときなんて、部員全員、小伊勢屋の玄関で床に額を擦りつけて感謝した。

「でも、腹一杯食えないのはみんな一緒だ」

ふふっと力なく笑った類家の腹の虫が、盛大に泣き喚《わめ》いた。やや遅れて、肇の腹も輪唱する。

何とか体を起こし、類家に肩を貸す。身長こそ肇より高い類家だが、横幅は不思議なくらい細い。

なのに、担ぎ上げた体は酷く重かった。

「悪いなあ、及川。お前は五区を走らないのに」

「いえ、補欠なので、万が一に類家さんが走れなくなったら僕が駆り出されます」

肇は箱根の出走者には選ばれなかった。「頑張ってくれたのにすまん」と郷野は申し訳なさそうだったが、自分の実力が部の上位十人に入るとは思っていない。レース中に誰かが走れなくなったときに備え、補欠として登録されたことの方が驚きだ。

「お前は臨機応変な対応力と度胸があるから、どこを走ることになるかわからない補欠にも、安心して登録できる」と郷野に肩を叩かれたときは、世良貞勝に「我々に協力してはくれないか」と言われたときと同じ使命感が胸を満たした。

箱根の山を登る五区と、登ってきた道を駆け下りる六区は特殊なコースだ。補欠として走る可能性がゼロではないと考えると、一度くらいは走っておいた方がいい。そう思って、今日は類家の付き添いを買って出た。

というのは理由の半分で、もう半分は、彼を一人で走らせたくなかったのだ。

「帰りはバスか登山鉄道で帰りましょう」

「ああ、もちろんだ。人間の英知と技術の結晶は進んで使うべきだ」

いつも通り飄々とした口調で類家は言ったが、口元は強《こわ》ばったままだった。

それどころか、数メートル歩くごとにびくりと左足を震わせて、踵《かかと》を浮かす。

「類家さん、足は大丈夫ですか」

「ずっと痛いわけじゃないんだ。痛むのに合わせて上手く息を止めると意外と平気だ」

それは平気とは言わないいんじゃないか？　というやり取りは今日の朝にうんざりするほどしたので、言わないでおいた。

「本番前に足を痛めるなんて、情けない話だよ」

日東大は、十二月の中旬に一週間の合宿を決めた。箱根駅伝のたびに世話になっていた小伊勢屋を本部として、出走予定の選手達がそれぞれのコースを走り込むのだ。

類家が左の足首を痛めたのは、合宿初日、小田原から芦ノ湖へ続く五区の山登りコースを試走している最中だった。類家自身は大平台《おおひらだい》のあたりで痛み出したと言っていたが、もっと前から彼の走り方がおかしいことに、付き添いとして後方を走っていた肇は気づいていた。日記にも書き記していたから、間違いない。

恐らく、類家の怪我《けが》の原因は、十二月の頭に行われた軍事訓練だ。いつの間にやら必修となった軍事教練のため、日東大の学生達は北富士裾野《きたふじすその》で一週間の野営と行軍の訓練を行った。

班が違ったから類家とはほとんど顔を合わせなかったが、訓練のあとから類家は左足を庇《かば》う仕草を見せるようになった。「富士山も見られて、練習のいい息抜きになったな」なんて類家は笑ったが、確実に訓練で足を痛めたのだ。

箱根駅伝開催が決まって以降、毎日のように20キロ走り込んできた類家の足に、銃と背嚢《はいのう》を背負っての行軍と部隊教練がさらに負担をかけてしまったのかもしれない。

結局、合宿が始まってから今日まで、類家は一度も五区のコースを走りきることができなかった。海辺の平らな道を走り込んだり、山道を細切《こまぎ》れに走ったり、誤魔化し誤魔化し練習していた。

それでも、最終日にちゃんと五区のコースを走りたい。昨夜、彼はそう言って聞かなかった。

「バスも鉄道もあるっていうのに、どうして俺達は自分の足でこんな長い距離を走るんだろうな」

小田原に向かうバスの中、窓際で頬杖《ほおづえ》をついた類家がふと呟いた。うとうとしていたせいもあって、肇は咄嗟《とっさ》に答えを返すことができなかった。うとうとしていなかったとしても、それらしいことは何も言えなかったように思う。

＊

「読吉新聞はいつになったら金をくれるんだ！」

関東学連本部の天井に向かって宮野が叫んだのは、十二月三十日の正午のことだった。新年が目と鼻の先まで押し迫っているというのに、本部には学生が詰めている。靖国神社に提出する社頭《しゃとう》一時借用願を書いている者、優勝盾や参加章などの物品を手配している者、各大学が登録した選手一覧を確認する者、大会中にタイム計測を行う計時員の名簿を作る者……小さな火鉢で暖を取っているとは思えないほど、本部は人の熱気で満ちていた。

「出す出す言いながら一ヶ月、いただけないまま年の瀬になると思いませんでしたね」

壁に掛けられた日めくりカレンダーには、世良の字で「箱根駅伝まであと六日」と刻まれている。箱根駅伝当日に配布する小冊子の原稿をチェックしながら、肇は溜め息をついた。十二月に入ってから二日と置かず読吉新聞にせっついているが、一向に大会資金を援助してくれる気配がない。

「世良さんは学体振に呼び出されて帰ってこないし、下手したらこのまま年越しだな」

「宮野さん、年が明けたら法志大の直前合宿に参加するんですか？」

「できたらいいが、この調子だと合宿どころじゃないな。ただでさえ、半分が門外漢の寄せ集めチームだっていうのに」

法志大は陸上部以外にも、ラグビー部や柔道部から選手をかき集めたという。走高跳選手だった宮野の体は、この二ヶ月ですっかり長距離選手らしくなっていた。余計な筋肉がそげ落ち、細い金属棒みたいな手足が学生服の上からでもわかる。

「明律《めいりつ》大は粘ったけれど人数不足で不参加。うちや紫峰大を始め、長距離以外の選手を集めて急ごしらえのチームを作った大学もたくさんある。こりゃあ、日東大の優勝は堅いんじゃないか？」

「さあ、どうでしょうか。これればかりは始まってみないと——」

言いかけたところで、ビルの階段を駆け上がってくる音が聞こえた。足取りは強いが、どこか忙《せわ》しない。これは間違いなく世良だ。

直後、本部の扉が勢いよく開く。廊下から冷たい空気が吹き込んで、日めくりカレンダーがばさりと揺れた。

「帰ったぞー！」

頬骨のあたりを寒さで赤く染めながらも、世良は笑顔だった。「あー、寒い寒い」と両手を擦《こす》り合わせながら、部屋の隅の火鉢に近寄っていく。

「学体振の影山さんに、綴《と》じ込み広告の件でたっぷりお説教されてきたぞ」

あっけらかんと言う世良に、肇も宮野も、他の学生達も「ああ、やっぱり」と肩を竦める。仕方なく、彼らを代表して肇は聞いた。

「関東学連は解散させられ、本来は存在してはいけない組織なのに、主催として大々的に名前を出したからですか？」

「その通りだ！」

先日、関東学連は読吉新聞に箱根駅伝——正確には、「紀元二千六百三年　靖国神社・箱根神社間往復関東学徒鍛錬継走大会」の開催を知らせる綴じ込み広告を出した。沿道の住民に、正月に箱根駅伝が帰ってきたことを少しでも早く伝えたかったのだ。

主催として、世良は迷うことなく関東学生陸上競技連盟の名を記した。肇と宮野は「本当にいいんですか？」と五度念を押したが、「構わん！」と押し通した。

「いやあ、影山さんは声を荒らげて怒るんじゃなくて、淡々とこちらの落ち度を指摘してくる人でな、冷や汗が止まらなかったぞ。『強引な自己主張で軍部の気が変わったらどうする気だ』と、粛々と怒られた」

「影山さんの言う通りですよ……」

世良だってわかっていたはずだ。わかっていて、あえて関東学連の名前を出した。

戦争のための鍛錬と戦勝祈願の駅伝であることを前面に押し出した箱根駅伝が、間違いなく学生達に望まれて開催された大会であると残すために。学生達の手で開催された大会であると、後世に残すために。

「というわけで、当日配る小冊子は、きちんと主催を学体振とするようにと言われた」

「そうなるだろうと思って、小冊子の原稿はそのように修正しておきましたよ」

「さすが及川クン、仕事が早いな」

火鉢で充分に手が温まったのか、世良は機嫌よく肩を揺らして一同に向き直る。

「それで、坊主も必死に走り回るこの年の瀬に影山さんにすこぶる怒られた世良さんは、一体全体どうしてそんなにご機嫌なんですか」

欠伸《あくび》混じりに宮野が聞く。世良はもったいぶった仕草で学生服の懐に手を入れた。取り出したのは、茶封筒だった。それも、読吉新聞社の社名が入った。

「影山さんと会ったあとに、音喜多さんと読吉新聞社に殴り込んで開催費用をぶんどってきた」

封筒はまあまあな厚さがあった、それを世良は「景気のいい年末だ！」と笑いながらひらひらと振る。肇は「火鉢に落ちたらどうするんですか！」と彼の腕に慌てて飛びついた。


靖国神社に社頭一時借用願を提出して、肇はそのまま中央線で阿佐ヶ谷へ戻った。天沼軒を覗《のぞ》くと、思った通り類家がいつもの席で餅《もち》を食べていた。年の瀬の天沼軒はひっそりとしていて、客も数人しかいない。

「おお、及川じゃないか」

大振りの餅にかぶりつきながら、類家が顔を上げる。肇はおかずが並んだガラスケースから、腹持ちがよさそうな里芋の煮っころがしと大根の煮つけを選び、類家の向かいに腰掛けた。

「天沼軒で夕飯でも食べてるんじゃないかと思って来てみたら、大当たりでした」

食べるか？　と類家が自分のおかずであるめざしの蒲焼《かばや》きを肇の方に寄せてくる。肇も自分の皿を同じようにした。

「あら、及川さんだ」

店の奥から看板娘の美代子が現れる。肇は類家と同じ餅を頼んだ。「食べるものまで仲良しだ」

なんて笑う美代子は、この半年ほどで急に大人びた表情をするようになった。日東大陸上部の部員達の間で密《ひそ》かにムーランルージュ新宿座の誰それに似ているとまで言われ出し、彼女目当てにここへ通う部員までいる。

餅を運んできてくれた美代子の顔を改めて見ると、確かに部の友人が持っていた人気女優のブロマイドとちょっと雰囲気が似ている。

「今日も駅伝の準備だったんですか？　さっき類家さんが、今日は及川さんがいないから退屈だ～ってぼやいてましたよ」

「ちょっと、わざわざ及川本人に言わないでよ、恥ずかしいだろ」

今日は練習が休みだから映画でも観《み》にいこうという類家の誘いを、関東学連の仕事があるからと肇は断っていた。

「結局、映画は観にいったんですか？」

「高円寺で『ハワイ・マレー沖海戦』を観た」

美代子が「あ、私も観たかったのに」と、少しだけ不満そうに唇を窄《すぼ》めた。

「えー、なら、美代子ちゃんを誘えばよかったな」

「国民必見と言われてるんですから、そりゃあ観たいですよ。及川さんに振られちゃったなら、私を誘ってくれればよかったのに」

『ハワイ・マレー沖海戦』は、今月封切られた開戦一周年記念映画だ。昨年十二月の真珠湾攻撃とマレー沖海戦を、海軍パイロットを目指す少年の成長と共に描いていると聞いた。映画館は連日大盛況だとか。

だがしかし……里芋を頬張りながら、肇は唸《うな》り声を堪《こら》えた。陸上部の何人かが美代子を『ハワイ・マレー沖海戦』鑑賞に誘って、ことごとく断られていたのを思い出したのだ。言うまい言うまい。自分に言い聞かせながら、肇は餅を平らげた。

「箱根駅伝を見にいきたいけど、類家さんが走る五区は遠すぎるのよ」

店を出る直前、美代子がそんなことを言った。半開きになった店の引き戸から、指の関節に染み入るような冷たい風が侵入してくる。

「それなら、二日目に靖国神社でゴールを観戦しなよ。俺も及川も、最後はみんな集まるから」

「あら、じゃあそうしよ」

美代子がお盆で口元を隠してにんまり笑ったのを、肇は見逃さなかった。類家がいるだろうと思ってここに来たが、とんだ邪魔者だったかもしれない。小さく小さく肩を竦め、肇は一足先に店を出た。


「明日の今頃は、小田原で年越しか」

すっかり暗くなった合宿所への道をふらふらと歩きながら、類家は言った。面白いくらい真っ白な吐息が彼の口元から舞い上がる。

「そうですね。年が明けたら、あっという間に箱根駅伝ですよ」

日東大は大晦日《おおみそか》から再び小伊勢屋に戻り、箱根駅伝当日まで再び短い合宿を行う予定だ。大会直前なので、肇もできる限り参加するつもりだった。

年の瀬の街並みは、普段とそう大きく変わらないように見えた。家々や商店からこぼれる明かりが、ほのかに温かく緩んでいる。各々《おのおの》の仕事を収めたのか、すれ違う人の表情まで少しだけ晴れやかだ。踵から伝わる土の冷たさなど、気にならないほどに。

米英との戦争が始まって一年がたった。確かに物資不足ではあるし、配給制度はあっても腹一杯飯は食えないし、天沼軒のカレーうどんの具は哀れなほどに小さくなった。本来の名物であったライスカレーを、肇は一度も口にしたことがない。

それでも、戦争のある日常にすっかり慣れてしまった。大晦日を前に「ふう、今年も終わりだ」とひと息つけるくらいに。

「来年は、何か変わるのかね」

肇の心を読んだように、唐突に類家が呟く。

「いい方に変わればいいですよね」

「そうだなあ、再来年《さ》も箱根駅伝ができるようにな」

そこまで言った類家が、「あ、いかん、いかん」と頭を振る。

「先のことより、目の前のことを考えた方がいいな。箱根の山登りのことを」

「類家さん、足は大丈夫なんですか？」

「郷野監督は走っていいって言ってるんだ。大丈夫だよ」

合宿を終えてからの二週間、類家は変わらず毎日20キロを走り込んでいる。肇もできる限り付き添ったが、一見すると足の具合はよくなったように見えた。

だが、練習と本番は違う。それに、類家が走るのは合宿所のグラウンドでも、普段から練習で走っている荻窪でも高円寺でも新宿でもない。箱根の山なのだ。木炭バスですら息を切らす急坂を、細い足二本で登っていくのだ。

「及川よ、あんまり心配するな」

大丈夫、大丈夫。肇の肩を叩く類家の口元から再び舞い上がった白い息は、冷たい夜風に掻《か》き消された。耳たぶやうなじ、頬骨に染み入る冷たさに、肇は眉を寄せた。

「及川は補欠だから、監督と一緒にサイドカーで伴走してくれるんだろう?」

「ええ、その予定です」

「じゃあ、俺の足が止まりそうになったら、何かわかりやすくて元気が出る声をかけてくれ。複雑なのは、聞こえたってどうせ理解できないから」

確かに、本当に苦しいときに前を走る選手や後続との差を事細かに教えられても、ほとんど理解できない。こちらは手足を動かし、息を吸って吐くだけで手一杯なのだから。

「例えば?」

「足を前に出せ、とか?」

「わかりやすいですけど、そんな言葉で本当にいいんですか?」

「ああ、それくらいわかりやすくないとな」

足を前に出せ。単純だがわかりやすい指示ではある。足を前に出すことを繰り返していれば、どんなに遅くとも人は前に進む。

「わかりました。じゃあ、類家さんが止まりそうになったら、『足を前に出せ』と言います」

「その前に、郷野監督が一升瓶で酒をぶっかけてきそうだけどな」

ははは っと類家は珍しく喉を張って笑った。山を登る類家と、彼に「気つけだ!」と酒をぶっかける郷野、バイクの荷台でそれを呆然《ぼうぜん》と見ている自分を想像して、肇も笑った。

寒さで喉の奥がぴりりと痛んだが、構わず笑った。今日もいい一日だったと、合宿所に帰ったら日記に書こう。

4　MGC　令和五年十月

スタート前、神原八雲には「いつも通り、冷静に」と声をかけた。日東大のユニフォームをまとった彼は、「うぃーっす」と間延びした返事をした。ボストンマラソンのときと全く同じやり取りだ。

それからおよそ一時間。須田町《すだちょう》の交差点の一角で、成竹一進はスマホを睨みつけていた。午前八時前にもかかわらず、沿道には観客が詰めかけている。ちらほらと出場選手の関係者の姿もあった。

パリオリンピックのマラソン日本代表選考競技会――MGC当日は、快晴だった。昨日の箱根駅伝予選会に負けず劣らずの抜けるような秋の青空が、ビル街を見下ろしている。

「神原の調子はどうなんだ」

何食わぬ顔で一進の隣に並んだ人物の顔を確認して、一緒にいたコーチと主務の学生がギョッと目を瞠《みは》る。慌てて「ご無沙汰《ぶさた》しております！」と一礼した彼らの後ろで、その人の姿を写真に収めようとスマホを構えた観客が何人かいた。

「いい具合の脱力感でしたよ。貴船監督こそ、体調はいかがなんですか？」

短く会釈してそう告げると、貴船は監督時代と変わらない調子で天を飲み込むように豪快に笑った。陸上部の低迷と胃がんを理由に退任したとは思えないほど、元気な様子だ。胃を半分切除しただけあって随分と横幅は細くなったが、日に焼けた肌も、歳《とし》の割に黒々とした髪も、笑うと口の奥の銀歯がぎらりと光るのも相変わらずだった。

「手術は上手くいったぞ。経過も良好だ」

「それはよかった。いっそ、監督に返り咲いたっていいんですよ？」

「遠慮しとくよ。若いのが頑張ってるところに、年寄りがのこのこ戻って行くもんじゃない」

監督を退いてから、貴船は一進にほとんど連絡を寄こさなかった。昨日の予選会のあと、「本戦出場おめでとう。よくやった」とメッセージを寄こしたのが、数ヶ月ぶりの連絡だった。

その文末に、今日のMGCを観戦しに行くと添えてあった。

「しかし、今日は役者が揃ったなあ。こりゃあ激戦だ」

一進はスマホに視線を戻した。国立競技場のトラックに選手達が現れた。多くは実業団に所属する選手だが、神原をはじめ、ちらほらと大学生の姿もある。

「日本代表の選考なんですから、そりゃあそうですよ。東京オリンピックのときだってそうだった」

東京オリンピックの日本代表もいれば、去年のオレゴン世界陸上で日の丸を背負った選手もいる。日本記録保持者もいる。多くは、かつて大学時代に箱根路《はこねじ》を駆け抜けたランナー達だ。誰もが、国内の主要マラソンレースで厳しい選考をクリアして、MGC出場権を摑んだ。

賑やかだった交差点が静まりかえった。誰もがスマホを見下ろしている。

直後、一進のスマホからも、スタートの号砲が鳴り響いた。

「成竹、お前も走りたかったか？」

実況の「パリオリンピックへの切符を懸けた戦いがスタートしました！」という声に被《かぶ》せるよう

に、貴船が聞いてくる。

ああ、この人は確かに歳を取ったんだな。ふと、そう思った。退任前のこの人だったら、教え子であり日東大のコーチでもある一進に、こんな湿っぽい情をかけてくることなんてなかった。

「いやいや、パリまでやるのは年齢的にも厳しいだろうなと思ってましたから。怪我もしましたしね。東京オリンピックが俺のボーダーでしたよ」

東京オリンピックの代表の座を懸けたMGCに参加できないことが確定したから、引退した。そこには何の悔いも残っておらず、むしろ今は監督業に手一杯で、哀愁に浸る余裕すらない。

あのときのMGCと、今日のMGC。コースはほぼ一緒。一進が走ることが叶《かな》わなかったレースを、神原は悠々と走っていた。

選手達は大きな集団を作り、国立競技場から外苑西通りを靖国通りへ向かう。ここが急激な登りになっているから、スタート直後はペースが上がらない。神原は集団の後方の車道側にいる。前後の選手と足が交錯しないよう、なるべく走りやすいところを選んだようだ。サングラスをかけているせいで、表情はあまり読み取れない。

靖国通りに入った集団は、進路を変えて東へ向かう。ここからは一気に下り坂だ。5キロ地点の市谷見附《いちがやみつけ》まで、自然とハイペースになる。

「ペース上がったか？」

貴船が聞いてくる。一進は自分のスマホを見せてやった。

「1キロ2分58秒ってところですかね。上がりはしましたが、そこまで早くはないです」

普段のレースならペースメーカーが集団の先頭でレースを作る。大会側が設定した目標タイムに合わせてペースメーカーが走ってくれるから、それにくっついて行く。35キロ過ぎでペースメーカーが離脱してからが本当のスタートだ。

だが、MGCにペースメーカーはいない。一位と二位が日本代表に自動的に内定するMGCのルールでは、好タイムを出すことよりも純粋に勝負に徹した方がいい。そんな思惑《おもわく》が集団の中に渦巻いていて、だからこそ下り坂に入ってもペースはそこまで速くならなかった。

「序盤でペースを乱高下させてもスタミナを消費するだけですから、これくらいで行ってくれた方が見てて安心ですよ」

「でも、神原は綺麗《きれい》なレースより、酷いレースの方が走るタイプだろう?」

貴船の言うことにも一理ある。ボストンマラソンは決して綺麗なレースではなかった。アップダウンのあるコース、それに雨と寒さ。他の選手が調子を崩す中、踏ん張って踏ん張って上位に潜り込む。飄々とした性格をしているくせに、そういう泥臭いレースがあいつは得意なのだ。

「とは言いますけど、あいつはこれが三回目のフルマラソンですよ? 確たる自信を持てるほどの経験値じゃない」

マラソンはレース経験こそが選手を強くすると、一進は思っている。42・195キロを走った経験。ロード練習ではなく、他の選手やペースメーカーがいる中で、有力選手の揺さぶりや選手同士の駆け引きを経験し、戦略を持ってゴールを狙う経験を何度も積むことで、マラソン選手として強くなっていく。

神原のマラソン経験値は、出場選手の中で最も低いと言っていい。それが一体、このレースでどう作用するか。

スマホの小さな画面の中で、先頭を走る選手の顔がアップにされた。集団は5キロを通過し、水道橋《すいどうばし》の交差点を右折。白山通りを抜けて神保町《じんぼうちょう》へ。靖国通りを東へ進む。集団からぽろぽろと遅れる選手が出始めたが、神原は気配を殺すように静かに選手と選手の陰で息を潜めている。

徐々に須田町の交差点に詰めかけた観客達が浮き足立ってきた。もうすぐここを選手達が通過するのだ。

須田町の交差点は、選手達を六回も見ることができる絶好の観戦スポットだった。交差点を左折して上野広小路《うえのひろこうじ》で折り返し、再び須田町を経由して銀座、そして内幸町《うちさいわいちょう》へ。日比谷公園を眺めながら折り返して三度《みたび》須田町に帰り、交差点を左折して小川町《おがわまち》へ、すぐに折り返してまた須田町へ。そして再び上野広小路へ向かい、同じコースを二周して、神保町方面へ戻る。

細かな折り返しは選手にとってもストレスだろうが、一進からすれば何度も神原の顔を見ることができるから助かる。神原がこちらをどれほど当てにしているか知らないが、それでも、監督として彼にこのレースでいい成績を収めてほしい。

現役大学生として、マラソン日本代表としてオリンピックに出る。そんな輝かしい道のど真ん中を神原が駆け抜けていくのなら、その背中を監督として見送ってやりたい。

交差点にテレビ局の中継車が入ってきた。四方八方から歓声と拍手が湧き、選手達が交差点を左折していく。一進は両の掌《てのひら》を口元に持っていった。

「神原ぁー！　その調子で行け！」

集団の中ほどをゆったりと走りながら、神原は一進の声に特に反応を示さなかった。こちらも期待はしていない。

「とにもかくにも、35キロまで先頭に食らいついていられれば、有り得るぞ」

遅れて交差点を左折していく選手達を眺めながら、貴船はしみじみと首を縦に振った。

5　新倉　令和五年十月

正直、面白いレースではなかった。

本日二度目の日比谷公園を横目に、神原八雲はサングラスをずらして額にかけた。午前中の日差しがガラス張りのビルに反射し、眩《まぶ》しさに顔を顰《しか》める。それでも構わず走り続けた。

気分を変えたかった。こんなに爽《さわ》やかないい陽気なのに、集団の中は空気が籠《こ》もっている。速くもなければ遅くもないペースで、誰か仕掛ける人間がいないかと周囲を気にしながら、誰も彼も牽《けん》制《せい》し合っている。

いや、いいんだけどさ。このレースはタイムは関係ない。どれだけ遅かろうと、一位か二位に入れば日本代表になれる。無謀な勝負に出る必要はない。

それにしたってさあ。溜め息をつく代わりに、大きく息を吸って、強めに吐いた。ここまで25キロ以上、淡々と距離を刻んでいた体のリズムを、あえて変える。わずかに体に負荷がかかって、それがいい気分転換になった。

内幸町の折り返しのため、先頭集団のペースが緩む。集団に残っている選手は一人、二人、三人……十人くらいか。

折り返しを終え、日比谷通りを北上し始めた瞬間、一気に前に出てやった。視界が開けて、自分がまとっていた空気が見事に入れ替わった。爽快《そうかい》な気分だ。思わず声が出そうになった。

聞こえる聞こえる。実況アナウンサーが「おおー！　日東大学四年の神原八雲が飛び出した！」と叫んでいる。マラソン学生記録保持者だとか、ボストンマラソン三位入賞だとか、八雲のこれまでの実績を早口で捲《まく》し立てている。

背後に耳を澄ました。後続の足音は二人分。まだ仕掛け時じゃない。無鉄砲に飛び出した学生なんて放《ほう》っておけ。そう思った選手が多いのかもしれない。

いいや、なら、行ってしまえ。迫ってくる足音を振り切り、ペースを上げた。ぐん、ぐんと加速すると、足の回転が体の中心にぴたりと嵌《は》まる感覚がした。おおよそ1キロ2分52秒のペースだった。今のコンディションにはこのペースがちょうどいいと、自分の体が訴えている。

やっぱり、気持ちがいいと思えるペースで走らないと駄目だ。牽制し合ってのろのろ走るのは、どれだけ戦略的に正しくても、性に合わない。

大体、これがオリンピックだったら、日本人同士で固まって走っているうちに、優勝争いをする選手達はどんどん先に行ってしまう。

後ろから聞こえていた足音が落ち着いた。八雲のやや後ろの位置をキープしたようだ。通りかかったコンビニの大きな窓ガラスに映る自分の姿を確認する。フォームに問題はない。後続の選手との距離は3ｍといったところか。

日比谷通りから銀座方面へ抜けるとき、皇居が目に入った。開けた濠《ほり》の向こうから、酷く冷たい風が吹いてきた。

どうしてだろう。周回コースの一周目は何も思わなかったのに、世良貞勝の日記のことを思い出してしまった。彼らが箱根駅伝開催のために足を運んだ文部省はこの近くだし、関東学連の本部も皇居の側にある。

銀座四丁目の交差点を左折し、中央通りを須田町交差点へ向かっている最中も、世良の日記が頭から離れない。黄ばんだ用紙に鉛筆で刻まれた角張った文字。ページの隙間からかすかに香る土の匂《にお》い。前半は理知的に淡々と書き記されていたのに、箱根駅伝開催が決まった日のことを書いたページは、文字が躍っていた。一文字一文字が大きく、止めハネが無駄に大仰だった。気持ちの昂《たか》ぶりが伝わってきた。

これを書いているとき、世良貞勝はもう出征していたのに。〈最後の箱根駅伝〉は終わり——「箱根を走って死にたい」の〈箱根〉は終わり、あとは死ぬだけの運命だったというのに。

馬鹿じゃないの、たかが箱根駅伝じゃないか。アメリカから日本に向かう飛行機の中で初めて世良の日記を読んだとき、そう思った。

でも、あれは毒だった。

日本に帰国して、一日、一週間、一ヶ月と、時間がたてばたつほど世良の日記が頭の中で大きくなる。MGCに向けて走れば走るほど、箱根駅伝について語る世良の文字が瞼《まぶた》に強く焼きつく。焼きついて焼きついて——一生消えないんじゃないかという恐怖まで植えつけてくる。

本当に、厄介なものを読んでしまった。

須田町の交差点が見えた。選手が六回も通過する観戦スポットだけあって、歓声が一際《ひときわ》大きくなる。自分の名前と「頑張れ！」の声が重なって、足の裏にわらわらと響く。

その中から、成竹の声が不思議とよく聞こえた。

「かんばらあーっ！」

切羽詰まった声は、俺の飛び出しをどう捉《とら》えているのか。

「どんどん行け！　思った通り行けっ！」

声のした方を見た。成竹の隣には貴船の姿もあった。何を言うわけでもなく、両腕を組んでこちらを睨みつけている。

すぐに前方に視線を戻し、八雲は交差点を左折した。

靖国通りに、入る。靖国神社へ続く道は、ビルが凸凹《でこぼこ》に建ち並んでいた。アスファルトで固められたフラットな道路に、新幹線と在来線の野太い高架が走る。見慣れた東京の街並みなのに、この先には靖国神社がある。

まただ、また世良の日記を思い出す。彼らが死に物狂いで開催した箱根駅伝を思い出す。

神保町の交差点を左折して皇居へ向かい、大手門で折り返したところで、後続との距離を確認した。自分のすぐ後ろに二人、さらに10秒ほど後方に五人ほどの集団がある。

本日三度目の通過となる神保町交差点が、このレースの35キロ地点だった。神保町も観客が多い。熱っぽく野太い歓声が四方八方から響いてくる。

白山通りを水道橋方面へ向かいながら、交差する靖国通りを見た。遠くに巨大なビルが見える。あの向こうに靖国神社がある。

八十年前の箱根駅伝を走った選手達が眠る場所だ。そんなことを考えた瞬間、心臓のあたりで潮が引くような感覚があった。冷える。胸や喉元が冷えて、顎が震える。

自分の横を、選手が一人、車道側から追い抜こうとしていた。

隣に並んだ選手は、東京オリンピックの日本代表経験者だった。

それだけじゃない。背後から足音がする。一人ではない。少なくとも三人はいる。世良の日記のせいだ。箱根駅伝のことなんて考えていたせいで、自分を追ってくる選手の気配に気づけなかった。

ああ、もう、ちきしょう。吐き捨てたいのを堪えて、代わりに右手で太腿を叩いた。

自分の背後に忍び寄った選手の気配を数える。全部で五人。八雲を入れて六人。この六人で、ここから一位と二位を競う。日本代表の座を奪い合う。

飛び出しが早かった俺のことを、他の連中はもうスタミナ切れだと思っているだろうか。

自分の体に問いかけた。なあ、ラストスパートに参戦する力は、もう残ってないか？　直後、自分の足音が大きく鮮明に聞こえた。笑い出しそうになった。この俺がスタミナ切れなんて起こすわけがない。今日の朝食も、昨日の夕食もたっぷり食べた。エネルギーに満ち満ちた体でスタートラインに立った。

この体は、まだまだ走れるのだ。

水道橋の駅前を抜け、外堀通りを市谷へ向かいながら、ラスト5キロを切ったところでもう一段ギアを上げた。膨《ふく》ら脛《はぎ》と二の腕から筋肉のしなる気持ちのいい音がした。肺が膨れあがって、酸素が手足の末端まで行き渡る。

世良の日記など、前方から吹きつける緩やかな風に掻き消された。

レース序盤に駆け下りた坂が、険しい登りに姿を変えて八雲達の前に立ち塞《ふさ》がる。足の裏が沈み込むような深い傾斜に、八雲は一度だけ目を閉じた。

いつから駅伝が嫌いになったのか、わからない。

高校三年の頃ははっきりと嫌いだった。トラックレースもマラソンも一人で戦うものなのに、駅伝のときだけ声高にチーム、チームと言われるのが……チーム全体のことを考えろとか、エースとしてチームを引っ張れとか、そういうわずらわしいことを言われるのが、嫌いだった。

自分一人が区間賞を取っても、新記録を打ち立てても、チームが負けたらそれが霞《かす》む。一人で喜んでいると、監督やコーチから、チームメイトから「独りよがりだ」と言われる。

だって、オリンピックの種目に駅伝はないじゃないか。結局マラソンに、一人で戦うレースに挑むじゃないか。

なのにどうして、大学四年間を駅伝のために費やさなければならないのか。どうして日本インカレや日本選手権で活躍した選手より、箱根駅伝を走っただけの選手を人々は持て囃《はや》すのか。タイムもたいしたことないのに、怪我をしただとか親が死んだだとか親友との約束があるだとか、ただドラマティックな事情を背負っていただけの選手をヒーローみたいに扱うのか。

本当に、不可解だった。箱根駅伝という甘い酒に酔えない自分に疎外感を覚えるよりずっと、周囲への怪訝《けげん》な気持ちの方が大きく膨らんだ。

でも、世良の日記を読んでわかってしまったことがある。箱根駅伝は甘い酒ではない。毒だ。摂取したら最後、人生を懸けて愛して、命懸けで求めてしまう、毒なのだ。

世良貞勝も、久連松康平も、新倉篤志も……あの日記に登場した人間はみんな、その毒に冒されて箱根駅伝を求めた。

八十年以上たったというのに、その毒は健在なのだ。時代が移り変わっても、箱根駅伝が孕《はら》む毒は変わっていない。あんなふうに毒されるのはごめんだ。

成竹は「マラソンは経験だ」とよく言う。マラソンを走っただけ、その人間は強いマラソンランナーになる。「まあ、俺はいい具合に経験値を積む前に怪我しちゃったけど」という、胸にちりりと痛い笑い話で成竹はいつもこの話を終える。

でも、成竹のその話に八雲はいつも納得してしまう。確かに成竹は新任の監督だが、その点で八雲は彼を指導者として信頼していた。彼が八雲に駅伝を強要しないのは、心の底で八雲と同じことを考えているからだと。

駅伝など走らず、大学時代からマラソンに挑んだ方がいい。俺達が現役でいられる時間は短いのだ。三十歳、長くても三十五歳。それを過ぎれば問答無用で体は衰える。

限られた時間をマラソンランナーとして生きたい。大学時代の一瞬の煌《きら》めきのために、この体を使いたくない。そう思うのは、そんなにおかしいことなのだろうか。この国で、長距離走をやる男子として、おかしいのだろうか。

おかしいというのなら、マラソンでねじ伏せてやる。

ゆっくり目を明けると、景色の流れが異様に速く感じられた。沿道の観客、ビル、標識、外堀沿いに立つ木々、何もかもが高速で通り過ぎていく。

ボストンマラソンの最後の5キロも、こうだった。余計な音は聞こえず、頬に打ちつける雨粒の冷たさしか感じなかった。目に入るありとあらゆる色が鮮やかだった。

後続をどれほど突き放したのか、確認するまでもなかった。自分が一人で走っているのがわかる。

とても孤独で気持ちがいいレースをしているのが、わかる。

登り坂特有のじわじわとした心臓の痛みに襲われていた。だが、それさえ走るための心地のいい刺激に思えてしまう。

40キロ地点を示す看板が見えた。観客が手を叩いて八雲の名前を呼んでいるようだが、その声は全くこちらに届かない。

四谷《よつや》方面へ抜ける富久町《とみひさちょう》西交差点の手間で、一際登りがきつくなる。胃が迫《せ》り上がるような斜度に呻き声を上げげたはずなのに、何故《なぜ》か頬は緩んでいた。

命を削って走っている感覚がする。足の裏から、自分の生命力が粉になって、金粉みたいに光りながら後方に飛んでいく。一抹の恐怖と、巨大な開放感が八雲を突き動かす。

パリオリンピックではきっと、もっと鮮明な恐怖と、もっと鋭利な快感が待っている。そんな予感が喉の奥で踊り狂っている。

四谷四丁目の交差点を通過し、JRと首都高の高架、外苑橋を順番に潜《くぐ》った。日陰のひんやりとした空気が、こめかみを流れる汗を一瞬で冷やす。

神宮橋の下を抜けたら、日差しが眩しかった。白い光が国立競技場を照らしていた。

眉を寄せ、瞬《まばた》きをした。

ゆっくり瞼を持ち上げたら、目の前を坊主頭の選手が横切っていった。

白のタンクトップに、白い短パン。胸には「N」と刺繡《ししゅう》されていて、足下は足袋だった。土で黒く汚れた、ボロボロの足袋だった。

肩にタスキをかけて、八雲の前を横切っていく。

ああ、そうだ。青梅駅伝のゴールは、国立競技場のすぐ側だ。神宮プール前……とうの昔に取り壊され、東京オリンピックに合わせて立派なホテルか何かが建った場所。

あれは誰だ。日東大の選手か。青梅駅伝の日東大のアンカーは、二回とも新倉篤志だったはずだ。同年代とは思えない、切れ長で凜々《りり》しい目をした男だった。一度も八雲を見なかった。ただ前だけを見据えて、八雲の目の前を横切っていく。

ゴールして、大学を卒業して、そのまま出征していった。

あの日記に登場する人間がその後どうなったか調べたと、成竹が春頃に言っていた。新倉篤志は一九四五（昭和二十）年六月に戦死したという。乗っていた輸送船が、南シナ海のルソン島という島の側で撃沈されたのだとか。

やめろよ。大人しく靖国で眠ってろよ。どうしてこんなときに、俺の前に現れるんだ。

それも、駅伝ランナーの姿で。

自分の真横を、何かが駆け抜けていった。目を瞠ったら、何故か焦点が合わなかった。瞬きを三度した。やっとクリアになった視界には、一人の選手がいた。八雲もよく知る実業団のユニフォームをまとった背中だった。

その背中が、ゆっくりゆっくり、こちらを振り返る。顔を確認して、八雲は再び目を見開いた。日東大の田淵悠羽だった。八雲が駅伝を走らないから自分が名ばかりのエースをやっているのだと意気消沈していた、田淵だ。

慌てて頭を振った。田淵がＭＧＣを走っているわけがない。目の前にいるのは、田淵の兄——

学生時代に慶安大学を箱根駅伝優勝に導き、昨年のオレゴン世界陸上ではマラソン日本代表の補欠を摑んだ、田淵伶央だ。

血走った目をしていた。今にもこぼれ落ちそうな眼球をぎょろりと揺らし、八雲を睨みつける。肩甲骨のあたりが冷たく震えた。

八雲の顔を確認すると、田淵伶央は前に向き直る。もう振り返らなかった。振り返る必要がないらしかった。

太腿を拳で叩き、ついでに自分の頰を引っぱたいた。新倉篤志の姿は消えない。だが、構わず走った。走って走って走って……国立競技場に入った。田淵伶央の背中はそう離れていないのに、どうやっても距離が縮まらない。

競技場の客席から、うねるような歓声が聞こえる。頑張れとか、田淵とか、神原とか。聞こえるのに、すべてが別の言葉に変わる。

万歳、万歳。視界から色が失《う》せ、モノクロの観客席で人々が万歳をしている。そうだ。ここはかつて、出陣学徒壮行会が行われた場所だ。国立競技場はかつての姿——明治神宮外苑競技場へと変《へん》貌《ぼう》する。上質なゴムが敷かれたトラックは泥になり、雨が頰を打ちつける。

そこを、大勢の学生が行進する。学生帽に学生服、足にはゲートルを巻いて、三八式《さんぱちしき》歩兵銃を手に行進する。観客はそれを万歳、万歳と称える。

そうやって、あの日の彼らは、みんな。

「……ふざけんなっ！」

堪《たま》らず声に出した。雨も万歳も、出征する学生達も消え、国立競技場の臙脂《えんじ》色のトラックが戻ってくる。

田淵伶央の背中は、たった数歩先にある。

叫んだ。肺を空っぽにして、大きく足を前に出した。

八雲の叫びを払うように、田淵伶央は両手を広げてゴールテープを切った。

6　日本代表　令和五年十月

「神原、おめでとう」

フィニッシュを生で見ることこそできなかったが、国立競技場に着いてすぐ、表彰式を終えた神原八雲を捕まえた。フィールドからスタッフに誘導されて関係者通路にやって来た神原は、湿った目つきで成竹一進を睨んだ。

「優勝は逃したが、立派に代表内定だ。2時間6分44秒のタイムも立派なもんだ」

神原の表情は晴れない。ボストンマラソンのあととはえらい違いだ。いつも飄々としているこいつのこんな顔は、初めて見たかもしれない。

「田淵伶央に負けたのは仕方がない。神原は完璧なレースをしたのに、向こうがそれ以上の勝負根性で食らいついてきた」

30キロ手前で飛び出した神原に、田淵伶央は着いていかなかった。しかし35キロまでの間にじわじわと差を詰め、神保町の交差点で神原の背後にぴたりとついた。

ラスト5キロで神原がスパートしたときは、これで勝負は決まったと、移動中の車中で一進はガッツポーズをしてしまった。後続をちぎり捨てるように加速した神原がこのまま優勝するのだと、実況すら確信したような口振りだった。

でも、田淵伶央は追いかけてきた。ここまでの追い上げで内臓に負担がかかっていたのか、40キロ手前で足下に向かって思いきり嘔吐《おうと》したのが中継にも映っていた。

それがいい切り替えになったのか、富久町西の交差点を越えてからの登りを、彼は手負いの獣のような顔で這《は》い上がった。国立競技場に入る直前で神原を躱《かわ》し、追いすがる神原に対し粘りに粘って、そのまま一位でゴールした。

42・195キロもの距離を走ったというのに、最後の二人の差はたった5秒だった。

「完璧なんかじゃないですよ」

一進の前で腰に両手をやって、神原は忌々《いまいま》しげに客席の方を見た。

「最悪です。最悪の毒にやられました」

「毒?」

「箱根駅伝の亡霊ですよ」

汗で濡《ぬ》れた前髪を掻き上げた神原の視線の先には、田淵伶央の姿がある。「もう補欠は懲り懲りなんで、代表に内定できて嬉しいです」と優勝インタビューで話していた彼は、月桂冠《げっけいかん》を被って、巨大な花束を抱えたままフィールドにいた。両親でもいたのだろうか、スタンドに向かって大きく手を振る。

唐突に、「神原ぁ!」という声が聞こえた。田淵伶央を称える拍手にあふれる客席からだった。

神原! 神原ぁ! そう呼びかける声に覚えがあって、一進は神原を連れてフィールドに出た。

高くなった日差しが臙脂色のタータンに反射し、熱気が頬を撫《な》でる。

「神原、日本代表おめでとう！」

観客席から関係者通路に身を乗り出して神原を呼んでいたのは、田淵——この空間では、どうしたって〈田淵伶央の弟〉でしかない、田淵悠羽だった。

自分の兄がMGCで優勝しオリンピックの日本代表になったというのに、田淵は兄ではなく神原の名を呼んでいた。

「箱根駅伝、やっぱり神原と一緒に走りたい！」

叫んだ田淵に、神原は目を丸くした。直後、苦々しげに表情を曇らせる。

それでも、神原は田淵のもとへ歩み寄った。こめかみに残る汗が白く光った。

「いや、だからさ……」

「レースを観てた人間ならみんなわかってる。30キロ過ぎで、神原だけがオリンピックでメダルを取るための勝負をしたって」

神原を遮《さえぎ》った田淵の声は、客席の賑やかさなど掻き消してしまうほど凜としていた。下ろしたてのシューズのようで、邪魔する者の誰もいないレースの先頭のようだった。

「神原、すごいよ。やっぱり神原はすごい。だから、日東大のために駅伝を走ってほしいんじゃない。神原みたいなすごい選手と一緒に、駅伝を走ってみたい。そのせいで俺が出走者に選ばれなかったとしても、それでも一緒に箱根駅伝に出たい」

語尾を震わせた田淵と、正反対の凪《な》いだ表情でそれを見上げる神原を、一進は交互に見つめた。毒にやられたと神原は言った。箱根駅伝の亡霊とも、彼は言った。

「神原にとってはたかが箱根駅伝だけど、俺にとっては、現役最後の大舞台なんだよ。だから、学生最強ランナーの神原八雲と一緒に走りたいんだよ。みんなそう思ってる。日東大の選手だけじゃない。きっと、ライバル校の連中だって、神原と勝負してみたいって思ってる」

——ねえ、だから一緒に走ろうよ。

一度だけ洟《はな》を啜《すす》って、田淵は神原の名前を呼んだ。神原は表情を変えることなく、こめかみを拭った。何も言わず、関係者通路に戻ってしまう。

「おーい、悠羽。お前、まず俺に何か言うことはないのかよ」

頬を紅潮させた田淵伶央が、弟のもとにやって来る。こうして並べてみると、よく似た顔立ちの兄弟だった。

「ほら！」と、兄は手にしていた花束を弟に投げた。受け取った田淵はすっかり無邪気な弟の顔になっていて、「兄貴ぃ、すごかったよう、おめでとう！」と半ベソのまま花束を天高く掲げた。

満面の笑みで弟に手を振った田淵伶央が、ふと、一進を見る。笑みは一瞬で引っ込んで、まるで今からフルマラソンを走るかのような眼差《まなざ》しに変わる。

「神原君、箱根を走るんですか？」

「……さあ、どうだろう」

「彼は規格外ですよ。箱根なんて走ったら、きっと、レースをぶち壊すでしょうね」

「どれだけすごい選手でも、一人で箱根駅伝を壊すのは無理だよ。箱根駅伝は、そういう大会だ」

「なるほど。確かにそうですね。強い選手が一人いたところで、優勝はできませんから」

ふふっと笑って、田淵伶央は被っていた月桂冠に触れた。暖かな日差しの下で、冠は鮮やかな黄緑色をしていた。

「さて、次は勝てるかなぁ」

競技場を吹き抜ける風に溶け込ませるような呟きを残し、田淵伶央は一進に一礼して去っていった。

ＭＧＣから三日後、東日本を大雨が襲った。秋の長雨と表現するにはあまりに激しく、秋田県と岩手県の一部には線状降水帯が発生し、河川の氾濫《はんらん》や土砂崩れに襲われた。

被害の様子を伝えるニュース番組を、陸上部の寮の監督室で食い入るように見つめていたら、スマホが鳴った。

岩手県一関市にある一進の実家が、床上浸水の被害に遭っていた。

第四章　箱根駅伝の最期

0　靖国　昭和十八年一月

今日のことをもし日記に書くとしたら、「一月五日はよく晴れた寒い日だった」と書こう。

靖国神社の拝殿に掲げられた菊の御紋の幕と、頭上に広がる雲一つない真っ青な空を交互に見ながら、世良貞勝はふとそう決心した。日記なんて、生まれてこの方つけたことがないというのに。

「感慨深いかね？」

参拝を終えてぞろぞろと神門へ向かう選手達の背中を眺めていた貞勝に、学体振（大日本学徒体育振興会）の陸上委員長であり、今回の箱根駅伝の審判長を務める影山が声をかけてきた。いつかのカンカン帽とは正反対の、温かそうな黒い中折れ帽を被《かぶ》っている。

感慨深くはある。やっと開催できたという達成感も、確かにある。

「しかし、昭和十五年の箱根駅伝中止の決定から、ここまで随分かかってしまいました。その間に、

『箱根を走りたい』と願いながら出征していった学生が大勢いたというのに」

「それでも、君達は箱根駅伝を開催した」

貞勝の肩を一度だけ叩《たた》き、影山は選手達のあとに続いた。貞勝も数歩遅れてついていく。ふう、と息を吐くと、曇りガラスのような色合いで天に昇っていく。

大鳥居の側《そば》で一区を走る選手が準備運動を始めていた。選手、大会関係者だけでなく、各大学の関係者やOBも詰めかけている。黒や茶色の防寒着を着込んだ人々の中で、ユニフォーム姿の選手が異様なほど目立つ。

第二十二回箱根駅伝、正式名称「紀元二千六百三年　靖国神社・箱根神社間往復関東学徒鍛錬継走大会」参加校は、十一校だった。日東大、紫峰大、要大、早田大、専究大、慶安大、紅陵大、日本農業大、法志大、立聖大、青和学院大。選手達はそれぞれのユニフォームをまとい、すでにタスキを肩からかけている。

往路と復路に必要な十人の選手を揃《そろ》えられたのが、十一校だけだったということだ。選手不足で出場を断念した大学の陸上部員の中には、審判員や計時員などの裏方を買って出てくれた者もいた。

それぞれの大学の関係者が輪を作り、結団式が始まる。タスキをした一区の選手を称《たた》え、激励し、最後は一人ひとりが握手をして——十一人の選手達はスタート地点に立った。靖国神社の大鳥居が見下ろす道に並んだ十一人分の影は、静かに同じ体勢を取る。

たったそれだけのことが、酷《ひど》く懐かしい。この場に集まった全員が、きっとそう思った。

影山の助力もあって、学生陸連の会長やロサンゼルスオリンピックの陸上委員長の経験のある早田大の忠山《ただやま》教授が大会長を引き受けてくれた。

教授はスタート地点に並ぶ選手達に一瞬だけ目を細めた。賑《にぎ》やかだった大鳥居前は、いつの間にか静まりかえっている。全員が、忠山教授の右手を見ている。

「よーい」

小さく息を吸った忠山教授は、滑らかに右手を高く掲げた。教授の「ゴー!」という合図と共に、一斉に……惚《ほ》れ惚《ぼ》れするほど軽やかに、勢いよく、十一人の選手達は駆け出した。

誰かが拍手をした。少しずつその拍手は大きくなり、大学名や選手の名を呼ぶ声援に変わる。その瞬間、背中に羽でも生えたみたいな不思議な高揚感に襲われた。ああ、帰ってきた。帰って来られた。俺達は、俺達の手に箱根駅伝を取り戻した。

気がついたら、貞勝は靖国神社前の通りに飛び出していた。貞勝のあとに、多くの大学関係者やOBが続いた。選手達に伴走するため、監督やコーチ達も自転車で走り出す。彼らが吐き出した白い息が、貞勝の視界を満たす。駅伝だ。俺達がよく知る駅伝の姿だ。

選手達は市谷方面に坂を登り、内堀沿いを反時計回りに進む。彼らの背中が見えなくなるまで、貞勝は通りの真ん中でその光景を目に焼き付けていた。

1 伴走 昭和十八年一月

「サイドカーですか。羨《うらや》ましい限りだ」

靖国神社を出た直後、隣を並んで走っていた要大のコーチにそう言われた。「おう、倒れたら拾ってやるよ」と冗談交じりに答えたが、彼を始め、ほとんどの出場校の伴走は自転車だった。

そんな中、日東大陸上部監督・郷野一徳《いっとく》はサイドカーに乗車して悠々と先頭に出た。オートバイのハンドルを握る男は福永《ふくなが》といって、大学時代に共に陸上部で箱根路《はこねじ》を走った仲だ。

箱根駅伝といったら、監督やコーチが乗り込んだサイドカーと、応援団を乗せたトラックが選手を追いかけるのが名物だった。しかし、このガソリン不足のご時世、サイドカーを用意できたのは日東大と慶安大だけのようだ。応援団も当然いない。辛《かろ》うじて、大会公式車両だけは文部省の援助で準備できたらしい。

「感謝するぞ、福永」

少し前を走る慶安大のサイドカーを睨《にら》みつけ、一徳は運転席に向かって礼を言った。

「母校の箱根駅伝連覇がかかってるんだ。どんな手を使ってでも駆けつけるさ」

大学時代から彼は無理を押し通すのが得意だ。そこに快感を覚える気質の男だった。当時を思い起こさせるような陽気な口振りで答えた福永は、自分の背中にしがみつく及川肇に「振り落とされるなよ」と叫んだ。

「が、がんばります！」

補欠の及川は、万が一途中で走れなくなった選手が出た場合、その区間のスタートまで戻って走ってもらうことになる。防寒着の下には、しっかり日東大のユニフォームを着込んでいる。

靖国神社を出発した一行は、宮城の濠《ほり》を左に見ながら半蔵門《はんぞうもん》を通過する。要大の選手が一度飛び出したが、すぐに集団に吸収された。三宅坂《みやけざか》を通過し、桜田門の交差点を右折しても選手達は固まったままだった。

日東大の一区を任せた手越《てごし》は、冷静に集団の中央を走っていた。額に日東大の名が刺繍《ししゅう》された白い鉢巻きをし、周囲が牽制《けんせい》し合う中、不用意に動かず淡々と腕を前後に振っている。

なかなかペースが上がらないこの状況を、一徳はしみじみと眺めた。駅伝の一区とはこういうものだ。あまりにペースが遅いのも頭が痛いが、今はむしろ、この駅伝らしい光景が感慨深い。

沿道の観客はちらほらとしかいなかった。わざわざ声援を送るのは大学関係者らしき人ばかりで、あとはたまたま通りかかった人々が「駅伝なんてやってる」と目を丸くして足を止めている。

しかしそれも、札《ふだ》の辻《つじ》を通過して国道一号に足を踏み入れると変わった。従来の箱根駅伝と同じコースに入ったことで、観客の数が増えた。

その光景に選手達も思うところがあったのか、誰が仕掛けたわけでもないのに集団はペースを上げた。選手達の足取りは力強く、誰も彼もが跳ねるように国道一号を進んで行く。

高輪《たかなわ》、品川を通過し、八《や》ツ山橋《やまばし》を越えたところで、集団は徐々に縦長になった。ここまでおよそ10キロの道のりだ。そろそろついていけない選手が出てくる。

手越はしっかり前の方につけている。先頭の選手が仕掛けたら、すぐに対応できるいい位置だ。

「誰かがそろそろ最初の仕掛けをしそうな雰囲気ですね」

オートバイの荷台で及川が呟《つぶや》くのが、エンジン音に紛れて一徳にも届いた。

「といっても、一区はまだだいぶあるからな。焦った奴《やつ》から自滅するぞ」

八ツ山橋を越えたところで、潮の匂《にお》いが強くなった。一月の海の香りが、風に乗って選手達に打ちつける。頰《ほお》が強《こわ》ばるほどの冷たい風だった。

なのに、不思議とこの寒さとは正反対の日のことを思い出す。阿佐ヶ谷のグラウンドに蟬《せみ》の声が響いていた頃のことだ。

昨年の夏。解散したはずの関東学連の名を掲げて「箱根駅伝を開催したい」と世良貞勝と宮野喜一郎が相談に来たとき、冷笑を含んだ諦《あきら》めと、子供っぽい情熱が胸に渦巻いた。

一徳は学生時代に箱根駅伝を四度走った。毎年一月に当たり前に開催される駅伝だった。在学中にロサンゼルスオリンピックに5000m走の日本代表として出場したが、箱根駅伝がなければそんな栄誉も手にできなかったはずだ。

箱根駅伝を目指すことすらできない日々が来るとは、当時の自分は微塵《みじん》も考えていなかった。学生達を哀れだと思った。

いずれ大学から閉め出され、戦争へ行くことになる彼らに、最後に箱根駅伝を。一人の監督としてそう願って、文部省の沢森にも幾度となく会いに行った。

だから、この何てことない展開の一区のことを、俺は一生忘れないのだろう。

そう思った瞬間、集団の先頭から飛び出す影があった。立聖大のユニフォームが、土埃《つちぼこり》を被った道路の上を、滑るように駆け抜けていく。

日東大の桜色のタスキをはためかせ、手越が立聖大を追った。それに紫峰大が続く。慶安大、専究大、法志大、早田大、日農大、要大が一つの集団になって、それを追いかける。

「よし、しっかりついていけ！　我慢しろ！」

自転車に跨《また》がった要大のコーチが、選手に向かって叫ぶ。選手に負けないくらいペダルを強く踏み込んで、集団を追走する。その横を、一徳は悠々とサイドカーで追い抜いた。

二番手を走る手越に向かって叫ぶ。

「焦らずだ！　一区はまだ先があるぞっ」

2　踏切　昭和十八年一月

横浜興信銀行鶴見支店前に設置された中継所は見物人でごった返していた。「久しぶりの駅伝ねえ」なんて新年の華やかさを帯びた黄色い声があちこちから聞こえ、日東大の竹《たけ》ノ内学《うちまなぶ》は大きく深呼吸をした。

中継所の観客の輪が一瞬だけ静かになり、脈打つように大きく沸いた。靖国神社をスタートした一行が、ついに道の先に姿を現した。

「立聖大だ！」

まさかの先頭に、どこかの大学の関係者が叫ぶ。てっきり日東大か、もしくは紫峰大あたりが先頭でくると思ったのに。面食らった学は、無言で自分の両頬を叩いた。上着を脱ぎ捨てて付き添いの部員に渡し、中継地点に立つ。

立聖大の後ろに小さく、日東大の鉢巻きをした手越の姿が確かに見えていた。

「手越ぃー！」

中継所に駆け込んできた立聖大が目の前でタスキをリレーした。一区の選手が「一番じゃあ！箱根の一区の一番じゃあ！」と叫んで、タスキを力強く次の走者に手渡す。

そこからの時間はじれったかった。手越の姿は見えるのに、なかなか中継所にやって来ない。

一分はたっただろうか、タスキを肩から外し、手の甲に巻き付けた手越が、「タケぇ！」と学の名を呼んだ。

「すまん、遅れた！」

差し出されたタスキを手にした瞬間、指先がひやりと冷たい。手越の汗が滲《にじ》んでいる。ああ、そうか、これが駅伝か。「追いつく！」と返すと、手越が最後の力を振り絞るように背中を押してくれた。

「悪いな、俺がブレーキをかけさせたのが間違いだった」

中継所の人混みを離れ、吸い込む空気の密度が増した頃、サイドカーで並走する郷野がそう声をかけてくる。

「八ツ山橋で立聖大が飛び出したとき、手越に少し控えさせた。立聖大はそのままペースを落とさず行っちまった」

なるほど、そういう経緯があったわけか。確かに、八ツ山橋はまだ一区の半ばだ。勝負に出るのが早すぎると郷野は判断したのだろう。崩れなかった立聖大の走者が見事だったというわけだ。

「保土ケ谷《ほどがや》までは比較的平坦《へいたん》だ。権太坂で必ず向こうも疲れる。そこまでに距離を詰めて、坂道で勝負だ」

はい！　と返事をして、タスキの位置を直した。大学名を胸の前に持ってきて皺《しわ》を伸ばす。

学が日東大に入学した頃、すでに箱根駅伝はなかった。青梅駅伝は実力不足で出走者に選ばれなかった。その青梅駅伝すら開催できなくなって、もう大学では駅伝を走ることはないと思っていた。

まさか、箱根駅伝の二区を走れるなんて。

そう思ったら、序盤から果敢に攻めることができた。自分は慎重な性格で、悪く言えば臆病者《おくびょうもの》で、子供の頃は両親に「男のくせに」としょっちゅう呆《あき》れられた。そんな二人も、タスキを胸に戦車のように前を追う息子を見たら、少しは見直してくれるだろう。

横浜駅前は鶴見中継所と同じくらい賑やかだった。わざわざ観戦に来たわけではないだろう通行人までが、見ず知らずの学に向かって「頑張れ」と声援を送ってくれた。男子が戦争にも行かず駅伝なんかやってるんじゃない。そんな野次が飛んでくるかもしれないとスタート前は思っていた。不思議だ。誰もが、「頑張れ」と言ってくれる。

高島町《たかしまちょう》を通過し、海に背を向ける形で東海道本線と並走し始めると、次第に周囲の雰囲気が変わっていく。沿道には途切れ途切れに観客の姿があるが、コースの先から声がするのだ。もうすぐ登り坂が来るぞ、と。

「そろそろだ。気合いを入れろ」

サイドカーから飛んできた郷野の言葉まで、待ち受ける権太坂の傾斜のようなすごみを帯びていた。ちらりとオートバイの荷台を見ると、補欠の及川が運転手の胴に力いっぱいしがみつき、口を真一文字にしていた。

及川が関東学連の一員として箱根駅伝開催に尽力してくれたことを、陸上部の人間はみんな知っていた。だから、オートバイの荷台という特等席で、面白い駅伝を見せてやるよ。そんな、柄にもないことを考えた。

保土ケ谷駅を過ぎたら、徐々に松の香りが強くなってきた。心なしか、マラソン足袋《たび》の底から伝わる地面の感触がひんやりとしてくる。いよいよ、権太坂が来る。

油や木材にするために松の伐採が盛んに行われているが、権太坂のあたりはまだ手をつけられていないらしく、松林が残っていた。影に入るとひんやりと冷たく、汗ばんだ体に気持ちがよかった。

けれどそんなのは一瞬のことで、すぐに急勾配《きゅうこうばい》が学を襲う。江戸から西へ向かう旅人達を待ち受ける最初の難所というだけはある。足を無数の手に摑《つか》まれているような、気持ちの悪い重圧。でも、それは先頭を走る立聖大も同じはずだ。

「おお、前が随分大きくなってきたぞ」

郷野が呟く。その通りだ。スタート直後は小さかった先頭の姿が、もうだいぶ鮮明になった。

このコースは何度も試走した。権太坂の恐ろしさの本質は、登りではない。登って、一度下って、また登る。これが走者の体力を奪うのだ。

苦しいときにこそ勝負をしろ。箱根の二区は、そういう勇気ある者に神様が微笑《ほほえ》んでくれる場所だ。そう言ったのは、第二十一回——中止に追い込まれる前の最後の箱根駅伝で二区を走った田淵という先輩だった。第一回の青梅駅伝を立派に走り抜き、「後は任せたぞ」と学の肩を叩いて卒業していった。

最初の急勾配を乗り越えたとき、遠くに富士山が見えた。スピードを落とすことなく下りに入る。ここまでずっと登りだったから、途端に足への負荷が増す。急がず、焦らず、でも果敢に、下り坂に合わせて足の回転を整える。

顔を上げる。立聖大がまた少しだけ大きくなった。再びの登りに肺が悲鳴を上げたが、構わず突っ込んだ。どのみち、追いかけている学の方が脚を使っているのだ。不利を承知で攻める以外に何がある。

権太坂を抜けてしばらく走ると、樹林帯の先が突然開けた。これまでと打って変わって、田園が広がる平らな一帯に入る。いよいよ戸塚《とつか》の中継所が近づいてきた。

立聖大の背中は目の前だった。戸塚中継所まであと1キロ。行ける。足の運びも腕の振りも、どう見てもこちらの方が元気だ。後方から郷野と及川の「行ける！」という声が飛んできた。

行ける。間違いなくそう思った。体中の血液が、轟音《ごうおん》を立てて巡る。

その猛々《たけだけ》しい音を遮《さえぎ》ったのは、貨物列車の走行音だった。

田園の向こう、視界の端に東海道線の貨物列車が見えた。戸塚駅の目の前の踏切で、警手が旗を振りながら遮断機を下ろしていく。

半分ほど下りた昇開式の踏切を、立聖大の選手はぎりぎりで通過していった。無情にも閉じてしまった遮断機を前に、学は足を止めなかった。迷いなどなかった。

「竹ノ内！　止まれ！」

遮断機をハードルの要領で飛び越えようと踏み切った足が、中途半端なところで止まる。前につんのめりそうになって慌てて立ち止まると、目の前を貨物列車が走り抜けていった。

「馬鹿《ばか》野郎、死ぬぞ」

学の隣で停車したサイドカーから、郷野が冷静にそう言ってきた。急に立ち止まったせいで、心臓が肋骨《ろっこつ》をへし折るがごとく暴れ回っている。

「……すいません」

その場で足踏みをして、息を整えた。反対側からも列車が来て、踏切はなかなか開かない。

一分、いや、一分三十秒はあった。遮断機が開いたとき、もう視界に立聖大の姿はなかった。

三区への中継所である駿河銀行はすぐそこだった。立聖大はタスキリレーを終え、中継地点には三区を走る久山《ひさやま》がいた。

タスキに手をやった。手越から受け取るときよりずっと重くなったタスキを久山に手渡し、「頼んだ！」と送り出す。郷野が「ご苦労！」と叫んで、サイドカーで颯爽《さっそう》と久山を追いかけた。

一人残された学は、腰に両手をやって天を仰いだ。いい天気だ。トンビが一羽、悠々と西に向かって飛んでいくのが見えた。精々頑張って、箱根まで俺達を見届けてくれ。

駅伝を走れないと生きていると実感できない——なんて、大袈裟《おおげさ》すぎるかもしれない。だがしかし、この瞬間、俺は生きていることを存分に感じている。

「くそぉ……」

踏切に捕まっていたあの一分半がなければ、絶対、逆転できたのに。

3 追走　昭和十八年一月

タスキリレーをした瞬間から、肩甲骨のあたりが震えていた。寒いのではない。武者震いでもない。恐怖していた。

立聖大の三区を走る神川千代吉《かみかわちよきち》は、恐る恐る後ろを振り返った。ああ、見えてしまった。日東大の桜色のタスキ。ユニフォームの胸には「N」の文字。

まさか一位でタスキを受けるとは想像もしていなかった。前回優勝校の日東大に追われる立場で、自分が箱根駅伝の先頭を走るなんて。

箱根駅伝の三区は、往路の最長区間だ。各校、長距離に対応できるエースが集う。千代吉が想定していたのは、六位くらいでタスキをもらい、ひたすら前を追いかけるというものだった。それが、先頭だなんて。

戸塚をスタートした三区は、東海道の松並木を藤沢《ふじさわ》へ向かってひた走る。速すぎては中継所まで保《も》たない。わかっているのに、背後から聞こえる日東大の足音に、いつの間にか息が上がってしまう。

日東大の三区は久山だった。去年の関東インターカレッジの5000mで同じレースを走った。スピードと、苦しくなってからの粘りが持ち味の選手だ。

自転車で伴走をしているコーチは遥《はる》か後方だった。一区からここまで自転車を漕《こ》ぎ続け、すっかりバテてしまったらしい。何やら指示が飛んできているが、久山の足音の方がずっと大きくて聞こえない。日東大の伴走のサイドカーのエンジン音が、獣の唸《うな》り声みたいだった。

藤沢に入った頃、日東大のサイドカーが千代吉を追い抜いた。一拍置いて、久山が横をすり抜けていく。あまりにあっさり抜かれてしまって、落胆や憤りより安堵《あんど》の方が勝った。

それがいけなかったのかもしれない。日東大の久山にはぐんぐん差をつけられ、次第に後方から別の選手の気配が近づいてきた。後ろを確認すると、慶安大の瑠璃《るり》色のタスキが目に入った。

慶安大に追い抜かれ、やっと頭が冷えた。一位という事実に頭が吹きこぼれていたらしい。田園が広がる変わり映えのしない景色をゆっくり見回し、千代吉は自分の太腿《ふともも》を二度強く叩いた。

「神川ー！　足がどうかしたかっ？」

自転車に乗ったコーチが追いついてきた。何故《なぜ》か手には橙《だいだい》色が見事なミカンが握られ、それを丸ごと齧《かじ》りながらペダルを漕いでいる。

右手をひらひらと振って、足は大丈夫だと告げる。そんなに恨めしそうな顔をしていたのだろうか、コーチはミカンを掲げて「へばっていたら沿道の観客がくれた。あとでお前にもやる」と千代吉に笑いかけた。

「気を落とすな。ある意味、実力相応の展開だ。これ以上順位を下げないように行こう」

ミカンで回復したらしいコーチは意気揚々と指示を出した。独りぼっちの実力走法より、こうして隣にコーチがいるだけで力が湧《わ》いてくる。沿道に立聖大の応援団が駆けつけてくれたことに、今更ながら気づいた。

よし、景色でも楽しみながら、前を追いかけよう。

茅ヶ崎《ちがさき》駅前を通過すると、相模《さがみ》川にかかる馬入橋《ばにゅうばし》が待っている。相模湾から吹きつける強風に、体が持っていかれそうになった。足からガクンと力が抜け、スピードが落ちる。目が乾いて、痛みに目を閉じた。荒い呼吸を繰り返してきた肺が痛み始める。

それでも、顔を上げたら高麗《こま》山と丹沢《たんざわ》山地があった。一月の冷たく澄んだ空の下、青々とそびえる山の向こうに、うっすらと箱根山も見える。

往路のゴールである箱根神社まで、まだまだある。四区と五区の選手がきっと巻き返してくれる。この箱根駅伝が終わったら、次は戦争だから。最後の思い出として、とにもかくにも全力で走って、悔いなくやりきろう。千代吉は中継所まで一気に駆け抜けた。

平塚《ひらつか》市第一国民学校前でタスキリレーをすると、コーチが上着のポケットからミカンを取り出して投げて寄こした。「ありがとうございます！」と一礼すると、地面にぽたりと雫《しずく》が落ちた。もらったばかりのミカンを強く握り締めていた。

できる限りのことをしたと証明する汗なのか、自分の不甲斐《ふがい》なさを嘆く涙なのか、判断ができなかった。

4　女将　昭和十八年一月

小伊勢《こいせ》ハルは、箱根駅伝をいつも大磯《おおいそ》駅にほど近い鴫立沢《しぎたつさわ》のあたりで観戦することにしていた。鴫立庵《あん》という日本三大俳諧《はいかい》道場の一つの側だ。この場所を通過する選手達を、十年以上見てきた。

日東大陸上部がハルが女将《おかみ》を務める小伊勢屋を定宿とするようになったのもまた、十年以上前だ。確か、八回目の箱根駅伝の頃。年末年始に合宿をして駅伝に挑む選手達を見ていたら、自然と応援に駆けつけたい気持ちになった。

どこで応援すればいいか。ある部員にそう問いかけたら、大磯のあたりがいいと言われた。彼は四区を走る選手だった。

以来、ハルはずっと大磯で駅伝を見ることにしている。

道の先が騒がしくなって、ハルは静かに沿道から身を乗り出した。一位は日東大かしら――そう思いながら、現れた選手のタスキの色に「ああっ」と声を上げた。

先頭は一人ではなかった。瑠璃色のタスキと桜色のタスキをかけた選手が二人、並んでカーブを曲がってきた。

十年以上も観戦しているのだ。タスキを見れば、どこの大学かわかる。慶安大と日東大だ。

しかも、日東大の四区を走る幸村《ゆきむら》は随分と苦しそうな顔をしていた。走り方も、足に力が入っていないように見える。対して慶安大の選手の足取りはしっかりしていて、明らかにこちらに分がある。恐らく、慶安大が日東大を追ってきて、今まさに並んだところなのだ。

沿道にちらほらと集まった観客達が、それぞれの大学名を呼んで応援する。ハルは無意識のうちに胸の前で両手を組んでいた。

箱根の四区は、湘南《しょうなん》の海岸線をひた走るコースだ。太陽の位置も高くなり、気温も一月とはいえ上昇する。応援するハルからすれば寒いことこの上ないのだが、選手にとって体力を消耗するほどの暑さになる場合もある。

随分前に、久連松という選手がそう教えてくれた。あの子は今、どこで何をしているのだろう。箱根を走ってすぐに兵隊さんに行ってしまった久連松さん、今も元気だろうか。別れ際に大きな握り飯を手渡したとき、彼が深々とした一礼を、ハルは未《いま》だによく覚えている。

今日は天気がいい。太陽の白く穏やかな光が樹林帯を貫き、道路にぱらぱらと木漏れ日が散っている。この場所は木々に囲まれて海風も届かないけれど、ここまで選手達は海風に耐えながら走ってきた。日東大の幸村も、過酷なレースの中で調子を崩してしまったのかもしれない。

「ユキさん、頑張って！」

四区は、この先に登り坂が待っている。幸村の顎《あご》は上がり、体は不自然に左右に蛇行していた。

五区は厳しい厳しい山登りだから、五区の選手の負担をできるだけ減らしたい。昨夜の夕食のとき、幸村はそんなことを言っていた。前半から少しでもタイムを稼ごうと無理をしたのだろうか。

四区の選手はいつもそうだ。十年以上見てきたからよくわかる。五区で大変な山登りをする選手のため、比較的平坦な道を走る自分が、少しでも前に――そんな優しい子が、四区には多い。

「大丈夫、大丈夫よ」

ハルの声が届いたのかはわからないが、幸村の目はちゃんと前を見据えていた。伴走するオートバイのサイドカーには、監督の郷野の姿がある。ハルに一礼し、幸村と共に坂を登っていった。その後ろから、立聖大、紫峰大、法志大がやって来る。少し間を開けて、緑と赤紫色のタスキをした専究大が猛スピードで追いかけてきた。

お目当ての日東大は通過したのに、ハルはその場を離れることができなかった。選手達がしきりに「これが最後の箱根駅伝」と言っているのを、今回の合宿中に何度も聞いた。それが「大学で駅伝を走れるのはこれが最後」という意味ではないことくらい、よくわかっていた。

臙脂《えんじ》色のタスキをした早田大、赤いタスキの要大、松葉緑は日農大、橙色は紅陵大。後続の選手が一人、また一人と通過するのを、海風が木々の枝葉を揺らすのを聞きながら待っていた。

紅陵大が最後と思いきや、だいぶ遅れて、明るい緑色のタスキをした小柄な選手が一人、懸命に腕を振って走って来た。初めて見るタスキだった。目を凝らすと、胸に青和学院大と書いてある。

ハルは堪《たま》らず声を張り上げた。

「頑張って！　青和学院さん、頑張って！　坂を登れば、もうすぐ小田原だから！」

5　前に　昭和十八年一月

平塚中継所から飛んできてくれた部員から「日東大は二位」と聞いたが、どうやら三区と四区の間に事情が変わったようだ。

五区の中継所である小田原のガソリンスタンド前で、類家進は天を仰いだ。中継所はすでにトップの慶安、専究、立聖、紫峰、法志の五校が通過していた。五位の法志大とはすでに1分以上、トップの慶安大とは5分近い差がある。

往路の締めくくりである五区のスタート地点には大勢の応援団と観客が詰めかけていた。小田原を拠点に合宿をしている大学も多いから、応援の量も一際《ひときわ》大きい。子供をおぶって観戦している母親の姿まである。日東大の校歌と応援歌も、絶えず聞こえた。

それが渦を巻くように大きくなったのは、桜色のタスキが中継所から見えたときだった。四区の幸村は、周囲の声援に吹き飛ばされそうなほどの弱々しい足取りで走ってきた。

無理もない。幸村は本来、中距離の選手なのだ。それでも駅伝に志願してくれた。「類家に楽をさせられるように頑張る」とまで言ってくれた。

「ユキー、見えてるかー?」

大声を出すのは得意ではない。幸村に手を振ってみたが、進の声は中継所の大歓声によって見事に掻《か》き消された。

「類家!」

互いの表情が鮮明に見えるようになって、初めて幸村が叫んだ。

「すまん、すまんかった!」

それだけ言ってタスキを差し出した幸村の肩をトンと叩くと、自然と笑みが込み上げた。付き添いの部員がストップウォッチ片手に「慶安大と6分、法志大と2分!」と叫ぶ。

「だーいじょうぶ」

呟いて、進は中継所を飛び出した。背中を日東大の応援歌が強く強く押した。すぐにオートバイのエンジン音が近づいてきて、郷野が「前を追うぞ!」と短く指示を出す。オートバイの荷台には補欠の及川が神妙な顔でしがみついていた。きっと、進の左足を心配してるんだろう。

「前とのタイムわかるか？」

郷野の問いに、まず指を二本立てた。その後、間を置いて五本と一本。郷野は「よし、お前ならいける」と大きく頷《うなず》いた。


五区のコースは、序盤の小田原市内は平坦で走りやすい。沿道からの声援も多く、自転車で選手と並走する市民も多くいて、ちょっとした祭のようだった。

しかし、そんな雰囲気の中でも着実にコースは登りに入っていく。がらりと雰囲気が変わるのは、箱根湯本駅を過ぎたあたりだ。箱根の山に分け入った感覚が踵《かかと》から這《は》い上がって、脇腹《わきばら》とうなじがヒヤリと震える。温泉街の雅な雰囲気の向こうで、ここまでは序の口に過ぎないと、山が進を嘲笑っている。

さあ、ここから、10キロ以上の険しい山登りだ。

川沿いに地道に山を登っていくと、函嶺洞門《かんれいどうもん》が見えてきた。しかも、小さく人影もある。目を凝らす。緑と赤紫のタスキ、専究大だ。

鉄筋コンクリートの洞門に足を踏み入れると、体感温度が一気に下がる。自分の足音まで、凛《りん》と涼やかな響きを帯びた。支那の王宮を模した造りになっていると、試走のときに及川が言っていたのを思い出す。そんなことを考える余裕がある自分に安堵して、進はスピードを上げた。追い抜くべき相手が視界にいると、俄然《がぜん》元気が出る。

函嶺洞門を抜けて千歳橋《ちとせばし》を渡ると、専究大の背中は大きくなった。旅館が建ち並ぶ塔《とう》ノ沢《さわ》に入る頃には背中に手が届きそうになって、進は相手の顔色を確認しながら悠々と追い抜いた。サイドカーの郷野が「どんどん行くぞ」と叫ぶ。

一人抜いて、これで五位。ということは2分差を詰めたわけだが、先頭はどれくらいのペースで走っているだろう。五区は健脚自慢が投入される区間だ。下手したら、先頭の慶安大との差は広がっているかもしれない。

幸い、コースの先に立聖大の姿が見える。川沿いの山道はうねうねと曲がりくねっていて、こちらを蝕《むしば》んでくる。でも、それはみんな一緒。そう思うと、不思議と嫌な気分ではなかった。

みんな同じなのだ。大学で学問がやりたかった。陸上がやりたかった。戦争が始まったら、そのどちらも許されなくなった。それでもこうして箱根を走ることが許された幸運を、きっと、全員が嚙《か》み締めて走っている。

だから、たとえ走るのが苦しくとも、辛《つら》くはないのだ。


類家進は、青森《あおもり》県の太平洋側、漁港のある町の生まれだった。ウミネコがミャーオミャーオと鳴きながら飛ぶ町だった。

幼い頃から、走るのが何故か得意だった。短距離ではなく、長い距離を誰よりも速く、苦しくても粘って粘って走るのが得意だった。

その理由は恐らく、地元にランニングクラブがあったからだ。早朝に海辺を走るだけの集まりだったが、子供の頃から進はこのクラブに入っていた。両親が「体が丈夫になるように」と連れていったのがきっかけだったのだと思う。地元の女学校の校長が女子スポーツに注力した人で、歳《とし》の変わらない女の子も同じクラブで走っていた。

中学時代に県内の競技会でいい成績を取って、韋駄天《いだてん》類家なんてあだ名で呼ばれるようになった。陸上を教えてくれた教師に日東大への進学を勧められ、箱根駅伝の話を聞いた。上京することに渋い顔をする両親を恩師と共に説得して、何とか日東大進学の許可をもらった。

ところが、入学した年に箱根駅伝は中止になった。それに、韋駄天は日本中にうじゃうじゃいたと上京して思い知った。青森の韋駄天は、第一回青梅駅伝の補欠になるのが精一杯だった。

それでも新倉篤志は「お前は二年もすれば俺より速くなるよ」と進の肩を叩いた。初めての青梅駅伝のゴールテープを切って、阿佐ヶ谷の合宿所に帰ってきた直後だった。

「来年は、箱根があるといいですね」

新倉が酷く寂しげな顔をしていたから、進は堪らずそう口にした。言ってから、深く深く後悔する。新倉が笑ったからだ。

笑って、「そうだな」と頷いたからだった。

結局、翌年も箱根駅伝は開催されなかった。新倉は第二回青梅駅伝の最終走者を務め、進は再び補欠として伴走のオートバイの荷台にいた。

新倉は最後まで凜々しい表情のままゴールインした。胴上げをされて宙を舞う新倉の姿を、進はその輪の中で見ることになる。

「お前が箱根を走れますようにと、祈ってるよ」

胴上げを終えた新倉は、進にそう言ったのだ。「そのときは、お前は全力で走れよ」と。憑《つ》き物が落ちたような――何かを諦めたような、達観したような、晴れやかな顔を新倉はしていた。

同じ日東大の、同じ学部の、同じ陸上部の先輩達の戦死の報告が聞こえるようになって久しいが、新倉が死んだという話は聞かない。

だから。

だから、走らねばならないのだ。

塔ノ沢の先の大平台には、ヘアピンのような形をした急カーブがある。そこへ向かう坂道は、空へ飛び出すジャンプ台に思えた。自然と前傾姿勢になり、足の運びが弾む。心臓が悲鳴を上げるが、それでもスピードは緩めない。

カーブを曲がると、壁のような急坂が待ち構えていた。唸り声を上げそうになって、ぐっと拳《こぶし》を握り込む。伴走するオートバイまでが否応《いやおう》なくスピードを落とし、進の後方へ姿を消した。郷野の「類家、怯《ひる》むなー!」という声だけが鋭く飛んでくる。

怯んでなんかない。ここは試走のときに及川と走った。この壁のような坂を登る覚悟は、とうの昔にできている。

何より、立聖大がすぐそこにいる。斜度のきつい登りにふらふらと揺れる背中を、進は力強く追い抜いた。息が詰まりそうな坂を、この体は怖《お》じ気《け》づくことなく登っていく。

塔ノ沢を過ぎたあたりから痛み出した左足首のことなど、気にしていられない。

箱根登山鉄道と並走する形で宮《みや》ノ下《した》の温泉街を目指していると、木々の隙間《すきま》から時折暖かな日差しを感じた。山間《やまあい》の谷に視線をやれば、随分と高いところまで登ってきたことがわかる。冬色に染まり、ところどころ残雪まである箱根の山を、進は体一つで登っていた。

景色を堪能《たんのう》していられたのも、日差しの暖かさを感じていられたのも、そこまでだった。

緩やかに蛇行しながら続く登り坂の先に、紫峰大の江戸紫のタスキが見える。専究大と立聖大は軽々追い抜けたのに、紫峰大がなかなか捕まらない。近づいては離れの繰り返しだ。

視界が随分と狭くなっていることに気づいた。紫峰大の背中と、延々と続く登り坂。それしか見えない。箱根の山々も、よく晴れているはずの空も、視界は捉《とら》えることができない。

この感覚は知っている。体に余裕がないということだ。現に足の痛みばかりが気になる。及川は足首を痛めていると思っているようだが、正確には左の足首と膝《ひざ》だ。

十二月に行われた富士の裾野《すその》の軍事教練で、最初に足首を痛めた。陸軍からやって来た教官に怒鳴られながら背嚢《はいのう》を背負って走り回っているうちに、いつの間にか熱を持つようになって、熱はすぐに痛みになった。

その痛みを誤魔化し誤魔化し行軍しているうちに、今度は膝が痛んだ。足首を庇《かば》って、膝に負荷をかけてしまったらしい。

足首だけなら何とかなるかなと思った。現に宮ノ下の温泉街に入るとすごい歓声で、二重三重に詰めかけた観客は沿道からあふれていて、誰もが日東大の名前と共に進を応援してくれた。一時だけ、足首の痛みを忘れられた。

その勢いで紫峰大に追いつき、しばらく並走してから、ゆっくりと追い抜いた。これで三人抜き。六位から三位まで来た。

前にいるのは、法志大と慶安大だ。

ところが、宮ノ下を抜けたら道路が酷い砂利道になった。ここまでも何度か砂利道はあったが、宮ノ下の先は特に酷い。ぼこぼこと波打つ道に、マラソン足袋越しに土踏まずに突き刺さるような砂利。試走のときに確認したはずなのに、走りづらさに呆然《ぼうぜん》としてしまう。

砂利道に自動車の轍《わだち》が残っている。少しでも平らな部分を走るべく、轍に沿って走った。それでも凸凹《でこぼこ》とした砂利の感覚が、左足首を刺してくる。痛みはそのまま左膝まで貫通する。

「類家さん、大丈夫ですかっ？」

背後から及川の声がして、思わず振り返りそうになった。オートバイのエンジン音が聞こえる。後ろから見て、俺の走りはそんなに大丈夫じゃなかったのだろうか。

右手をひらりひらりと揺らし、及川の声に応《こた》えた。

大丈夫、大丈夫。俺のハリマヤ足袋は、お前達が譲ってくれた新しいやつだから。砂利でどれほど足の裏が痛もうと、足首や膝が軋《きし》もうと、大丈夫に決まっている。

読吉新聞社から資金援助があったからと、年明けに参加校に二足ずつハリマヤ足袋が支給された。誰も彼もがボロボロの足袋を繕って、中にはサイズ違いの足袋を欺《だま》し欺し使っていた。届けられたばかりの足袋の、底の真新しいゴムの香りも、笑ってしまうくらい見事な布地の白さも、進は生涯忘れないだろう。

陸上部の部員全員と郷野とで、二足のハリマヤ足袋に御神酒《おみき》を供えた。それだけでは足りなくて、とりあえず全員で拝んだ。小伊勢屋の女将のハルさんも混ざった。

誰がこの足袋で出走するかという話になって、一区を走る竹ノ内学が真っ先に「山を走る類家だ」と言ってくれた。一足は進が、もう一足は一区を走る手越が履くことになった。

その日から、進は毎晩ハリマヤ足袋を枕元《まくらもと》に置いて寝た。今朝、足袋を両手で胸に抱いてから日課のランニングに出た。

だからこそ、こんな痛みに怯むわけにはいかない。関東学連の面々が必死に集めた金で、この物資不足のご時世に死に物狂いで手に入れてくれた足袋だ。みんな、自分が履きたかったはずだ。

だから、走る。

「類家、足は大丈夫か？」

今度は郷野が聞いてきた。砂利道でサイドカーが揺れたのか、語尾が上擦っていた。

もう一度右手を振った。郷野はそれ以上何も言ってこない。

年明け、いや年末から、郷野に「本当に走れるか？」と再三聞かれた。進は何度だって「走りますよ」と答えた。

むしろ、軍事教練で足を痛めて決意は固まったのだと思う。

どうせ戦争で死ぬのなら、この足くらい、箱根の山で使い切りたいのさ。

そう開き直ってしまえば、足の痛みは不思議と遠のいた。小涌谷《こわくだに》から芦之湯《あしのゆ》へ続くうねうねとした坂道を、進は軽快に駆け上がった。足の裏が接地した瞬間、跳ねるように体に力がみなぎる。踵が弾んで、自分の体に推進力が満ちあふれる。

走っているとき、稀《まれ》に陽《ひ》の光に包まれる瞬間がある。暑い日は暑さが、寒い日は寒さが遠のき、ほのかな温かさが体を支配する。音や匂いが消え、視界は顔を洗ったように凛と広くなって、心身が走ることだけに集中する。

それを進は奇跡の体験だと思っていた。人生で数えるほどしか味わったことのない幸福な瞬間だった。

その幸福が必ずこの箱根駅伝で訪れるに違いない。スタート前、奇妙な確信だけがあった。だから、進は怯むことなく走った。

曲がりくねった道の先から、淡い苦味を含んだ風が吹いてくる。冷たさに鼻の奥がツンと痛み、背後から声がした。

「類家！　もうすぐ登りは終わりだ」

郷野だった。ああ、そうか。果てしなく感じられたこの登り坂も、もうすぐ終わりだ。国道一号の一番高いところを通過して、下りに入る。そこからゴールまで5キロもない。

でも、この下りは侮れない。ここまで山を登ってきた体がそれを察している。

登りの終わりへ向かう直線の先に、法志大の選手を類家は捉えた。タスキの橙色と紺色もはっきり見える。

下りで追い抜く。法志大の選手がちらちらとこちらを振り返るのを確認して、進はそう決意した。後ろが気になるのは、余裕のない証拠だ。後続の選手のプレッシャーに負け、振り向かずにはいられないのだ。

アキレス腱《けん》に負荷がかかる。国道一号の最高地点に向かう登り坂は特に険しく感じられた。長い登りだった。下りに入った瞬間、背中を誰かに押される感覚がした。法志大の選手との差は10mもなかった。

——なのに。

打ち抜かれるような感覚が左膝に走って、たった一度の瞬《まばた》きの間に、進の体は冷たい下り坂に叩きつけられた。

頬に走った痛みに、夢を見た。

昨日、一区と二区の選手と、彼らの付き添いをする部員、伴走をする郷野や及川を小田原駅で見送った。三区から五区を走る選手と関係者は、翌朝に小伊勢屋から各々《おのおの》の中継所へ向かうのだ。列車が発車する直前、一区を走る手越が窓を開け、タスキを振った。

鮮やかな桜色のタスキが遠ざかっていくのを、進は手を振りながら見ていた。見えなくなるまで、ずっとずっと見ていた。

どうしてか、ミャーオミャーオとウミネコの鳴き声がした。

「類家さん！」

ウミネコの声は及川の声になった。目を開けた。オートバイのエンジン音が、地面を伝って進の耳の奥で蠢《うごめ》いていた。

視界の端に法志大のタスキが見えて、進は慌てて顔を上げた。せっかく迫った橙色と紺色のタスキが、遠ざかってしまう。

「類家、大丈夫か」

郷野がサイドカーを降りてくる。立ち上がると、左膝に引きちぎられるような熱が走った。右の頬と耳たぶ、肘《ひじ》、膝に擦り傷ができて血が滲んでいる。でも、それだけだ。左膝は、痛むだけで、ちゃんと動く。

「大丈夫です」

タスキがきちんと自分の肩にあるのを確認して、進は走り出した。左足が体についてこない。不格好なフォームになったが、構わない。

「類家さん」

また、及川が進を呼ぶ。

「僕が小田原まで戻って走ります」

馬鹿を言うな。足を止めずに、進は振り返った。左の足首まで、舌打ちをするように痛み出した。オートバイの荷台を降り、上着を脱いでユニフォーム姿になろうとした及川に「違うだろ」と投げかける。

「俺は、なんて言ってくれって頼んだ」

前を向いた。法志大の姿が遠い。だが、向こうも下りに入ってガクッとペースを落としている。歯を食いしばって、唸り声を上げて走った。そうすれば痛みは歯の隙間から逃げていく。陽の光はもう進を包まない。ただ冷たく鋭い風が芦ノ湖から吹きつける。最後の試練だとばかりに、箱根駅伝が進に挑んでいる。お前はそれでも走りきれるか、と。

「類家さん！」

オートバイのエンジン音と、及川の声が近づいてくる。おい、なんで泣いてるんだ。振り返らずともわかってしまって、進は食いしばった歯からふっと力を抜いた。自然と笑みがこぼれた。

及川が大きく息を吸う音が聞こえた。

「足を、前に出して！」

絶叫に、左足が自然と前に出た。力強く地面を蹴《け》って、進の体は前へ進む。人間の体はそんなふうにできている。単純で、なのにすぐへばるし、怪我《けが》をするほど繊細で。だから、走るのは面白い。そういう人間が寄せ集まってタスキを繋《つな》ごうと四苦八苦して走るから、駅伝は面白い。

その面白さの前に、足の痛みなどさしたる問題ではない。痛みを凌駕《りょうが》するほどの満足感がこの胸にある。これはご褒美のようなものだ。厳しい練習を経て、この長い距離を懸命に走り抜いた者にだけ与えられる、天からの褒美なのだ。

芦ノ湖の目前で、進は法志大を抜いた。

そのまま、二位でゴールした。

紀元二千六百三年　靖国神社・箱根神社間往復関東学徒鍛錬継走大会

【往路順位】

第一位：慶安大学

第二位：日東大学

第三位：法志大学

第四位：紫峰大学

第五位：要大学

第六位：早田大学

第七位：立聖大学

第八位：日本農業大学

第九位：専究大学

第十位：紅陵大学

第十一位：青和学院大学

6　山下り　昭和十八年一月

お前は器用な性格だから山下りに向いてる。

監督のそんな暴論で、宮野喜一郎は法志大の六区に起用された。いやいや、器用なのは性格だけだ。箱根の山下りには確かに器用さが求められるかもしれないが、それは〈走りの器用さ〉であって、決して性格の問題ではない。

なんて、スタートを控えた今頃ぼやいても仕方がない。

一月六日、午前八時半。昨日の往路を一位でゴールした慶安大が、目の前でスタートする。この寒い中、スタート地点には大勢の観客が詰めかけ、歓声が選手を送り出す。

喜一郎はタスキの位置を確認し、その場でしっかり足踏みをした。そうしていないと、膝や足首が寒さにかじかんで動かなくなってしまう。

箱根山の朝は寒かった。芦ノ湖から箱根神社に向けて吹きつける風は、耳たぶがちぎれそうなほどに冷たい。頬の皮膚が乾燥して剝《は》がれ落ちそうだ。

ふう、と息を吐き出すと、白く染まってすぐに風に掻き消された。

慶安大のスタートから、5分45秒。往路のタイム差をなぞる形で、日東大の桜色のタスキがスタートする。

昨日、法志大はゴールの直前で日東大に躱《かわ》され、三位に転落した。復路の選手には、その挽回《ばんかい》と逆転優勝が使命として課せられている。

日東大との差は、17秒。

もう一度、息を吸う。吐く。唇がほのかに温かくなるが、一瞬で冷える。

スタート係の手が挙がった。やれやれ、と喉《のど》の奥で呟いて、喜一郎は六区のスタートを切った。

「法志大！」と左右から声が飛んでくる。芦ノ湖の冷たい風を受けながら、前を走る日東大を追った。

喜一郎の専門は走高跳だから、長距離など門外漢もいいところだ。だが、およそ25キロの六区のレースで、17秒という差はあってないようなものだということはわかる。

法志大の後ろには、6分差で紫峰大がいる。そこに要大、早田大、立聖大がそれぞれ5分ほどの差で続き、大きく離されて日農大、専究大、紅陵大、青和学院大が続く形だ。昨日の夜は各大学の状況を整理し、六区の選手の動きを予想しながら床についた。

一位の慶安大との差を考えれば、日東大や紫峰大は復路の序盤から積極的に前を追うはずだ。三位を走る自分は、必ずその流れに巻き込まれる。彼らと集団を作って前を追えば、六区で逆転も不可能ではない。

芦ノ湖を抜けて国道一号に入ったあたりで、喜一郎は日東大に追いついた。ここからしばらくは登りが続く。勝負が始まるのはそこから。今は無理をせず、日東大とこのまま並走することにする。

「いいぞ宮野、その調子だ！」

自転車で伴走する福田《ふくだ》がやや後方から声かけをしてきたが、サイドカーに乗った日東大の監督・郷野の怒鳴り声にほとんど掻き消された。

「追いつかれたが焦るな。合わせていけ！」

郷野とは箱根駅伝開催に向けて何度も顔を合わせている。喜一郎が長距離選手でないことも知っているから、レース中に必ず崩れると思われているのだろう。正直、俺も嫌な予感しかしない。国道一号の最高地点を越えたところで、明らかに日東大の選手の動きが変わった。はいはい、ここから切り替えていくわけですね。相手の表情をちらりと確認して、喜一郎もしっかり日東大に食らいつく。

人数不足を理由に駅伝に駆り出され、六区に起用されることが決まった直後、喜一郎は自分の走り方を山下りに特化させた。踵から着地して足の裏全体で地面を摑み、押し出すようにして走る。体の上下運動を減らして無駄な力を使わず走ることができるし、何より膝への負担が減る。

本格的な山下りに入って、喜一郎は走りを切り替えた。伴走の福田はペダルを漕ぐのをやめ、「あとは一人で頑張れ！」と坂の上から声援を送る。朝の箱根山は路面の凍結もあり、自転車で下るのはあまりに危険だ。サイドカーのある日東大とは違い、喜一郎は小田原まで一人で走ることになる。木炭車を用意した大学もあるようだが、法志大にはそんな余裕はなかった。

だから、器用な奴じゃないと走れないんだろうな。今更のように自分の起用理由に納得した。

自分は昔からそういう人間だった。子供の頃はとにかく「手がかからない」と言われ、母は日記に「喜一郎ちゃんはなんていい子なのかしら」とたびたび書いたという。転ぼうと犬に吠《ほ》えられようと泣き喚《わめ》くことなく、むしろ次に同じ場所で転ばぬために路上の石を払い、犬がいる道を通らず家に帰る方法を考える子だった。

何より、顔で得をしていた。尋常小学校を卒業する頃には自分はなかなかいい容姿をしていることに気づいていたし、父や祖父からも「喜一郎は男前だな」と言われた。女だけでなく男からもそう言われるということは、本当に自分は男前なのだなと思った。

勉強も人並み以上にできた。運動も人並み以上にできた。容姿もよかった。十代の間に背もすらりと高くなって、大概の人間は自分を見上げて話すようになった。

背の高さと足の長さを買われて始めたのが走高跳だった。日本インターカレッジに出るくらいの実力はあったが、自分の限界以上の場所へ手を伸ばそうとは思わなかった。体格差で圧倒的に有利な欧米の選手と競おうなんて、堅実ではない。

器用だから、そういうところが全部見えてしまう。見えてしまうことに鼻白んでいる自分すら、視界に捉えてしまう。

だから、同じ陸上部の先輩である世良貞勝が駅伝の開催に躍起になるのを奇妙に思っていた。箱根駅伝の開催など絶望的なのに、自分達はこのまま問答無用で戦争に行くことが決まっているのに、どうして駅伝をやるのか。

世良を手伝うことにしたのは、そんな興味と、今となってはどうしてかわからない気まぐれからだった。陸上の大会などいつ理不尽に中止にされるかわからないのだから、真面目《まじめ》に練習を続けてもしょうがない。器用だから、そんな斜に構えた考えをしてしまった。

でも、箱根駅伝は開催された。しかもこの俺が、何故か法志大の選手として六区を走っている。

さすがの器用で賢くて男前な喜一郎君もこんな未来は予想していなくて、なかなか愉快だった。

宮野！　と名前を呼ばれたのは、芦之湯を過ぎてぐねぐねと忙《せわ》しない山道に入った頃だった。少し先に法志大の陸上部――長距離ではなく、喜一郎と同じ跳躍競技を専門とする選手達がいた。

「宮野、先頭とまだ5分離れてる！　5分10秒だ！」

叫んだのは、関東学連の仕事の合間で共に汗を流してきた走高跳の選手だった。伴走なしの実力走法で挑む喜一郎のために、木々に囲まれて寒々しい場所で応援をしてくれていた。

右手を挙げて声援に応えた。スタート時、慶安大と法志大の差は6分2秒だった。それが今およそ5分10秒ということは、50秒ほど差を詰めたことになる。

5分10秒。充分に逆転できる差だが、果たして長距離選手でない俺でもそれは可能なのか？　賢い頭が勝手に判断しようとする。無理と結論が出たら、きっとこの体は勝手に力を抜くのだろう。自分の器用さは、そういうところから来ている。

ところが、曲がりくねった道を抜け、なだらかな直線に入った瞬間、思いがけないスピードが出た。開けた視界に背中を押され、体は前に進んでいく。

箱根の急な下りは、選手の実力以上のスピードを出させた。一歩がいつも以上に大きくなり、肝が冷えるほどの速さで周囲の景色が流れていく。

足に重く重く負荷がかかる。山下りは心肺への負担こそ軽いが、足腰への負担は増す。どれほど走法を工夫しても、こればかりはどうしようもない。

平地を走っていたら絶対に出せないスピードに、不安定な砂利道と、ところどころまだ凍ったコース。転倒を恐れてブレーキをかければ、自分の体に負荷となって返ってくる。

だから、足を緩めてはいけない。頭の中の恐怖を感じる部分を麻痺《まひ》させろ。俺は器用だから、そういうことができてしまうのだ。

小涌谷の手前で、喜一郎は日東大の前に出た。勝負をしかけたわけではない。下りのスピードに身を任せたら、自然と先行する形になったのだ。

宮ノ下の中心部まで下ると、芦ノ湖よりずっと多くの観客の姿があった。一月の温泉街、人々の晴れやかな顔、駅伝。実にめでたい雰囲気だった。

今、この国は米英と戦争をしている最中だということを、喜一郎までが一瞬だけ忘れそうになる。年の瀬の第三次ソロモン海戦では、味方にも相当な死者が出たと聞く。新聞には「転進」と書かれていたが、一緒に記された死者数は膨大なものだった。

けれど、人々はこうして箱根を走る選手達に黄色い声を上げている。日本だって時には負けることもあるさ。ここまで勝ちすぎて気が緩んでいた国民も多いだろうから、気を引き締めるちょうどいい機会だ——きっと、それくらいに捉えている。

本当に、そうか？　余計な考えが頭を埋め尽くしそうになったとき、富士屋ホテルの前に慶安大と日東大の応援団が陣取っているのが見えた。ここを一位で通過した慶安大の関係者は興奮冷めやらぬという顔で、逆に日東大は二位で喜一郎が現れたことに苦い顔をしていた。誰もが日の丸と「日東大ガンバレ」と書かれた小旗を持っている。

二大学の軍勢から少し離れたところに、また法志大の陸上部が待ち構えていた。今度は投擲《とうてき》の選手達だ。

「慶安大と、3分半だ！」

時計片手に一人が叫んだのが確かに聞こえて、喜一郎は前を見据えた。随分と差が詰まった。前のペースはそう速くないようだ。もしくは、後半戦に入って調子を崩したか。

宮ノ下の駅前を抜ければ、再び険しい山道に入る。大平台まで一気に駆け下り、ヘアピン形の急カーブをスピードを落とすことなく豪快に曲がった。

マラソン足袋のゴム底から、地面を踏みしめるたびに熱っぽい衝撃が走る。熱さが増せば増すほど、喜一郎の一歩は大きくなる。次第に足首や膝に痛みが生じる。下半身の筋肉が悲鳴を上げ、それでもなお転がり落ちるような容赦ないスピードに心臓が震え上がる。風を切る音が耳に轟《とどろ》く。

頬骨が、瞼《まぶた》が、鼻筋が、箱根山の凍《い》てつく風に赤くなり、ぴりぴりと痛んでいく。奈落《ならく》に向かって走っているようだった。玉砕覚悟の突撃を命じられたとき、きっとこんなふうに——転がり落ちるように、敵陣に突っ込んでいくのだろう。恐怖を抑え込み、興奮に紛れさせ、竦《すく》み上がる心臓と震える喉を無視して、ただ走る。

俺の頭は今、どんどん壊れている。でも、それでちょうどいいのかもしれない。どのみち戦場へ送り出されるのだから。

いつか「死んでこい」と命じられたとき、箱根の六区を知っていれば、「ああ、あのときと同じだ」と笑いながら走っていける。

塔ノ沢を一気に抜けたら、先頭を走る慶安大の姿がはっきりと見えた。函嶺洞門の手前でその姿は大きくなる。カーブを曲がるついでに後方を確認すると、日東大も思ったより近くにいた。100mほどの距離に、慶安大、法志大、日東大がいる状態だ。

箱根湯本の温泉街に入ると、徐々に傾斜は緩やかになる。山から下界に降りてきた。まだ下りは続いているはずなのに、膨ら脛《ふくらはぎ》に、膝に、太腿に、肺に、心臓に、内臓という内臓に急激な負荷がかかる。海をスイスイ泳いでいたはずなのに、陸に無理矢理引き上げられたみたいだった。

箱根湯本駅を通過し、小田原の市街地が近づくとそれは顕著になった。平らな道のはずなのに、坂を登っている気分になる。

けれど、それは前の慶安大も後ろの日東大も同じはずだ。慶安大は明らかに走りに力が入っていない。ペースが安定せず、ときどき左右に蛇行する。

痙攣《けいれん》し始めた右足に、拳を叩きつけた。いい活が入って、くたばりかけていた筋肉が我に返る。そのまま一気に慶安大に追いつき、並ぶことなく追い抜いた。初めて法志大が先頭に立った。

タスキを手に取った。自分の汗がしっかりと染みついたタスキを右の掌《てのひら》に巻きつける。

小田原中継所で待っていた七区の桜庭《さくらば》に、喜一郎はタスキを手渡した。桜庭は長距離専門の選手だから、上手《うま》いこと走ってくれるだろう。特に声はかけず、ただ背中をポンと押して送り出した。

「宮野、大丈夫か」

両膝をついて肩を上下させる喜一郎に、付き添いの部員が駆け寄ってくる。「足、血まみれだぞ！」という彼の叫びに、自分の足袋の爪先《つまさき》が真っ赤になっていることに気づいた。

土と喜一郎の血で赤黒く染まった足袋に、額と鼻先から大粒の汗が落ちる。赤黒い染みが、さらに黒くなる。

「そりゃあ、そうだろ……」

砂利まみれの坂を、実力以上のスピードで駆け下りてきたのだから、足が限界を迎えるに決まっている。コースを捌《は》けると、足袋はねちゃねちゃと湿った音を立てた。全く感じていなかったはずの痛みが足先から全身を貫き、両隣を人に支えられないと歩くことすらできない。

付き添いの部員に抱えられながら、駅伝はもう懲り懲りだなと思った。

駅伝と縁深い人生ではなかったが、関東学連の人間として、出走者として関《かか》わってみて、つくづく思う。駅伝とは泥臭くて全く洗練されていない。走高跳の方がずっと優雅で美しい競技だ。

だがしかし、これはこれで、なかなか面白いものだ。二度とやりたくはないけれど。

後ろを振り返ると、日東大が中継所に駆け込んでくるところだった。慶安大は日東大にも抜かれたらしい。後続はどうだろうか。差が詰まっていないのなら、ぼちぼち優勝争いは法志大、日東大、慶安大の三校に絞られるはずだ。

7 審判員　昭和十八年一月

明律大陸上競技部の南郷一郎《なんごういちろう》は、箱根駅伝の七区と八区を結ぶ平塚中継所にいた。選手としてではない。審判員としてだ。中継所でしっかりタスキがリレーされているかを確認し、通過順位を記録するのが一郎の仕事だった。

明律大は選手不足を理由に箱根駅伝出場を断念した。度重なる箱根駅伝の中止によって長距離選手の加入が減っていた上に、繰り上げ卒業が選手不足に拍車をかけた。明律大陸上競技部には長距離選手が一郎を含めて五人しかおらず、短距離や中距離の選手を駆り出したとしても、とても箱根駅伝を走りきることはできない。監督と部員達とで何度も話し合って、そう結論づけた。

悔しさがなかったわけではない。出たい気持ちがなくなったわけでもない。それらの感情もすべて天秤《てんびん》にのせて検討した結果、出場を見送った。

それでも審判員に手を挙げたのは、どんな形であれ、卒業前に箱根駅伝に関わっていたかったからだった。

多くの学生が、自分達が直《じき》に戦争に動員されることを覚悟していた。繰り上げ卒業なのか、大学そのものからの締め出しなのかはわからない。だが確実に、もうすぐ徴兵される。

この箱根駅伝は、恐らく最後の箱根駅伝になる。

みんな理解しているから、審判員や計時員を多くの「箱根駅伝に出られなかった選手」が務めていた。出走者に選ばれなかった者もいれば、一郎のように出場を見送った大学の人間もいる。短距離や投擲や跳躍が専門なのに、運営員に志願した者もいる。最後の箱根駅伝は、参加校だけのものでも、長距離を走っている人間だけのものでもなくなっていた。

陸上を愛した学生達の、最後の祭典なのだと思う。

平塚中継所に押し寄せた観衆が、鮮やかに色めき立った。どうやらそろそろのようだ。昨日の往路もこうだった。選手がコースの先に姿を見せると、まず集まった観客の反応でわかる。

先頭は——慶安大だった。運営員に誘導され、八区を走る選手が中継ラインに現れる。大会運営車が通過し、慶安大が無事にタスキを継ぐ。伴走にサイドカーを用意した慶安大の監督は、七区の選手を「よく追い抜いた！　よくやった！」と褒め称えた。

40秒ほど遅れて、二位の法志大がやって来る。

「悪い、花水橋《はなみず》で抜かれた！」

法志大の七区の選手がそう懺悔《ざんげ》し、タスキを渡した。八区の選手は「大丈夫だ」と仲間の頭をぐりぐりと撫《な》で、スタートしていく。

さらに三位の日東大がやって来る。日東大の伴走のオートバイが中継所を通過する際、サイドカーに乗った監督の鬼気迫った表情が一郎の目に焼きついた。

復路のスタートは慶安大、日東大、法志大の順だった。この様子だと、山下りの六区と、湘南の海岸線を走る七区の間に、激しい順位変動があったようだ。

三位の日東大から四位の紫峰大までは、7分もの差があった。隣にいた審判員の学生が、「こりゃあ、優勝争いは慶安、法志、日東の三つだな」と呟く。一郎も無言で頷いた。

だが、一郎の仕事はまだまだ続く。要大、立聖大、早田大、専究大と、後続の選手も次々中継所にやって来る。九位の日農大まではさらに差が開き、中継所に詰めかけた観客も徐々に減っていってしまう。

それでも一郎は審判員として中継地点に立ち続けた。寒さが関節に染みて、膝がギシギシと軋む。構わず、コースの先を見つめていた。

まだ、紅陵大と青和学院大の選手が七区を必死に走っているのだ。最後の箱根駅伝の、七区を。

8　熱　昭和十八年一月

平塚を出発して相模川を越え、茅ヶ崎、遊行寺《ゆぎょうじ》を経て戸塚中継所へ向かう八区も後半戦に入った。不思議と凪《な》いだ気持ちで、紫峰大の八区・野田哲生《のだてつお》は走っていた。紫峰大の現在の順位は四位。復路のスタートから同じ順位だ。

前には日東大がいるはずなのだが、随分と差を開けられていて影すら見当たらない。後ろを振り返ってみても、五位の要大の姿は見えない。

八区は距離が長い。道中に遊行寺の坂もあり、消耗の激しいコースだ。しかも、抜きつ抜かれつの攻防戦が見物の往路と違い、復路はこうやって前も後ろも選手が見当たらない単独走になることが多い。

虚無感に襲われてしまいそうな状況の中、しっかり前を追うこと。それもまた復路の選手に課せられる重要な使命だ。

だがしかし、哲生にはできなかった。

今日は、すこぶる体調が悪いのだ。昨日から熱が下がらず、どうにも足に力が入らない。さらに紫峰大にとって不運なことに、そもそも哲生は本来なら出走する予定はなかったのである。

八区に起用されるはずだった選手が、年明けの合宿中に足を怪我し、急遽《きゅうきょ》哲生が走ることになった。部員達がほっと胸を撫で下ろしたのも束の間《つかのま》、今度は哲生が体調不良である。

「野田、大丈夫か」

申し訳なさでいっぱいの哲生を、自転車で伴走する陸上部主将の舟橋《ふなはし》が案ずる。舟橋は昨日、往路の二区を走ったばかりだというのに、こうして自転車で復路の選手に付き添っているのだ。

「もう半分以上来てるんだ、頑張れ。箱根駅伝の産みの親である金栗四三先生のためにも」

その言葉は、今の紫峰大陸上部の合言葉……を通り越して、鳴き声のようなものになっている。

選手不足を理由に今回の箱根駅伝参加を見送ろうとした紫峰大に、沢森というOBがやって来たのは去年の十一月のことだった。文部省で体育局の体育運動課長をやっているという沢森は陸上部では名の知れたOBで、突然の訪問に監督やコーチまでもがただならぬ表情で彼を出迎えた。

陸上部のOBらしい、小柄だが筋肉質な男だった。険しい顔で「箱根駅伝への参加を見送ると聞いたがね」と監督に問いかけた沢森に、たまたま部室にいた哲生は監督の顔色を窺《うかが》った。

監督が頷くと、突然沢森は「それは駄目だ！」と喉を張ったのだ。

「紫峰大は箱根駅伝の産みの親・金栗四三先生の母校だぞ！　第一回箱根駅伝優勝校だぞ！　何とか出場してくれ！　今度の箱根は、箱根駅伝の伝統を守るべく開催される。ならば我が母校も、母校としての伝統を守るために出場せねばならない！」

その場で地団駄を踏みそうな勢いの沢森に、監督もコーチも面食らった。

そして何故か、沢森は哲生を突然指さしてこう問いかけたのだ。

「君、箱根駅伝は走ったことがあるかね」

哲生が入学した頃には、箱根駅伝は中止になっていた。ぶんぶんと首を振る哲生に、沢森は深々と、しみじみと、頷いた。

「そうか、なら君も箱根を走るとわかるだろう。他の駅伝にはない、箱根にしかない何かを」

「……何か、とは？」

「それは走った者にしかわからん。だが、走った人間は皆その何かに魅せられるのだよ」

しかし、当の沢森は箱根駅伝を走ったことがないという。なんだそりゃ。

「私は、陸上部の一員として、そして統知新聞の人間として箱根駅伝に携わった。そんな脇役の私ですら、こうやって箱根駅伝に魅せられ、母校に『出場してくれ』と無理を言いに来ている。それほどのものがある駅伝、走ってみたいと思わないかね？」

そう言い残し、沢森は帰っていった。彼の剣幕に押される形で、紫峰大は箱根参加を決めた。ラグビー部から足の速い選手をかき集め、何とか往路と復路の十人を揃えたのだ。

その一人が怪我をし、補欠の哲生がこの有様なのだから、本当に運がない。

こんな状態で何がわかるというのだ。箱根駅伝に魅せられる？　箱根にしかない何か？　俺は今、熱に浮かされてあの日の沢森さんに追いかけられる幻覚を見ていますよ。

遊行寺の坂が迫ってきた。この状態で俺は坂を登れるのだろうか。考えただけで心が折れそうだ。伴走の舟橋の声援は、耳元で爆竹が爆《は》ぜているようにしか聞こえない。

ああ、せめて、俺がこうして走ることで、他の選手が〈箱根にしかない何か〉を見つけてくれたらいい。そして、俺がゴールイン後も生きていたら、どうかそれが何だったか教えてくれ。

9 記者 昭和十八年一月

読吉新聞社の記者・服部和己《はっとりかずみ》は九区と十区を繋ぐ鶴見中継所にいた。

最終区のスタート地点であるこの場所は、黒山としか言いようのない人出だった。小さな子供を肩車してまで、駅伝を見ようと詰めかけた人々であふれている。日の丸の小旗が振られる音が、海鳥の羽ばたきのように和己には聞こえた。

その中で踏ん張って踏ん張って、和己は最前列を陣取っていた。

今年三十になる和己にとって、箱根駅伝は馴染《なじ》み深いものだった。何せ、和己の生まれはこの鶴見である。十歳の頃には、父に手を引かれて鶴見中継所で箱根駅伝を観戦していた。

新聞記者になってからは、さすがに毎年タスキリレーをこの目で見ることもできなくなったが、それでも正月休みが終わると「そろそろ駅伝だな」と思うくらい、心の片隅に新年の風物詩の一つとして箱根駅伝があった。

箱根駅伝が中止に追い込まれる直前——第二十一回大会は、幸いなことに鶴見中継所で観戦することができた。

一位は日東大だった。坊主頭の大柄な選手がタスキをリレーしたと思ったら、その余韻に浸ることもなく、上着を羽織って付き添いの部員と姿を消してしまったのだ。

「一区の選手は、どうしたの」

中継所に残っていた日東大の学生に、和己は聞いた。学生は、一区の選手は召集令状を受け取っていて、このまま地元に帰って入営するのだと教えてくれた。本来は山登りの選手だが、五区を走っては列車の時刻に間に合わないから、一区を走ることになったのだ、と。

そのときの震えるような衝撃を、和己は生涯忘れないと思う。

昨年の秋に、箱根駅伝が復活すると聞いた。しかも自分の勤め先である読吉新聞が資金援助をするという。和己は、この二日間の駅伝をどんな形でも記事にすると決めた。

今日、一月六日の読吉新聞の最下段にはこんな見出しの記事が小さく小さく掲載されている。


〈慶安大、往路力走。東京箱根間駅伝競走〉


あまりに小さな記事だから、往路の成績と簡単なレース経過しか書けなかった。

あえてこの大会の正式名称である「紀元二千六百三年　靖国神社・箱根神社間往復関東学徒鍛錬継走大会」という名前は載せなかった。幸い、誰にも咎《とが》められることなく記事は掲載された。

明日掲載の復路の記事がどうなるかは、わからない。記事自体が消えるかもしれない。

すでに新聞は、真実など書くことができなくなっている。巷《ちまた》では映画『ハワイ・マレー沖海戦』

が大人気だが、日本国民は一年も前の戦果に酔いしれ、昨年末の第三次ソロモン海戦の損害など、興奮を鎮めるちょっとしたかすり傷程度にしか思っていない。

どす黒い予感に胸が支配されかけたとき、中継所の人山が地震でも起きたように激しく揺れた。父親に肩車された少年が、前のめりに転がり落ちそうになる。

法志大と慶安大が、もつれるようにして中継所に飛び込んできた。100キロ以上を駅伝してきたというのに、たったの数秒差でタスキをリレーする。鮮やかなタスキリレーだった。子供時代の記憶と寸分違わない、熱と切実さが籠《こ》もった美しい光景だった。

法志大と慶安大の通過から2分後、日東大がタスキを繋ぐ。遅れは取ったが、日東大も充分に優勝を狙《ねら》える位置だ。往路の結果を踏まえると、この三校は今日の復路を抜きつ抜かれつの接戦を繰り返してきたことになる。

学生の意地と根性で復活した箱根駅伝が、まさかこんな劇的な終盤を迎えるとは。湧き上がった興奮に、声援を送るのも忘れて和己は目の前の光景に見入った。

この国は負ける。これから、恐らく我々が想像もできないような大変なことが、次々と起こる。そんな思いにくじけそうになる胸を、〈駅伝を観《み》ている〉という、ただそれだけの光景が、一瞬だけ、救う。

翌日、一月七日の読吉新聞に、箱根駅伝の結果を報じる短い記事が再び掲載された。

写真もない質素な記事には、「東京箱根往復駅伝競走」「関東学連主催」と確かに記されていた。

10　再び、靖国　昭和十八年一月

激戦だった。

遠ざかる鶴見中継所の喧騒《けんそう》を背中に感じながら、日東大の補欠・及川肇は奥歯を噛み締めた。オートバイを運転する日東大のOB・福永の胴回りに、ぎゅうっと強くしがみつく。

日東大は九区スタートの時点で二位だった。しかし、早々に三位の法志大が仕掛けてきて、日東大と並走した。権太坂を過ぎたあたりで一度は日東大が引き離したが、法志大が再び追い上げ、横浜で逆転された。

見る見る差は広がり、日東大は三位で鶴見中継所に入ったのだ。中継所で待機していた付き添いの部員が、法志大が一位、僅差《きんさ》で慶安、2分遅れで日東大だと矢継ぎ早に叫んだ。

「志賀《しが》、恐らく前は牽制し合ってるはずだ。この間に追いつくぞ！」

サイドカーから身を乗り出して監督の郷野が叫ぶ。志賀は歩幅の広い雄大な走りで、どんなコースもずんずんと力強く進んでいくのが持ち味だ。「はいっ！」と大声で返事をした志賀の走りは、さらに推進力を増した。

六郷橋を渡って海が近づくと、前方から潮の香りが混じった冷たい風が吹いてきた。

昨日の一区ではこの風が選手の背中を押した。それが復路では向かい風になる。しかし志賀のペースは落ちない。風を突き破るような勢いで大森《おおもり》を抜け、品川へ向かって北上する。

東京湾を左手に見ながら、いよいよこれが最後なのだと肇は感慨深くなった。靖国神社をスタートして箱根神社を目指し、再び靖国神社に帰る。長い長い箱根駅伝も、いよいよ十区に入った。

これはただの十区ではない。ただの最終区ではない。学生が学生でいられる最後だ。陸上に打ち込む日々の最後だ。そして、箱根駅伝の最期だ。

結局、肇はその箱根路を走ることはできなかった。だが不思議と悔いはない。箱根駅伝が走ってみたくて選んだ日東大の陸上競技部だったが、箱根を走るのと同等の何かを、この大会で得られたような気分でいた。

最後の箱根駅伝の開催に深く関わったのだという自負。何より、補欠として伴走のオートバイの荷台で長い長いレースを見守った事実が、これ以上にないほどに肇の胸を満たすのだ。

瞼に生々しく残るのはやはり、二位で往路を終えた類家進の背中だ。

芦ノ湖に向かう下りに入った直後に転倒した類家は、足を引《ひ》き摺《ず》りながらゴールの箱根神社まで走った。足を前に出す。単純な動きを痛みに耐えながら幾度も幾度も繰り返して、法志大を抜いて二位でゴールインした。

陸上部の関係者に両脇を抱えられた類家に、肇は堪らずオートバイの荷台から飛び降りた。

「及川ぁ、いい山登りだったなあ」

左の足首を真っ赤に腫《は》らした類家は、白飯をたらふく食べたような顔で笑っていた。

「一位になれなかったのは不甲斐ないが、きっと、明日の復路で巻き返してくれるよな」

「ええ、きっと大丈夫です」

そんなやり取りをした類家は、もうゴールの靖国神社に到着しているはずだ。志賀と、伴走の郷野と肇が現れるのを、大鳥居の下で待ち構えている。

その靖国神社まで、まだ距離がある。土埃が白く舞う道の先を睨みつけると、二つの影が見えた。橙色と紺色のタスキ。瑠璃色のタスキ。法志大と慶安大に他ならなかった。慶安大が少し前にいるようだが、ほとんど並走状態だ。郷野の見立て通り、ここまで牽制し合いながら来たのだろう。

「志賀さん、前が見えましたよ!」

肇は荷台から声を張り上げた。志賀の動きが変わる。歩幅も腕の振りも変わらないのに、一歩一歩の力強さが増す。

追いかけるべき対象が視界に入れば、追う側は俄然元気が出る。志賀はそこからぐんぐん差を詰めた。鈴ヶ森を抜け、八ツ山に入る頃には、慶安大、法志大は目の前に迫っていた。

郷野も肇も、オートバイを運転する福永までもが「行くぞ行くぞ! このまま行ってやるぞ!」と叫んだ。

品川駅の目の前で、志賀は慶安大と法志大を躱した。駅前には大勢の観客が集まっていて、通行人も足を止めて激しい先頭争いを見物していた。日東大の桜色のタスキが先頭に躍り出ると、歓声と拍手で地響きがした。

志賀は止まらなかった。三田《みた》、田町、赤羽橋《あかばねばし》、虎ノ門、いよいよ桜田門が近づいてくる。後ろを振り返れば、後続との距離は500m近くになっていた。

もう前には誰もいない。解き放たれたような軽快な走りで、志賀は桜田門を左折する。三宅坂の登りにも、九段《くだん》坂上の交差点にも、たくさんの声援があった。日東大の関係者も大勢詰めかけていた。校歌と応援歌がごちゃごちゃに混ざり合って聞こえてくる。

靖国神社の大鳥居が見えた瞬間、志賀が泣きながら走っているのに肇は気づいた。大鳥居と偕行《かいこう》社《しゃ》の間の公道に白いゴールテープが渡され、その向こうで日東大の選手やOB達が手を振っている。

上擦った声の混じった校歌が、藍染《あいぞ》めされたような見事な青空に響いた。靖国神社の大鳥居が、それを無表情なまま聴いている。

志賀が両手を広げてゴールテープを切るのを、肇は背後から眺めていた。

11 提灯 昭和十八年一月

それでも、走る意味はあるのだろうか。

青和学院大の鷺《さぎ》ノ宮勇一《みやゆういち》は、今日何度目かの自問自答に顔を顰《しか》めた。

十区を走る自分だけではない。箱根駅伝に初参加した青和学院大のすべての選手が、道中で同じ問いを繰り返したに違いない。

陸上競技でさしたる実績もなく、箱根駅伝への参加経験もなく、それでも十人の選手を何とか揃えて出場した箱根駅伝だった。

しかし、結果はこの様《ざま》だ。勇一は見事なまでに最下位を走っている。すでにあたりは薄暗い。一位の大学はとうにゴールし、まだレースをしているのは青和学院大くらいのものだろう。

沿道からはちらほらと声援が飛んでくるが、勇一を応援するために待っていたというより、死にそうな顔で走っている選手がたまたまいたから、思わず「頑張れよー!」と声をかけてしまったという感じだ。

青和学院大は、一区からずっと最下位を走っている。弁解の余地もなく、最下位だ。

昨日の五区の山登りなんて、可哀想《かわいそう》に思った地元の子供達が「近道を教えてやるよ！」と選手に声をかけてきたほどだ。誘惑にぐっと耐えた後輩を、勇一は褒めてやりたい。彼はゴール後に血尿が出た。それでも近道をせず、箱根の山を登り切った。

今日の復路も、笑ってしまうほどに、ずっと最下位なのだ。

桜田門を左折し、三宅坂を登りながら、勇一は再び「それでも、走る意味はあるのだろうか」と考えた。叱咤《しった》激励してくれる伴走はいない。サイドカーや木炭車など用意できるわけがなく、青和学院大はずっと自転車で伴走していた。

ところが、七区の途中で肝心の自転車がパンクし、以降の選手は伴走なしで孤独に走っている。正直、コースを間違えずに走っているだけで褒められたものだ。呼吸は乱れ、腕の振りも足さばきも、到底長距離選手には見えないだろう。自分ではわからないが、きっと激しく蛇行しながら走っている。

こんな情けない姿をさらしながら、それでも箱根駅伝を走る意味とは、何なのだろう。

その答えが唐突に振ってきたのは、三宅坂を登り、九段坂上を右折したときだった。

沿道に、提灯《ちょうちん》の明かりがあった。淡い黄色の光は上下左右にゆらゆらと揺れ、「青和がくぃーん！」と声援が聞こえた。

提灯の光を見て、自分がそれほどまでに暗い中を必死に走っていたことに勇一は気づいた。足下を見れば、土で汚れた足袋が、必死に地面を蹴っている。

提灯を持つのは、青和学院大の関係者ばかりではなかった。関東学連の人間もいれば、他大学の選手やOBらしき顔もある。とことこと最下位を走ってきた勇一を笑うでもなく、同じ大学の仲間かのような顔で「もう少しだ」「頑張れ」と叫んだ。

「いいぞ、いいぞ！　その調子だ」

一際よく通る声が飛んできて、勇一は沿道に注目する。提灯を優雅に上下に振りながら声援を送ってきたのは、青和学院大のOBで、学体振（大日本学徒体育振興会）の陸上委員長である影山だった。隣には同じくOBで、現在は文部省にいる音喜多の姿もある。

「君達の頑張りは、後輩達が必ずや引き継ぐさ！」

よくやった！　と影山が真っ白な息を吐き出す。音喜多が深々と頷いて、小さく拍手をした。

引き継ぐ……一体、どこへ。この大会が終わったら、二度と陸上競技なんてやれないだろう。これが最後なのだ。だから自分達は無理を押して参加を決めたのだ。戦争に行ったら、生きては戻れないから。

ああ、そうだ。だから、最下位でも、みっともなくても、情けなくても、走りたかったのだ。この箱根駅伝に、平々凡々ながらも陸上に励んだ自分の生きた証《あかし》を、残したかった。

この大会を走った多くの選手がこのあと死ぬ。でも、全員ではない。一人か二人はきっと生き残る。このみっともない青和学院大の姿を彼らが語り継いでくれれば、それで充分かもしれない。

もう日は沈んでしまったというのに、ゴールには大勢の選手がいた。青和学院大だけではない。日東大や慶安大や法志大といった、先頭争いをしていたはずの選手まで残っている。

誰も彼もが好き勝手に声を上げるから、何を言っているか聞き取れない。青和学院大の校歌も聞こえるのだが、それすらごちゃごちゃの声援に紛れてしまう。

構わず、勇一はその声援の渦に飛び込んだ。最後の一歩は、ここまでの疲労が嘘《うそ》のように、強く強く踏み切れた。

12 KGRR 昭和十八年一月

青和学院大が無事ゴールインするのを、関東学連の世良貞勝は大鳥居の下から眺めていた。提灯の明かりは温かく、青和学院大を迎える選手達が吐き出す真っ白な息と混ざり合って、ぼんやり金色に光る。

優勝は日東大。二位は慶安大で、三位は法志大。日東大と最下位の青和学院大との差は3時間近い。表彰式もとうに終わってしまったのに、多くの関係者が青和学院大のゴールを待っていた。

「ありがとう、世良さん」

唐突に礼を言われ、貞勝は背後を振り返った。左足を少しだけ引き摺って、日東大の類家が貞勝の隣に立つ。

「どうした、突然」

「箱根駅伝を開催してくれて、ありがとうございました」

青和学院大の鷺ノ宮を称える輪から視線を外すことなく、類家は再度礼を口にする。

「それは、後輩の及川に言ってやったらどうだい?」

「さっきたっぷり感謝しましたよ。俺の分の参加章、及川にあげました」

箱根駅伝の参加者には、金属製の小さな参加章が送られるのが伝統だった。今年も何とか出走者分は用意したが、補欠の選手の分までは間に合わなかった。

「喜んでた?」

「ええ、とても恐縮していました」

ふふっと笑った類家の目を、貞勝はじっと見た。昨日の疲労が抜けていないのだろうか。どこかうっとりとまどろんだ瞳《ひとみ》で、類家は大鳥居の前で揺れる提灯に見入っている。

どの大学の選手も、学校に関係なく笑い合って、称え合って、抱き合って泣いている。

「戦争に行っても、この大会のことを忘れないです」

しみじみとそう言った類家に、貞勝は頷いた。

「いい大会だったな」

「ええ、すごい大会でした」

自分だって、箱根を走った選手達同様、これから戦争に行く。類家と同じように、戦場で今日のことを何度も思い出すだろう。命を落とすその瞬間も、きっと。

この大会に参加した人間の話を、残された時間の中でできる限り聞いておこう。このとき、貞勝は決意した。走った者も、走れなかった者、大会の運営に携わった者、沿道で見守った者……この大会を目撃した人々の話をたっぷり抱えて、戦争へ行こう。

「きっと、この大会は遠くまで飛んでいきますよ」

「飛んでいく？」

「僕達が想像もできないほど、遠くまで」

そう言い残し、類家は日東大の選手達のもとに歩いていった。駅伝の大会が〈遠くまで飛んでいく〉なんて奇妙な言葉選びをするものだと思ったが、不思議と貞勝は納得してしまった。どれほど遠い戦地へ赴こうとも、そこで命を落とそうとも、この大会はずっと俺達の側にある。

ああ、ちょっと、感極まりそうになっている。気づいた瞬間、ドンと強く背中を叩かれた。

「……影山さんでしたか」

この寒い中、外套《がいとう》を脱いで小脇に抱えた影山の手には、提灯が一つ。大会の審判長でありながら、最後は母校の応援に精を出したらしい。

「無事に終わったな」

「はい、ほっと胸を撫で下ろしたところです」

「準備期間も短い中で、選手達も関東学連もよくやったよ」

――と、言いたいところだが。

滑るように貞勝に視線を寄こした影山が、苦笑しながら大会冊子を眼前に突きつけてくる。

大会の概要を記した簡素な小冊子だが、貞勝は思わず目を逸《そ》らした。影山がそれを見逃すはずがない。

「昨日、小冊子を見てびっくりしてしまったよ。中面に『KGRR』とちゃっかり印刷されてるんだから」

今回の箱根駅伝の主催は、影山のいる学体振だ。年末の綴《と》じ込み広告の件で影山に絞られたことを反省し、当日配布の小冊子にもそう記載した。

小冊子の中面に関東学連を示すKGRRの四文字をさり気なく忍ばせたのは、及川の仕業だった。本人は「僕の確認不足で申し訳ございません」と言っていたが、どう考えたってわざとだった。

「それに、さっきの表彰式で日東大に贈られた優勝盾、あれにも思い切り『KGRR』と書いてあったのを私は見逃してないからね？」

箱根の優勝校には金属製の優勝盾が贈られるのだが、今回は木製の盾に布を貼《は》りつけただけの盾になった。

本来、そこには主催である学体振の名がなければならないのだが、貞勝はＫＧＲＲと縫いつけられた盾を用意していた。

「あはは、表彰式のあとに箱根駅伝を中止させられることもないだろうと踏んで、強行させていただきました」

「やってくれる」

肩を落とした影山だったが、直後、噴き出すように小さく笑った。

「まあ、うるさいことを言ってくる人間がいたら、年寄りに任せたまえ」

「お、意外とお怒りじゃないんですね。大目玉を食らう覚悟でいたのに」

間違いなく覚悟していたのだが、言い方が悪かったのか、影山は「何が覚悟だ」と溜《た》め息《いき》をつく。

「きっと、後世の人間はこの大会を、軍部が戦意高揚のために開催した大会、軍部がスポーツを政治的に利用した大会だと見るだろう」

「でしょうね。正式な箱根駅伝として数えてもらえない可能性もあると思っています」

「だがしかし、関東学連が主体的に関わっていた事実が残っていれば、別の見方をしてくれる人間がきっといる」

そうだといい。いや、そんなに多くのことを望むのは、贅沢《ぜいたく》が過ぎるかもしれない。

箱根駅伝を開催できた。すべての大学が無事にゴールインした。今、目の前で選手達が抱き合って涙を流している。それでいいではないか。

そう思うのに、小さな願いが口をついて出てきてしまう。

「あとは、戦争を生き残った誰かが、箱根駅伝をまた開いてくれるはずです」

一人でも二人でもいい。この大会に関わった人間が、あとを引き継いでくれ。

世良さん、と名前を呼ばれた。宮野がげっそりと疲れた様子で貞勝を手招きしている。

「関東学連として大会を締める何かをしないと、みんな、明日の朝までこのまま騒いでますよ」

「確かに、違いないな」

影山に一礼し、貞勝は静かに選手達に向かって行った。誰かが「またここで会おう！」と言った。誰かが「そうだ、またここで会おう」と言った。同じ言葉が何回も何回も聞こえた。

またここで――靖国神社で会おう。約束は折り重なって、ここにいる全員の胸を包んで安らかにする。

「こんなにたくさん道連れがいるんだ。戦争で死ぬのも寂しくないな」

貞勝の言葉に足を止めた宮野が「そうですね」と頷く。そのまま彼は大鳥居を見上げた。貞勝も彼の視線を目で追った。

とっぷりと日が暮れてなお、大鳥居は黒光りしながらそこにたたずんでいる。


これを最後に、箱根駅伝は再び中止される。

この年の八月、及川肇は海軍飛行専修予備学生に志願する。世良貞勝は繰り上げ卒業で陸軍へ入隊し、類家進と宮野喜一郎は十月の学徒出陣により出征した。

第五章　蘇る箱根駅伝

1　豪雨　令和五年十月

「これはまた……随分と派手にやられたな……」

玄関の戸を開けた瞬間、成竹一進は思わず声に出してしまった。二年ぶりに顔を合わせた母が

「ここよ、ここまで水が来たのよ！」と玄関横の壁に残った泥水の痕《あと》を指さして騒いでいる。

東日本一帯を大雨が襲ったのは、ＭＧＣ（マラソングランドチャンピオンシップ）の三日後のことだった。秋田県と岩手県の一部には線状降水帯が発生し、一進の実家のある岩手県一関市でも、河川の氾濫《はんらん》や土砂崩れが頻発した。

「大変だったわぁ～。こんなに水が来ると思ってなかったから、慌てて二階にみんなで逃げたの。もう、このまま家ごと流されちゃうんじゃないかと思って。あんな怖い思い、3・11以来よ」

一進の実家の側には、田んぼを何面か挟んで川が流れている。今回の集中豪雨で氾濫したのはそ

の川だった。中学生の頃は堤防で毎日ジョギングに励んでいた。まさか、あそこが氾濫して、実家が床上浸水するなんて。

ＭＧＣで教え子が日本代表の切符を摑《つか》み取ったと思えば、これだ。俺の運を神原八雲が綺麗《きれい》に吸い取ったのかもしれない。

幸い、新幹線がすぐに復旧してくれたおかげで、水害から二日でこうして実家に駆けつけることができたわけだが、箱根駅伝までのカウントダウンが始まった今、そうのんびり手伝ってもいられないのが歯痒《はがゆ》い。

「おお、一進、帰ってきたか。手伝え手伝え」

家の奥の台所から、泥まみれになったダイニングテーブルを抱えて父がやって来る。

「親父《おやじ》、無理して腰とかやらないようにな」

背負っていたリュックサックを玄関に置き、ダイニングテーブルを受け取って外へ運ぶ。浸水で駄目になった家電や家財道具は廃棄し、何とかなりそうな家具は庭先で水洗いするらしい。

「一進、あんたは蔵の片付けをしてよ。荷物だらけだったから、大変なことになってるの」

母が指さしたのは、母屋の隣にある物置小屋だ。成竹家の人間は「蔵」と呼ぶが、ただの木造二階建てだ。母屋に収まりきらなくなった荷物をひたすら溜《た》め置くための場所で、浸水があったと聞いてから、物置のことはあまり考えないようにしていた。どうしたって酷《ひど》いことになっているに違いないのだから。

物置の引き戸は外され、窓という窓が開け放たれていた。一歩足を踏み入れると、泥とカビの匂いが鼻を刺す。慌ててマスクをつけて、一進は中を確認した。

一進が高校生の頃に母が買い、すぐに使わなくなったルームランナー。誰が乗っていたのかも思い出せない古い自転車。さまざまな知り合いの結婚式でもらった引き出物の食器は箱ごと棚に積んである。動くのかわからないCDプレイヤーに、祖父母の部屋にあった古い本の山。

そこまで確認して、一進は物置の真ん中で大きく肩を落とした。これは……骨が折れる。

「もうね、この際、いらないものは全部捨てちゃおうと思うのよ」

酷いもんでしょ？　と顔を顰《しか》めて物置を覗《のぞ》き込んだ母が、二階を指さす。

「上にお祖父《じい》ちゃんの遺品がたっぷりしまってあるんだけど、この機会に整理しちゃおうかと思って。取っておいてもしょうがないし」

なるほど、と頷《うなず》いて一進は古びた木造階段を上った。物置の二階には、もう二十年近く一進は足を踏み入れていない。「みしっ」を通り越して「ひやっ」と悲鳴のような音を立てる階段に足を竦《すく》めながら、二階の戸を開ける。

浸水こそしなかったものの、二階も一階と同じように泥とカビの匂いが充満していた。それに加えて、視界が白むような手強《てごわ》い埃《ほこり》が舞っている。

窓を開けて換気をし、段ボールが無造作に積まれただけの室内を見回した。一階の荷物は手当たり次第処分するしかないが、二階は二階で整理が必要だから時間がかかるだろう。果たして、二泊三日の帰省の間に、どれだけ片づけられるか。

試しに、側《そば》にあった段ボールを開けてみた。子供の頃、一進のために毎年掲げられていた鯉《こい》のぼりセット一式だった。庭の隅に立っていた太い竿《さお》はとっくに抜いてしまったが、鯉のぼり本体は律儀に取ってあったらしい。

「お祖父ちゃんの遺品がたっぷり」と母は言ったが、それ以外のものも大量にあった。

祖父が死んだのは、一進が中学生の頃だ。仏間に飾られた遺影を見ないと顔がおぼろげになりつつある祖父の遺品がここに保管されていたことすら、一進は知らなかった。

遺品とやらは、二階の一角でとびきり古い段ボール箱にしまわれていた。擦《かす》れたマジックで「じーちゃん遺品」と側面に書かれていた。書いたのは恐らく母だろう。

色褪《いろあ》せたガムテープには、正体不明の黒い染みができている。恐る恐る剝《は》がしてみたが、テープが劣化してなかなか綺麗に剝がれてくれない。

最初に出てきたのは、祖父が残した手紙の数々だった。県庁に長く勤めていたせいなのか、年賀状だけでも随分な量がある。まめに日記をつけるタイプだったらしく、化石のようにカピカピに乾いた帳面が何冊も出てくる。

二箱目も、中身は似たり寄ったりだった。切りがないからと思いつつ、一進は三箱目のガムテープを剝がす。これで最後にしよう。手紙も日記も、どうせ誰も見返さないだろうから一気に処分してしまえ。

ガリガリと、坂を駆け上がるような音を立ててガムテープが剝がれる。途中で千切れることはなかった。中でカタンと何かが音を立てた。

三箱目も中身は日記だった。ただ、小さく平たい木箱が一つ、端に転がっていた。

掌《てのひら》に収まるほどの小さな木箱は軽く、あまり上等な品ではないようで、指先に木目が引っかかるざらつきがあった。

深く考えないままその蓋《ふた》を開け、一進は息を止めた。

しっとりと黒く光る衣に包まれ、記章が収められていた。切手ほどの小さな金属板に、人の姿が刻印されている。スタート直前、今にも走り出そうとしている選手の一瞬を切り取った姿が。

見覚えはなかった。だが、覚えはあった。世良貞勝の日記に登場した〈箱根駅伝の参加章〉だ。

恐る恐る参加章を摘《つ》まみ上げ、裏面を確認して、一進は喉《のど》の奥で悲鳴を上げた。

紀元二千六百三年　靖国神社・箱根神社間往復関東学徒鍛錬継走大会
主催　関東学生陸上競技連盟
後援　大日本学徒体育振興会
贈　　読吉新聞社

小さな鉄板の裏に、みっちりとそう刻印されていた。

「……おい」

黒い衣製の内装をめくると、折り畳まれたメモ紙が一枚出てきた。世良貞勝の日記と同じくらい、黄ばんで汚れている。

「おいおいおいおいおい……」

ぴっちりと折られたメモ紙を広げると、「類家」という二文字が真っ先に一進の目に飛び込んできた。

〈昭和十八年一月六日、類家さんから譲り受ける〉

祖父の名前は、成竹肇という。

それが世良の日記に登場した及川肇とつながらなかった俺は、果たして鈍感だったのだろうか。

転がり落ちるように階段を駆け下りた。物置を飛び出すと、母屋の縁側に母が荷物を運び出していた。一進が中高、大学、そして実業団時代にもらったトロフィーやメダルだった。

「見てよ～、あんたのトロフィーやメダルは無事だったの。よかったよかった」

「あのさ」

「その代わり、棚の下にしまってあったお父さんのゴルフコンペの賞状は全滅だったんだけどね」

あっはっはっはっと笑う母に、改めて「あのさ！」と声を上げる。

「……念のため確認なんだけど、祖父ちゃんの下の名前って、肇だったよね」

「そうだよ？」

「拝啓の啓の字の上のアレと、筆の字の下のアレを合体させた肇だよね？」

「あの字って説明しづらいんだよね～」

「祖父ちゃんって、婿養子だったの？」

「そうそう」

「旧姓は？」

「えー、何だったかな」

庭の真ん中でダイニングテーブルにホースで豪快に水をぶっかけている父に、母が「ねぇー！お義父《とう》さんの旧姓ってなんだっけー？」と聞く。

水音を掻《か》き消すように、父は「及川ぁ～」と返してきた。

「……及川、肇」

いとも簡単に、答え合わせができてしまった。握り締めたままだった参加章と木箱を取り落としそうになって、慌てて掌に力を込める。

「祖父ちゃんって、日東大のOBだったの？」

「え、そうなの？」

母が再び父に聞く。父はなんてことない様子で「あー、多分そう。お前と一緒。お前が合格したとき、祖母《ばあ》ちゃんが仏壇に報告してたもん」と答えた。

祖父は箱根駅伝が嫌いだった。正月にテレビで箱根駅伝の中継が流れると、渋い顔をしてリビングを出ていってしまう人だった。母曰《いわ》く「感動ドラマな感じのスポーツが好きじゃないんだろうね。臭いって思っちゃうんじゃない？」ということらしい。

孫が陸上を、それも長距離走を始めたときも、「頑張れよ」とは言ったがあまりいい顔をしていなかった。そうなると、同じ家に住んでいてもどんどん話をしなくなっていく。

一進が中学に入ると少しずつ入退院を繰り返すようになった祖父だったが、冬のよく晴れた朝に自分のベッドでぽっくりと逝《い》った。介護で家族の手を煩わせることもなく、さっさと旅立った。

口数が多い方ではなかったが、かといって怖いほど寡黙な人でもなかった。縁側に置かれたマッサージチェアに腰掛けて本を読んでいる姿ばかりが、一進の脳裏に残っている。

縁側。今まさに、母が一進の過去の栄光を並べて「よかった、よかった」と微笑《ほほえ》んでいるこの場所で。

「こんなところにいたのか」

——及川。舌先でその名を転がす。祖父の旧姓。世良の日記に幾度となく登場した、箱根駅伝開催の立役者の一人の名前。

「ねえ、母さん」

「なあに？」

「俺の名前、どうして一進なの」

ダイニングテーブルが綺麗になったと満足げな父の名前は進平《しんぺい》という。市内に暮らす伯父の名前は進介《しんすけ》で、三歳年下の従弟《いとこ》は進太郎《しんたろう》だ。成竹家の男には「進」の字が入る伝統があるのかと小学生の頃に感心して、祖父の名が肇だと気づいて「あんまり歴史がないな」と肩透かしを食らった記憶がある。

「祖父ちゃんって、どうして自分の子供の名前に〈進〉の字を使ったの」

「えー、それは知らないよ。そんなの、祖父ちゃん祖母ちゃんが生きてるうちに聞いときなさいよ」

念のため、父にも同じことを聞いた。「人生をすいすい進んでいけるようにとか、そんなんだったはず」と父は答えたが、どうにも納得できなかった。

だって、及川肇は、日東大の陸上部で類家進と先輩後輩だったのだ。類家進が箱根駅伝の五区に挑むのを、オートバイの荷台でずっと見守ったのだ。参加章を類家から譲り受け、死ぬまで大事に大事に持っていたのだ。

人生をすいすい進んでいけるように？　そんなわけがあるか。

昭和十八年一月に開催された靖国神社・箱根神社間往復関東学徒鍛錬継走大会に参加したランナーの多くは、その後まもなく出征した。事細かに当時のことを日記に残した世良もその一人だし、類家進も学徒出陣で出征したと世良の日記に書いてあった。

日東大だけでも、この年に二千人以上の学生が出征したというデータが大学図書館のウェブサイトで公開されていた。他大学も含めると、十万人以上の学生が出陣したのだとか。

世良が生きて戦後を迎えることがなかったから、日記には終戦後の記述がない。それでも、祖父・及川肇は運よく生きて帰ってきた。

じゃあ、類家進は？

類家進もまた、世良貞勝と同じように戦死したから、だから、祖父は自分の息子の名前に〈進〉の字を使ったのではないのか。

2　終戦　昭和二十年十二月

相変わらず、煤臭《すすくさ》いな。

ほんの少し眉根《まゆね》を寄せ、宮野喜一郎は息を吸った。十二月の冷たい空気が喉の奥に染み込む。

軽やかに一歩踏み込んで、助走を開始する。忘れていた感覚が足に、腕や腰や腹や胸、首筋、口元、耳、瞼《まぶた》、額、いたるところに戻ってくる。ああ、俺は今、陸上を取り戻した。

玉音放送を聞いたときよりずっと大きな解放感に満たされながら、喜一郎は風に微《かす》かに揺れるバーの前で踏み切った。

凜《りん》と澄んだ浮遊感に、体が走高跳をやっていた頃を思い出す。視界が空に染まる。幾度となく米軍機が横切り、大量の焼夷弾《しょういだん》が舞った東京の空は腹立たしいほどに青い。

走高跳には時間が止まる瞬間があると喜一郎は思っている。選手の体がもっとも高い位置を通過するとき、時間が制止し、その一瞬でいろんなことを考える。

喜一郎がこの日考えたのは、やはり、死んだ者達と生き残った者達についてだった。

終戦から四ヶ月がたとうというのに、東京は——いや、この国は、未《いま》だにどこか煤臭い。

空襲で燃える建物、逃げ惑う人々の悲鳴と息遣いと足音、人の体が焼ける音と匂い、ただれたみたいに赤く染まる空。

どれも喜一郎はこの目で見ていないが、その名残は確かにこの街を漂っている。ラジオというラジオから玉音放送が響いたあの日から、ずっと。


「宮野君、入賞おめでとう」

懐かしい顔に声をかけられたのは、表彰式が終わってすぐのことだった。

「お久しぶりです、音喜多さん」

殺風景なグラウンドを、背の高い男が一人歩いてくる。三年前、文部省や関東学連の本部で何度も顔を合わせた音喜多は、戦争が終わってもなお英国紳士のようなたたずまいをしていた。相変わらず品のある口髭《くちひげ》を生やしている。

「今は、連盟にいらっしゃるんですね」

「ええ、全日本陸上競技連盟改め、日本陸上競技連盟の理事です」

「まさか、こんなに早く競技会が復活すると思いませんでした。まだ大学ですら再開してないのに」

「今回の復活競技会の開催は、特に急いだんです。我々の現在の合言葉は『復興はスポーツから』なので」

復興……舌先で弄《もてあそ》ぶように呟《つぶや》いて、喜一郎は音喜多の口髭を見た。

「随分と、切り替えが早いんですね」

敗戦から四ヶ月がたった、昭和二十年十二月九日。この日に東京帝国大学のグラウンドで日本陸連主催の復活競技会が開催されると聞いたときだって、あまりの早さに喜一郎は驚いたし、同時に奇妙な怒りも湧《わ》いた。

喜一郎が通う法志大は、三月の空襲で木造校舎がすべて焼失し、キャンパス一帯は焼け野原になった。何とか十一月に大学図書館が使えるようになったが、授業が再開されるのは来年の四月だと聞く。

「日本は戦争に負けると、音喜多さんはいつから察していたんですか」

「正直に申し上げるなら、皆さんを神宮外苑の出陣学徒壮行会で送り出した頃……いえ、あの箱根駅伝の頃には、うっすらと」

「ですよね」

きっと、こうやって早々に「復興」という言葉を口にできる人間は、早くから覚悟を決めていたのだろう。戦争にはもう勝てない。だから負けた後の世のことを考えておこう、と。

「宮野君もそうなのでは？」

「そうですね。そう思いながら、敵艦に突っ込んでこいと命令が出るのを待っていましたよ」

今か今かと、一日を過ごしていた。過ごしているうちに、広島と長崎《ながさき》に新型爆弾が落とされ、いよいよだと思っていたら、戦争は終わった。思いもよらぬ形で、人生と陸上を取り戻した。

今日の復活競技会に参加した選手達は、大なり小なり、その感覚を抱いているのではないか。

「我々が憎いですか？」

「そういう感情も確かにありましたけど、今日の競技会でどうでもよくなりました。やはり、スポーツはいいものです」

この競技会には、遠くは広島や九州からも参加者がいたという。彼らがどういう気持ちで遥々《はるばる》上京したのか、喜一郎には痛いほどわかる。

今日の喜一郎の成績は１ｍ60㎝だった。全盛期に比べたらまだまだの記録だ。優勝した早田大の選手は１ｍ75㎝だった。優勝の瞬間に天に向かって吠《ほ》えた彼の姿を見て、胸が震えた。

出陣学徒壮行会の日、大雨の神宮外苑競技場の、ぬかるんだ泥の中に捨ててきたはずの感情が、あっさり戻ってきた。

「関東学連の、他の皆さんは」

開けてはいけない扉をそっと押し開くように、音喜多が聞いてくる。

思っていたよりずっと、すんなり答えは出てきた。

「世良さんは死にました」

最後の箱根駅伝が終わったおよそ半年後、昭和十八年九月に世良は繰り上げ卒業で陸軍へ入隊した。その後は満州へ行き、南方戦線へ向かったらしい。

「マニラで餓死したと聞いています」

今年の一月にフィリピンのルソン島に連合軍が上陸して戦闘が激化した。世良がいた部隊は、四月にマニラ近郊で全滅したという。

あの人は食べるのが好きだった。好きな食べ物はライスカレー。甘いものも好きだった。あんみつとか、みつ豆とか。その彼が餓死とは。

餓死、だなんて。

「及川はわかりません。学徒出陣の前に海軍飛行専修予備学生に志願したはずですが、彼は法志大じゃないし、話が聞こえてこなくて」

及川だけではない。生死のわからない人間なんていくらでもいる。喜一郎は国内にいたから東京に戻るのも早かったが、まだ復員できていない者も多い。

今日の競技会にも、ちらほらと知った顔がある。だが、昭和十八年の最後の箱根駅伝を走った選手は、喜一郎を入れて二人しかいない。

「箱根駅伝で俺がタスキを渡した七区の桜庭は、特攻で死んだらしいです。そういう連中ばかりですよ。本当に、あの日の箱根駅伝と同じ。みんな靖国に帰ってしまいました」

「そうでしたか」

頷いた音喜多の声色は、淡々としていた。いちいち心を痛めていられない。そんな顔を彼はしている。

敗戦で何もかもがひっくり返った。最後の一人になっても戦うはずだったこの国にはまだまだたくさんの国民がいて、アメリカの占領下にある。鬼畜だったはずのアメリカ兵が当たり前のように街をうろつき、女性や子供達の憧《あこが》れの的だった将校は、肩章のないよれよれの軍服で街を歩いている。当然、女性達が媚《こ》びを売るのはアメリカ兵だ。

「宮野君」

顔を上げる。俯《うつむ》いていたことに気づいた。

「学生達をもう一度まとめてみたらどうでしょうか」

「……どういうことですか」

「日本陸連は復活しました。もう、鍛錬だ戦技だと注文をつけてくる軍部もない。なら、今こそ関東学連を再建して──」

「箱根駅伝を復活させろ、ということですか」

音喜多は肯定も否定もしない。だが、品のいい口髭の下で、真一文字に結ばれた唇がわずかに緩んだ。

「私はただ、この国にスポーツを取り戻したいだけです。多大な犠牲を払った学生達に、先ほどの宮野君のように『スポーツはいいものだ』ともう一度感じてほしい」

「犠牲を払ったのは学生だけじゃないです。むしろ、我々は随分と優遇された方ですよ。学徒出陣の遥《はる》か昔から、農村部では働き手をどんどん戦争に取られていたわけで」

「喪失の大小を誰かと比べていたら、生き残った我々は二度と、スポーツを楽しむことなんてできませんよ」

それを、今まさにスポーツを気持ちよく楽しんでしまった俺に言うのか。喜一郎は堪《たま》らずふふっと声に出して笑った。

三年前は影山の後ろに隠れがちだった音喜多だが、この人もなかなかのくせ者だ。

「箱根駅伝、ですか」

「日本陸連も協力を惜しみませんよ。それに、開催されない期間が長引けば長引くほど、復活は難しくなる」

同じようなことを世良も言っていた気がする。気のせいだろうか。世良が死んだという事実が、俺の記憶をそれらしく歪《ゆが》めているのだろうか。

「最後の箱根を経験した僕達がやらなければ、箱根駅伝はこのまま消滅する、と？」

「世良君がいない今、先導できるのは宮野君だけかと」

冗談じゃない。俺は本来は走高跳の選手で、関東学連も世良に付き合って手伝っていただけだ。何のために戦争へ行ったのか、何のために生き残ったのか。それすらわからないこの世界で、どうして箱根駅伝をやれというのだ。

「僕には、荷が重いですよ」

音喜多に一礼し、その場を離れた。音喜多は喜一郎の態度を咎《とが》めない。

ああ、また、煤臭い風が吹く。まさか、この国はこれからずっとこうなのだろうか。

そんなの勘弁してくれ。せっかく、生きて帰ってきたっていうのに。

足を止めた。そのまま、グラウンドの隅に歩いていった。今日の競技会で１５００m走に出場したとある選手に、声をかける。

「神川千代吉、立聖大の」

同じレースに出た選手と話していた神川が振り返る。「あ、関東学連の」と言いかけたのを、喜一郎はすかさず遮《さえぎ》った。

「箱根の三区を走った、立聖大の神川だよな？」

神川は童顔な男だった。「箱根の三区」という言葉に、苦虫を嚙《か》み潰《つぶ》したような、でもどこか懐かしむような、複雑な表情を見せる。

「箱根駅伝を復活させる。協力してくれ」

度重なる空襲で焼けただれた街にはバラックが建ち始め、穴蔵のような場所で人々は生活を再建し始めた。駅は戦争孤児であふれ、闇市《やみいち》が泥汚れのようにはびこっている。変わり果てたこの国に戸惑いながら、人々は今日も息をする。

「一年後」

それでも、スポーツは息を吹き返した。すり切れそうな生活の中に、娯楽が再び芽生えつつある。冬が明け、春になればそれは顕著になる。

そしてまた、冬が来る。かつて箱根駅伝があった冬が。

目を丸くする神川に、喜一郎は「一年後だ」と繰り返す。

「昭和二十二年一月に、箱根駅伝を開催する」

3　誘導　昭和二十一年九月

陸上がやりたい。学問がやりたい。本が読みたい。あの三年間、ずっとそう思っていた。だが不思議なもので、いざ大学に戻ってきて授業を受けてみれば、怖いほど心が躍らない。

足取り重く校舎を出た及川肇は、夏の名残がかすかに滲《にじ》んだ日差しに顔を顰めた。

およそ一年前——昭和二十年八月十五日を境に、この国はひっくり返った。かつてと同じように法学を学ぶことに何の意味があるのか。さらに言うなら、学問を修めることに何の意味があるのか。

空襲で神田一帯は焦土と化したが、コンクリート造りだった日東大法学部の校舎は焼け残り、何とか今年の四月から授業が再開した。大学には徐々に学生が戻り、あっという間に終戦から一年がたち、秋を迎えた。

戦争に負けようと、ＧＨＱがやって来ようと、季節は巡ってしまう。戦争のない一年が過ぎ去って、かつて運動部でスポーツに励んでいた学生達は、競技を再始動させた。

「……何してるんですか」

校舎の外で、さも日東大の学生かのような顔をしてたたずんでいる宮野喜一郎を見つけて、肇は足を止める。最後に会ったのは、昭和十八年の夏だったか。世良の繰り上げ卒業が決まって、ささやかな送別会をしたとき。

その後、どうせ自分もそろそろだと思い、海軍飛行専修予備学生に志願した。強制的に出征させられるくらいなら、自分の意志で行く場所を選ぼうと思った。

「元気そうで何よりだよ。九月から大学に戻ったんだって？」

連絡をくれたらよかったのに、と宮野が歩み寄ってくる。相変わらずの長身で、相変わらずの整った顔立ちだ。三年前と変わっていない。見たところ大怪我もなく、元気そうに笑みを浮かべている。

「そちらも元気そうですね」

「特攻隊にぶち込まれたときは覚悟を決めたけどね。運よくこうして帰ってきたよ。靖国じゃなくて、大学に」

「それはよかったです。もう、みんな死んでるから、こうやって生きてる知り合いに会うたびに安心します」

敬語を使ってみたが、自分がかつて宮野とどう話していたか、肇は思い出せない。いつも世良と三人で顔を合わせていたから、二人きりで話したことなど数回しかなかった気がする。

「三月に関東学連を復活させた」

宮野の一言に、自然と息を止めていた。関東学連。なんと懐かしい響きか。

「来月、関東インターカレッジをやる。グラウンドが芋畑になってたり、部室が馬小屋になってたりっていう大学も多いし、そもそも選手の数が少ないし、どうなることかと思ったが、何とか開催できそうだ」

「そうですか」

「インターカレッジが成功したら、来年の一月に箱根駅伝を開催する。協力してほしい」

宮野の顔を見たときから半ば予想していたのに、箱根駅伝という単語に一歩後退《あとずさ》ってしまう。

「関東学連の中からも各大学からも、『箱根駅伝を復活させてほしい』という声が上がってる。ひとまず読吉新聞と交渉したが、開催に理解を示してくれる人はいても、共催や後援として予算を出すのは無理だと言われた」

読吉新聞は空襲で銀座の社屋が焼失したはずだ。大会開催の一番の課題は予算だろうが、いくら読吉新聞とはいっても、「はいそうですか」と資金は出せないだろう。

頭が勝手に考えを巡らせてしまう。肇は慌てて目を閉じた。

「僕は協力できません」

「世良さんもマニラで死んだ。最後の箱根駅伝の中心にいたのは、俺と及川しか残ってない」

そうか、世良は南方戦線で死んだのか。さぞ、壮絶な死に際だっただろう。詳細を聞く気にはならない。聞くだけ無駄だと思った。

「一体、どんな顔で、また箱根駅伝をやれと言うんですか?」

宮野の口元から笑みが消える。

「箱根駅伝を開催するために、鍛錬と戦勝祈願を謳《うた》いました。靖国神社をスタートして、靖国神社にゴールする。そんな、戦争のための駅伝を僕達は開催しました。駅伝をすることで仲間を死に追いやった」

足を前に出して。

箱根駅伝の五区、足を引《ひ》き摺《ず》る類家進に投げかけた言葉が、耳の奥でくすぶって、焦げる。

「昭和十八年の一月五日と六日に、僕達はみんなで、せーので、足を前に出したんです。みんなで箱根を走って、戦争に行った。みんなで足を前に出して、みんな死んだ。僕達はどうしてだか生き残った」

最後の箱根駅伝のことを、頭が、心が、勝手に思い出す。そうだ、あの日の夜、優勝の喜びを分かち合いながら阿佐ヶ谷の合宿所に帰ったら、炊事場の水道管が寒さで破裂していた。「こりゃあ参ったな」と類家が笑い、陸上部のみんなで応急処置をした。優勝祝いに天沼軒でもらった餅《もち》を、寝る前に類家と焼いて食べた。

どうして、そんな他愛《たわい》もない平和な光景に限って、鮮明に思い出すのだろう。

宮野を見上げる自分の視線が、じとりと湿っていることに気づいた。今、僕の顔は彼にどう映っているのだろう。

「宮野さん、僕はね、海軍飛行専修予備学生として訓練を終えたあと、あちこち転属をして、最終的に鹿児島《かごしま》の鴨池《かもいけ》飛行場に派遣されました。与えられたのは、特攻隊の針路誘導でした」

宮野が特攻隊にいたのなら、詳しい説明は不要だ。要するに自分は、特攻機が体当たり攻撃を行う目的地まで誘導し、自分達は無事帰投するという――そういう軍務についていた。

目を閉じれば、自分が乗っていた飛行艇の匂いを肇は思い出すことができる。

「よく覚えていますよ。同世代の特攻隊員達が、時には僕より年下の特攻隊員達が、風防越しにこちらに手を振りながら、体当たり攻撃に向かうんです。あの中にもしや、最後の箱根駅伝を走った誰かがいるんじゃないかと、出撃のたびに考えました。宮野さんを誘導することがなくて本当によかったです」

もう一度目を閉じた。飛び去る特攻機に、肇はいつも「足を前に出せ」と念じた。そうすれば、怖くないから。恐れることなく行け。あなたの突撃は必ずや祖国の糧《かて》になり、あなたは英霊として靖国に帰る。

それは自分に対する命令でもあった。足を前に出せ。特攻隊員達を見送って、見送って、見送って、近いうちに僕もそちらへ行く。

「箱根駅伝で補欠としてオートバイの荷台で伴走していた僕は、特攻隊員達に対して同じことをしました。そして、僕は体当たり攻撃をすることなく、のこのこ帰ってきました。こうして大学に戻り、呑気《のんき》に授業を受けています」

大きく息を吸った。ふうと吐き出した息は湿っぽかったが、秋の風にすぐに掻き消される。

宮野には、まるでそれが見えていたようだった。

「最後に箱根を走れたから、みんな悔いなく死ねたんじゃないのか」

「じゃあ、箱根駅伝なんか走らなかったら、あっさり命を投げ出さずに済んだんですね。悔いがあったら、どんな状況だろうと、どんな命令を下されようと、意地でも生きて帰ろうとしたかもしれない。類家さんも世良さんも、みんなみんな」

類家の名前に、宮野の目がゆっくり見開かれていく。

「日東大の類家さんも」

「ご実家に手紙を出したら、満州で亡くなったと。青梅駅伝を走って卒業していった日東大の先輩方も、多くが戦死したと聞いています」

「そうか」

そっと目を伏せた宮野を、無意識に睨《にら》みつけていた。

「宮野さんはそれでも、箱根駅伝を復活させると言い張りますか」

「ああ、言い張るね」

あまりに軽やかな即答に、今度は肇が息を飲む番だった。

「俺もすぐあとに続くと思いながら、大勢の仲間を送り出した。彼らが死んで俺が生きている理由について考えることもある。でもそれよりずっと、生きて帰れた喜びの方が大きいし、もう一度陸上をやれることを嬉《うれ》しいと思う」

「だから、箱根駅伝の復活ですか」

「生きて帰った連中がどうして競技を再開し、どうして箱根復活を願うのか。それは、もう死ぬためにに走らなくていいからじゃないか。これから俺達は、違う目的のためにスポーツをしていいんだ」

「僕達がスポーツを楽しむために、類家さんや世良さんは死んだんですか」

宮野は何も言わない。言わないが、気圧《けお》されることもない。

ただ、彼の瞳《ひとみ》の奥の方が、ロウソクを吹き消したようにシンと静まりかえった。こいつは仲間に引き入れられない。やっとそう思ってくれたようだ。

「及川が生きていてよかった」

そう言うと、宮野はあっさりと踵《きびす》を返した。くすんだ白シャツの肩口で、残暑の滲んだ日差しが揺れ動く。

「沢森さんみたいに」

どうしてだか、口が勝手に動いてしまう。

「……文部省にいた沢森さんみたいに、読吉新聞にも箱根駅伝に理解と熱意のある人がいるはずだ。その人を引っ張り出して、落とすのがいいと思う」

足を止めた宮野が振り返るより早く、肇は駆け出した。出て来たばかりの校舎に飛び込み、空襲を生き残った冷たいコンクリートの建物内を、誰もいない場所を探して走った。

やっと見つけた無人の踊り場で、壁に額を擦りつけて、大きく息をした。空襲を生き残った校舎に、生き残ってしまった自分の呼吸が低く響いていた。

4　道連れ　昭和二十一年十月

「カストリ横丁で学生がみーんな酒や煙草《タバコ》に溺《おぼ》れてるんだよ。せっかく戦争から生きて帰ってこられたっていうのに」

読吉新聞社が入る有楽町の読吉別館のロビーで、立聖大の神川千代吉がずっとぼやいている。立聖大のある池袋《いけぶくろ》は、駅と大学の間に立派なカストリ横丁ができあがってしまい、学生がそこに吸い込まれて大学に来ないのだとか。

「戦争から帰って来られたから、じゃないのか？」

木製の長椅子《ながいす》からだらりと両足を投げ出して、宮野喜一郎は神川のぼやきに応《こた》えた。

「世の中がこうも見事にひっくり返っちゃ、酒と煙草に溺れたくもなるだろ。一億玉砕はどこに行ったんだって話だ。そんなあっさり掌を返すもののためにみんな死んだのかって」

「とはいえ、学生がこんな体たらくで、どうやって復興するってんだって話だろう？　だからな、宮野よ、スポーツなんだよ。肉体と精神を鍛えて、俺達でこの国を立て直すんだ」

昨年末の復活競技会で声をかけたとき、神川は同じことを言って喜一郎の誘いに乗った。あのときも童顔の眉間《みけん》に深々と皺《しわ》を寄せ、「国を立て直す」と言った。今では立派な関東学連の幹事だ。

「立て直したいのは山々ですが、如何《いかん》せん今の関東学連には金がなさ過ぎですよ」

喜一郎の右隣でこめかみをガリガリと掻いているのは、明律大の南郷一郎だ。最後の箱根駅伝に明律大は参加しなかったが、彼は審判員として大会運営に関《かか》わっていた。

三月に関東学連復活の一報を聞いた南郷は、「ということは、箱根駅伝をやるということですよね」と仮本部としている法志大陸上部の部室へやって来た。関東学連の財布係として、経理を一手に引き受けている。

「もう何時間もここで待ち構えてますけど、これは意味があることなんでしょうか？」

南郷が皮肉っぽく喜一郎を見てくる。ここまで生意気な性格ではなかったが、どことなく視線が及川肇に似ていた。かつての世良の立場には喜一郎がいて、両隣に神川と南郷がいる。ちぐはぐな感じもするし、あの三人の空気感がどことなく蘇《よみがえ》るような感じもする。

「通してもらえないなら、待ち伏せするしかないだろ」

喜一郎達は、昼過ぎからかれこれ三時間ほど、このロビーでとある人物が外出するのを、または出先から戻ってくるのを待ち構えていた。今日まで再三「会わせてほしい」と読吉新聞に問い合わせたのだが、回数を重ねるたびに窓口の人間の態度が硬化してしまった。「だから、うちは金は出せないと言っているだろう」と額にでかでかと書いてあるのだ。

俺はあまり交渉ごとが得意ではなかったのだと、懐かしい悔しさに唇を噛んだ。

「その大黒国彬《おおぐろくにあき》氏と会えたとして、そう簡単に話がまとまるものでしょうか」

「ロサンゼルスオリンピック日本代表だぞ？　親身になってくれるはずだ、きっと」

――読吉新聞にも箱根駅伝に理解と熱意のある人がいるはずだ。及川肇の助言をもとに、読吉新聞の事業部に元ボクシング選手の大黒国彬という人物がいることを突き止めた。元スポーツ選手なら、頑《かたく》なに資金は出せないと言い張る窓口の人間とは違う対応が望めるかもしれない。

しかし、会わせてもらえないとなれば、こうして大黒がロビーに現れるのを待つしかない。

「でも、時間がないのも事実だよな」

忙《せわ》しなく出入りする新聞記者らしき男達の背中を眺めながら、神川が呟く。「うかうかしてたらあっという間に年末になっちまう」と。

「大丈夫、昭和十八年の第二十二回大会も、開催が決まったのは今頃だった。短期決戦なら慣れたものだ」

「宮野、お前は見た目に寄らず猪突猛進《ちょとつもうしん》だよな。もっと淡泊で理知的な男と思ってたよ」

関東学連を復活させてからというもの、神川はよく喜一郎のことをそう言い表す。猪突猛進なんて、自分には全く似合わない言葉なのに。

「箱根駅伝に限った話だ。この大会は、それくらいの勢いがないと開催なんてできないんだよ。本来の俺は、もっと要領よく立ち回る方だ」

「理性のある猪突猛進か、頼りになるな」

「粘って駄目なら、大黒氏のいる事業部とやらに殴り込んで『箱根駅伝を援助してくれ』と土下座する覚悟さ。理性的にな」

果たして、宮野喜一郎クンにそんな芸当ができるのだろうか。ふふっと笑い出しそうになったとき、喜一郎達の前で足を止める男がいた。

「君達、箱根駅伝と言ったかい？」

三十代半ばに見えるその男は、黒い厚縁の眼鏡《めがね》をかけていた。日に焼けた抱え鞄《かばん》を持ち直し、喜一郎、神川、南郷の顔を順番に見つめる。

「はい、僕らは関東学連の者でして、箱根駅伝の開催について、事業部の大黒国彬氏にご相談したいことがあり参りました」

長椅子から立ち上がって喜一郎が説明すると、目を瞠《みは》った男が「三時間前に私が社を出るときもそこにいたけれど……」と呟く。

「大黒氏にお会いできるまで、あと何時間だって待ちますよ」

男は喜一郎より背が少し低い。眼鏡の向こうで目を丸くする男を見下ろして、「何時間でも」と繰り返す。

箱根駅伝という単語を口にした男の目の奥を、蛍が飛んでいったように見えた。その光、逃して堪るか。

「大黒さんに会いたいんだね」

「はい、箱根駅伝復活のために」

「箱根駅伝の、復活」

低い声で頷いた男は、確かに「事業部の様子を見てきてあげよう」と言った。喜一郎の両隣で直立不動で男を見つめていた神川と南郷が、「おっ」と表情を緩める。

「ありがとうございます！」

三人で揃《そろ》って深々と頭を下げると、男は喜一郎に名刺を一枚差し出した。「読吉新聞社　記者服部和己」と書いてある。

「三年前の箱根駅伝、鶴見中継所で観《み》ていたよ」

「もしかして、箱根の記事を書いてくださった方ですか」

「小さな記事だったがね」

だが、あの記事には「靖国神社・箱根神社間往復関東学徒鍛錬継走大会」ではなく「東京箱根往復駅伝競走」と書いてあった。まるで関東学連が主催したかのような記事だった。

大会翌日、錦町の関東学連本部で、世良貞勝はその記事を読みながら「さすが、読吉の記者はわかってくれてるな」と満足げに笑っていた。

「私にできることがあるなら、協力させてもらうよ」

そう言って、服部は足早に階段を上っていった。喜一郎は、神川と南郷と共に、その背中にもう一度一礼した。

＊

荻窪駅から十五分ほど歩いたところに、及川肇の下宿先はあった。かつては一駅隣の阿佐ヶ谷にある日東大陸上部の合宿所で暮らしていた及川だが、復学後は陸上部に戻らず、学友の家で下宿をしながら大学に通っているのだとか。

応対してくれた老婆は、「階段を上るのが大変だから、自分で声をかけて」と縁側に座ったまま二階を指さした。

「及川、宮野だけども」

遠慮なく階段を上がり、襖越《ふすま》しに声をかけると、中でみしりと畳を踏みしめる音がした。しばらくして、襖がゆっくりと開く。忌々《いまいま》しげに顔を出した及川に、喜一郎はわざとらしく首を傾《かし》げて笑った。

「勝手に上がっていいと言われて助かった。俺だと知ったら、及川は追い返しただろ？」

「追い返したって、あなたはこうやって上がり込んだんじゃないですか？」

「違いないね。関東学連の連中から見ると、今の俺は猪突猛進らしいぞ」

失礼するよ、と及川の部屋に足を踏み入れる。最近大学に姿を見せないと日東大の知人が言っていたが、部屋は綺麗だった。窓際に置かれた机の周りに本が山積みになっているが、布団はしっかり畳んであるし、壁には学生服がぴしりと皺を伸ばして衣紋掛《えもんか》けに掛けられている。

「猪突猛進というか、世良さんにそっくりですよ。今の宮野さんは」

肩を落とした及川がその場でゆっくり膝《ひざ》を折る。「どうぞ」と差し出された座布団に、喜一郎は遠慮なく腰掛けた。

「読吉新聞が、箱根駅伝への資金援助を決めてくれた」

及川の反応は鈍かった。重たそうに視線を宮野に向け、すぐに目を伏せてしまう。

「及川の助言に従って、読吉新聞の大黒国彬という、ロサンゼルスオリンピックのボクシング日本代表経験者と話した。引き合わせてくれた服部さんっていう記者は、三年前の箱根駅伝のことを記事に書いてくれた人だった」

大黒は箱根駅伝に興味を持ってくれた。過去の大会がどれほど盛り上がったかを伝えると、大黒は目を爛々《らんらん》と輝かせ、大会復活を目論《もくろ》む関東学連に共感してくれた。

だが、読吉新聞社内を動き回って各所を説得してくれたのは、大黒に喜一郎達を取り次いでくれた記者の服部だった。あの日ロビーで服部と出会えなかったら、一体どうなっていたか。

「文部省にいた沢森さんにも協力してもらえないかと思ったが、あの人は公職追放でそれどころじゃなかった。でも、学体振にいた影山さんが日本陸連に来ることになって、影山さんが読吉新聞にかけ合ってくれた。それでやっと、読吉の中でも『箱根駅伝をやってみよう』という声が大きくなった」

「それで、資金援助を」

「もう重役会議も通った。金の問題はひとまず解決だ。こう話すとトントン拍子に事が進んだように聞こえるが、何度も何度も同じ話をいろんな人の前でさせられたよ。四年前、世良さんや及川とやっていたときと一緒だ」

それはよかったですね――そう言いかけた及川の言葉を奪うように、喜一郎は続けた。

「次の相手はGHQだ」

口を半開きにしたまま、及川が言葉を失ったのがわかった。

「四年前は、軍部が首を縦に振らなきゃ箱根駅伝は開催できなかった。今はそれが、GHQだ」

駅伝開催のための道路使用許可は、GHQからもらわなければならない。彼らが一介の学生の駅伝大会に理解を示すのか。そもそも駅伝が彼らに理解されるのか。この国の若者がスポーツを楽しむことを、どう見るのか。

「GHQと交渉だなんて、よくもそう澄ました顔をして言えますね」

よかった。俺は今、そういう顔をしているのか。

「お前だって四年前、澄ました顔で軍部を説得しようと言っただろ。俺と、世良さんに」

わざとらしく口の端を吊《つ》り上げて笑って見せたら、及川は酷く傷ついた顔をした。どんよりと沈んだ瞳が揺れて、机の側に積んであった本に視線が向けられる。

どれもこれも小説だった。井伏鱒二《いぶせますじ》の『山椒魚《さんしょううお》』に小林多喜二《こばやしたきじ》の『蟹工船《かにこうせん》』、宮沢賢治《みやざわけんじ》の『風《かぜ》の又三郎《またさぶろう》』に、火野葦平《ひのあしへい》の『麦《むぎ》と兵隊《へいたい》』……他にも、たくさん。

「まさか、素でそんなことを言っていたわけじゃないですよ」

「ああ、何だったか。小説の主人公を上手《うま》く使うんだろ?」

「仮面を被《かぶ》るとね、意外と上手に芝居ができるみたいなんですよ。物語の主人公に自分を投影するんじゃなくて、主人公を自分に投影する。そうすると、本来の自分にできないことも、架空の誰かの力を借りて成し遂げられるような気がした。だから、出征前には従軍作家の本をたくさん読みました」

及川の指先が『麦と兵隊』の表紙に触れる。「火野葦平、今じゃ戦犯作家なんて呼ばれてますよね」と力なく呟いた。

その横顔は、およそ一ヶ月前に日東大の校舎で会ったときより頰《ほお》が瘦《こ》けていて、喜一郎は膝を打って立ち上がった。

「合宿所の近くに、天沼軒という店があったな。来る途中に前を通りかかったら、暖簾《のれん》を出していた」

「それがどうし——」

「腹減っただろ。マニラで餓死した世良さんの分まで食うぞ」

天沼軒は、日東大の郷野との打ち合わせがてら、世良に連れられて数回だけ行ったことのある店だった。

記憶に鮮明に残っているわけではなかったのに、ガラス戸を開けると奇妙なくらい懐かしい香りがした。店内に漂う食べ物の匂いだけではない。壁や天井や、テーブルや椅子から、戦争を生き残ったものの匂いがする。

「いらっしゃい……」

店の奥から出てきた若い女性が、喜一郎と及川の顔を見て足を止める。彼女が履いた下駄がカランと間抜けな音を立てた。

「及川さん、と……世良さんの――」

「世良さんの後輩の宮野です」

確か、世良は彼女のことを「美代子ちゃん」と呼んでいた気がする。四年前から大人びた顔立ちの子だったが、すっかり雰囲気に年齢が追いついたみたいだった。

「及川さん、大学に戻ったって聞いたのに全然顔を出してくれないから、心配してたんですよ」

「類家さんは満州で死にました」

美代子の言葉尻《ことばじり》に覆い被せるように、及川が言う。美代子はすっと息を止めた。

「……知ってます。陸上部の郷野監督から聞きました」

「そうでしたか。すみません、天沼軒に来たら、このことを美代子さんに伝えないといけないと思っていて、足が遠のいてました」

一番に伝えるのが自分でなくてよかった。及川の横顔には、そんな安堵《あんど》がこびりついている。

「何食べますか？」

棚に積もった埃を払うような口調で、美代子が聞いてくる。「と言っても、出せる料理は少ないんですけどね」と肩を竦めて、ふっと笑った。

「カレーの匂いがするね」

「うどん粉で作った黄色いカレーに、雑穀入りのうどんを使ったカレーうどんですけどね。ライスカレーどころか、普通のカレーうどんを出すのも難しくて」

「じゃあ、それを二杯」

及川の顔を一瞥《いちべつ》した美代子が、何も言わず厨房《ちゅうぼう》へ向かう。喜一郎は側の椅子に腰掛けた。向かいの席を顎《あご》でしゃくると、及川は大人しく椅子を引く。

お互い、何も言わなかった。カレーの匂いがふと濃くなって、美代子がカレーうどんの丼《どんぶり》を二つ抱えてやって来る。重苦しい空気に若干眉を寄せて、カレーうどんを喜一郎と及川の前に置く。

「本当に黄色いんだな」

鮮やかな黄色のカレーに、大振りな具がごろごろと贅沢《ぜいたく》に入っている。

「闇市じゃ、うどんが三本しか入ってない～なんて話も聞きますけど、うちは代用うどんとはいえ、ちゃんと入れてますからね。もちろん、具も」

別の客がやって来て、美代子が「何食べます?」とそちらの応対へ行く。喜一郎はずるずるとカレーうどんを啜《すす》った。雑穀入りのうどんだが、うどん粉のカレーが意外と具だくさんだから、ちょっと贅沢をしている気分になる。

丼に口を寄せて汁を飲みながら、及川を窺《うかが》い見た。無言で、汁が飛ばないようゆっくり麺《めん》を口に運ぶ及川の目は、落ちくぼんで穴ぼこのようだった。

「来週、GHQに道路使用許可をもらいに行く。一緒に来てほしい」

及川の箸《はし》が止まる。

「僕にできることは何もありません」

「及川がいれば、戸山学校のときみたいに、何とかなる気がする。俺の隣にいるだけでいい」

あの日の戸山学校での世良や及川の役目を今になうべきは、自分だ。わかっている、よく、わかっている。だが、世良亡き今、彼にお守り代わりに隣にいてほしいと思った。

「青梅駅伝をやるために、関東学連は鍛錬と必勝祈願をうたった。箱根駅伝をやるために、鍛錬と必勝祈願をうたった。駅伝をやるためには、それが必要だったからだ。また同じことをやればいい」

「戦争がなくなったこの国で、一体何のために駅伝をやるんだよ」

「箱根駅伝を復活させるために必要なことを、戦争からほっぽり出されたこの頭で考えるんだよ。何度だって交渉だ。何度も何度も何度も、駅伝をやるために交渉するんだ。たとえ、何年かかったとしても」

ああ、やっと、及川がこちらを見た。底が抜けてしまったみたいな黒い瞳で、それでも喜一郎を見ている。俺の裏に、世良貞勝や類家進や、死んでしまった大勢の仲間を見ている。

それでいい。俺だって、箱根駅伝に同じものを見ている。

「戦争は終わった。日本は負けた。何もかも変わった。それでも生きていかなきゃならないなら、俺はスポーツのある世がいい。正月に箱根駅伝をやってる世がいい。学生が人生の宝として何としてでも走りたいと願う大会が、きちんと存続している世がいい」

息を吸う。鼻先にカレー粉の香りが抜ける。うどん粉を使ったカレーの香りは、本来の天沼軒のカレーの香りではない。そもそも、この店がかつて出していたライスカレーを、喜一郎は見たことすらない。

今、この国はそんなものであふれ返っている。

「みんなで、足を前に出そう。俺達がスポーツに夢中になっていても許される世を作るために、生き残ったみんなで足を前に出すんだ」

一ヶ月前の及川の言葉を、挑発のつもりで繰り返した。怒るはずだと思った。なのに、及川は酷く狼狽《ろうばい》して、縋《すが》るように喜一郎を見てきた。

「どうして、そこまで」

「世良さんが箱根駅伝を復活させると言い出したとき、関東学連だけは絶対に潰すなと頼まれた。それにあの人は、戦争を生き残った誰かが、箱根駅伝を復活させることを願ってた」

最後の箱根が終わった後、学体振の影山に笑いながら話す彼をぼんやり眺めながら、その役目は自分以外の誰かだと思っていた。自分も死ぬと思っていた。

こんなにたくさん道連れがいるんだ。戦争で死ぬのも寂しくないな——彼の言う〈道連れ〉には、自分も含まれているはずだった。

でも、生き残ってしまった。俺は道連れになれなかった。

「戦争に負けてアメリカに占領されることになった国の主人公なんて、どの小説を読んだっていないだろ。なら、俺に協力しろ。もう、必勝祈願でも、戦地で死ぬためでもない。俺達は俺達のための箱根駅伝をやるんだ」

なみなみと注《つ》がれた水がコップの縁からあふれ出るみたいに、及川が椅子から腰を浮かす。喜一郎は咄嗟《とっさ》に「飯は全部食え」と喉を張った。

「世良さんが、食いたくても食えなかった飯だ」

せめて、あの人があの世で好きなものを腹一杯食べていたらいい。

ぴたりと動きを止めた及川が、大きく息をして再び椅子に腰掛ける。何も言わずカレーうどんを掻き込み、真っ黄色な汁まで残さず飲み干した彼は、代金を置いて足早に天沼軒を後にした。

シャツに汁を飛ばさないように静かにうどんを啜っていると、背後でカランと下駄の鳴る乾いた音がした。

「帰っちゃいましたね、及川さん」

伸びてしまったうどんを喜一郎は咀嚼《そしゃく》する。顔を上げると、美代子が及川のいた席に腰掛けていた。

「万歳したんです」

テーブルに頬杖《ほおづえ》をついて、ぼんやりオレンジ色に光るガラス戸を見つめている。

「え?」

「出陣学徒壮行会、私も学校のみんなと見にいきました。日東大の列の中に、類家さん達、陸上部の皆さんの顔を探しました」

「そうか。そういえば、女学生が大勢動員されてたな」

外苑競技場のグラウンドに足を踏み入れた瞬間を、今でも鮮明に覚えている。三八式歩兵銃を手に、足にゲートルを巻き、雨の中を行進した。先頭は東大で、白い校旗が風に揺れていた。

客席には大勢の女学生がいた。すべての席が彼女達で埋まっているのかと思ったくらい、大勢詰めかけていた。彼女らを俺達が守るんだ。喜一郎を含め、大勢の学生がそう思ったはずだ。

そうか、あの中に、この子もいたのか。

「学徒出陣は当然のことと思ってました。答辞の言葉に感動したし、万歳、万歳って、皆さんを戦地へ送り出しました。終わり際に、類家さんはもう帰って来ないんだなと思ったらとても悲しくて、でも、泣くのはよくない、これは誇らしいことなんだからと思って、我慢したのを覚えています」

するりと背筋を伸ばした美代子が、流し見るように喜一郎に視線を寄こす。申し訳なさそうに、後ろめたそうに、睫毛《まつげ》を瞬《まばた》かせる。

「戦争が終わってから、つくづく思うようになりました。私達は類家さん達を戦争に送り出すために、あそこに集められたんだって。類家さん達を焚《た》きつけてさっさと兵隊に行かせるための燃料にされたんだって。今思えば、類家さん達が戦争に行ってしまうのは嫌だったはずなのに、周りに押し流されて、嫌だと思う気持ちにすら気づけなかった。特攻隊員さんのことだって、みんな神様みたいに思ってたけど、私は知ってたはずなの。みんな、うちで美味《おい》しそうにご飯を食べていた、ただの人だってこと」

何も言わず喜一郎はカレーうどんの汁を飲み干した。彼女が相槌《あいづち》を求めていないのは、重々わかっていた。

「……なんて、自分に都合がいい憤り方ですよね。箱根駅伝を開催しようとしてる世良さんや及川さん達を見て、戦争に行ってる若者がいっぱいいるのに、何を呑気に駅伝なんてやってるのかしらと思ってたくせに」

「今更、美代子さんが後ろめたく思う必要なんてない。そういう時代だったとしか言えない」

「そんな、冬だから木が枯れるのは仕方がないみたいな理由で、類家さん達は死んじゃったんでしょうか」

「そうだよ」

空になった丼をテーブルに置き、黄色い汁が薄く膜を張った丼の底を、喜一郎は睨みつけた。

「俺達も、流されるように『戦争に行かなければ』と思った。戦争の当事者にならないと、早く死なないとって、自分の意志でそう思って、戦争に行った」

死んだ人間は、どうして死んだのか。生き残った人間は、どうして生き残ったのか。そんなことを考えたって意味がないと、この一年でつくづく思った。冬に枯れてしまう木だったから死んだ。

そう思うしかない。

「俺は、戦争が終わったと知ったとき、心底愉快だと思った」

え？　と美代子がこちらを凝視する。喜一郎は「愉快だった」と繰り返した。

「死んだ連中への申し訳なさも罪悪感もあったけど、ただただ、生きていることが愉快だった」

洟《はな》を啜った。啜ってから、鼻水が出ていたことに気づく。きっと、カレーうどんが熱かったせいだ。

「美代子さん、三年前の箱根は観にいったの？」

「ええ、二日目に、靖国神社へ。日東大が一位だったから、私もお母さんも一緒になって喜んじゃって。その日の夜に陸上部のみんながうちに来てくれたから、お祝いにお餅をいっぱい出したんです」

ふっと懐かしそうに笑った彼女に、喜一郎は安堵した。

「じゃあ、次は有楽町に観においでよ。スタートでもゴールでもいい。次は、有楽町の読吉新聞社前をスタートして、読吉新聞社前に帰ってくる駅伝をやる」

カレーうどんの代金を手渡すと、美代子は曖昧《あいまい》に笑って「ああ、はい、じゃあ、行きます」と歯切れ悪く答えた。来ても来なくてもいい。美代子も、及川も。

俺はただ、箱根駅伝を復活させるだけだ。

5 GHQ 昭和二十一年十一月

「よくよく考えると、すごいところにありますよね。日本の喉元に刀を突きつけてるみたいな場所だ」

日比谷濠《ぼり》越しに宮城を望む第一生命館の白壁を見上げ、最初にそう呟いたのは立聖大の神川千代吉だった。

「占領国を統治するために来た連中の根城なんだ、そりゃあ、そういう場所を選ぶだろ」

かつて第一生命保険の本社が入っていた建物には、GHQ——連合国軍最高司令官総司令部の本部が入っている。ここだけではない。丸の内一帯の目立ったビルは、多くが連合国軍に接収された。銀座の象徴的な存在だった服部《はっとり》時計店の建物も、今では占領軍のものだ。

「勝算、あるんですか?」

宮野喜一郎の心配を見透かしたように、明律大の南郷一郎が聞いてくる。

「今日まで、勝算のあるなしで動いてないぞ、俺は。やるか、やらないかだ」

「出ましたよ……宮野さんの猪突猛進」

のらりくらりとしがちな喜一郎と神川に、南郷はいつも……かつての及川肇のように、こうやって冷静に問いかけてくる。

「及川さんは、来るんですか」

首を傾げる南郷に、神川が静かに喜一郎を見る。周囲を見渡したが、通りに及川らしき人間の姿はない。

「来ても来なくても、やることは一緒だよ」

目を閉じた。思い出したのは、世良と及川と陸軍戸山学校へ出向いたときのことだった。暑い夏の日だった。自分は世良の隣でへらへらと笑いながら、「分の悪い勝負だな」と腹の底で肩を竦めていた。

それでも世良は、本気で箱根駅伝を開催する気でいた。

側で神川が「あっ」と声を上げた。堪らず喜一郎は大口を開けて笑ってしまった。

目を開けると、濠に沿うように、よく知る男がとぼとぼと歩いているのが見えた。名前は呼ばなかった。ゆっくりと……まだどこか途方に暮れた様子で近づいてくる及川肇を、ただ待った。

「来ると信じていた」

喜一郎の前で足を止めた及川は、呆れ顔で「買い被りすぎです」とこぼす。

「最後の箱根駅伝の参加章を、類家さんからもらったんです」

ズボンのポケットから及川が取り出したのは、見覚えのある金属製の記章だった。黒ずんで鈍く光るそれは確かに、昭和十八年に開催された第二十二回箱根駅伝の参加章だ。

「そうか、及川は補欠だったから、参加章が足りなくてもらえなかったのか」

「ええ、そうしたら類家さんが、『ずっと伴走してくれたから』と譲ってくれました」

参加章を握り込んだ及川の目は、日比谷濠の向こうの宮城——そのさらに向こう、靖国神社の方角を向いている。

「日東大の二区を走った竹ノ内さんは、特攻で亡くなったそうです。靖国に行ったらまたすぐにみんなで駅伝ができるようにって、日東大のユニフォームを着込んで飛んでいったという話を聞きました」

喜一郎の隣で、神川と南郷が揃って息を飲んだのがわかった。

「戸塚の踏切に捕まって立聖大を抜けなかったこと、箱根が終わってからもずっと悔しがってたんですよ。一区を走った手越さんも、世良さんと同じように南方戦線で亡くなったと聞きます。三区の久山さん、四区の幸村さんは、生死がわかりません。優勝のゴールテープを切った志賀さんは、類家さんと同じように満州で死んだそうです」

気がつけば、喜一郎も亡くなった仲間の名を口にしていた。神川も南郷も、あの人はどこで死んだ、何区の○○さんはどこで死んだと、説明書きを読み上げるようにつらつらと語り出す。

全員が無言になった瞬間、濠から冷たい風が吹いてきた。

「でも、俺達は生きて帰ってきた」

苦々しい痛みを伴った罪悪感を、「それでも生きている」という爽快《そうかい》な事実で無理矢理飲み込んだ。

「弔いです」

及川が、はっきりとそう言う。

「類家さんや世良さん、最後の箱根駅伝に関わって死んでしまったみんなの、弔いと思って、協力します」

「最後の箱根駅伝じゃない。また、ここから続いていくんだ」

及川、神川、南郷。順番に見つめて、喜一郎は第一生命館を睨みつけた。天皇陛下万歳と叫んで特攻機で突っ込むはずだった相手に、正々堂々、交渉をしに行こう。

「ＥＫＩＤＥＮ」という単語に、デイビスと名乗ったＧＨＱの担当者は小さく首を傾げた。有楽町から芦ノ湖まで、タスキを繋《つな》いで走るのだと伝え、それを日系人らしき通訳が英語にしたが、首の角度は斜めになったままだ。

通された会議室は、いつかの文部省の会議室と似ていた。だが、緊張感は記憶にある光景以上のものだった。こちらは敗戦国のただの学生で、相手はＧＨＱの職員だ。

彼らから道路使用許可をもらうためには、とにもかくにも駅伝の説明をしなければならない。アメリカに駅伝などという競技はない。

喜一郎の説明がたどたどしかったのか、はたまた通訳の翻訳がいけなかったのか。はたまた、伝わることは伝わったが、駅伝という競技に何の魅力も感じなかったのか。

どうしたものかと唇を引き結んだ喜一郎の横で、及川がすーっと息を吸ったのが聞こえた。

「クロスカントリー・レースゲーム」

通訳ではなくデイビスの目を見て、及川は嚙み締めるように力強くそう告げた。

「駅伝を英語でわかりやすく訳すなら、クロスカントリー・レースゲームだと、そう伝えてください」

及川が通訳に頼む。日本人らしい平たい顔立ちの通訳は、滑らかな英語でデイビスにもう一度駅伝を説明した。

三十代後半に見えるデイビスは、ブロンド髪を静かに撫《な》でつけながら、青みがかった瞳を及川に向けた。

分厚い唇が、タスキと口にする。

「タスキとは何でしょうか」

通訳の言葉に、及川が目を瞠る。喜一郎は思わず及川の鼻面を凝視した。彼だけでなく、神川や南郷とも顔を見合わせる羽目になる。

タスキとは何でしょうか。GHQの職員にそんな問いかけをされるなんて。喜一郎以外の三人も呆然《ぼうぜん》と考えているに違いない。タスキとは、何なのだろうと。

ふと、右肩が、胸が、左の脇腹《わきばら》が、背中が、チリリと熱くなった。三年前、足を血まみれにして走った箱根の六区。法志大の橙《だいだい》色と紺色のタスキを胸に、箱根の山を下った。

「タスキは、私達自身です」

デイビスの青い目を見つめて、喜一郎は自分の言葉を奥歯で嚙み締める。ほのかな苦味が、舌の付け根に広がった。

「体一つで長い距離を走った自分を、練習に明け暮れた自分を、陸上競技を愛した自分を、次の選手に託すんです。託された選手は、タスキを繫いできた他の選手の分も、コースの先でタスキを待っている選手の分も背負って、走るんです。自分一人では行けない場所に、仲間と一緒に行くんです。タスキは私達自身で、私達の祈りで、願いで、弔いで、未来です。それを肩からかけて、リレーして、走るんです」

デイビスの目が、ゆっくりと見開かれていく。右頰を伝った生温かいものを、喜一郎は手の甲で拭った。

「それが、クロスカントリー・レースゲーム——駅伝です」

海の底にでも沈んだように、会議室が静まりかえる。デイビスが通訳に目配せし、通訳は慌てて喜一郎の言葉を訳した。

翻訳が適切だったのか、喜一郎の伝えたかったことがしっかり英訳されたのかは、わからない。

わからないが、デイビスは節くれ立った手で顎を撫で、我が子が初めて摑まり立ちをしたのを目撃したかのように笑ったのだった。

次に彼が口にした英語を、喜一郎は上手く聞き取れなかった。だがその言葉は、走高跳で踏み切って跳躍するときの、爪先《つまさき》が風を切る音に似ていた。

「興味深い、とミスター・デイビスは言っています」

間髪入れず、及川が道路使用許可の申請書類をデイビスに差し出した。日本陸連に読吉新聞、果てはNHKのスポーツ課長にまで手伝ってもらい、英語で作った書類だ。

「何卒《なにとぞ》、私達に道路使用の許可を」

及川に続くように、全員で頭を下げる。誰かがテーブルに額をぶつけたらしく、ゴンという鋭い音が会議室に響いた。

陸軍戸山学校で北尾に書類を提出したときは、その場で突き返された。

だが、デイビスは書類を手に取ると、軽やかに椅子から立ち上がった。喜一郎が顔を上げると、にこやかに笑って何やら言う。

「面白そうだから、当日は同行させてくれないか、とのことです」

通訳はそう訳して、少しだけはにかんだ。顔立ちはあまりに日本人だった。あまりに日本人なのに、アメリカ人として日本にいる。アメリカ人として、喜一郎達に笑いかけている。

書類を持ってデイビスと通訳が退室すると、喜一郎達は早々にＧＨＱ本部を追い出された。外はまだ陽《ひ》が高く、太陽光が日比谷濠に反射して白く眩《まぶ》しかった。

その光を目指して、喜一郎は濠に向かって走った。宮城の方から鋭い風が吹いて、立ち止まって大きく息を吸った。先ほどは一筋で止まったはずの涙が、両目からボロボロとこぼれて、足下に染みを作っていた。

「そうか……スポーツをやって、いいのか」

胸に手をやって、震える喉の奥から絞り出した。

鍛錬でないと、戦勝祈願でないと、スポーツをすることができなかった。だから、靖国神社を出発して靖国神社へ帰る駅伝大会を開催した。そうするしか箱根駅伝をやる方法がなかった。箱根を走って、みんな死んだ。

なのに、戦争には負けた。何もかもがひっくり返ってアメリカに占領されたこの国は、それでも、俺達がスポーツをやることを許してくれるらしい。

なら、これからの世界は、これからの俺の人生は、満更でもないのかもしれない。

「宮野さん」

背後で及川が喜一郎を呼ぶ。喜一郎がそのまま濠に飛び込むとでも思ったのか、神川と南郷がほっと胸を撫で下ろした。

「宮野さん」

二度目の及川からの呼びかけは、微かに語尾が震えていた。

「まさか、宮野さんがＧＨＱの前で泣くと思いませんでした」

「うるせえ、色男の泣き落としが意外と効くかなと思っただけだ」

顔を上げて、鼻を掌で拭った。大粒だったはずの涙は、濠を吹き抜ける風にいつの間にか乾いていた。

「まだ、開催できるって決まったわけじゃない。前向きに検討するみたいな口振りだったけど、やっぱり駄目だと言われる可能性だってある」

そうだ、油断はできない。できないけれど。

「でも世良さんは、よくやったって靖国で笑ってるよ。あの人は結構、楽観的な人だったから」

数日後、ＧＨＱから道路使用の許可が下りた。第二十三回箱根駅伝――「東京箱根間往復復活第一回大学高専駅伝競走」の開催が正式に決まった。

6 メッセージ　令和五年十一月

「大忙しですね、成竹監督」

テレビ局のカメラから解放されたと思ったら、スポーツ雑誌の記者がグラウンドの隅で待ち構えていた。今年の四月、ボストンまでわざわざ取材に来てくれた青木という記者だ。

「取材する側の僕が言うのも何ですけど、箱根の本戦出場に加えて、神原君のパリオリンピックもありますし、しばらくメディア対応でてんてこ舞いなんでは？」

「ええ、おかげさまで。箱根駅伝の密着番組に、オリンピック内定者の特集やらドキュメンタリー番組やらで、すごいことになってますよ」

十一月も半ばを過ぎ、箱根駅伝は着々と迫っていた。ぼちぼち、部内でのインフルエンザやコロナの集団感染が怖くなってくる時期だ。できることならメディア対応は控えたいのだが、なかなかそういうわけにもいかない。

「神原君はボストンマラソンで表彰台に乗ってますからね。こちらの期待も膨らみますよ」

グラウンドの芝生の上でカメラを向けられ、インタビューに答える神原を見つめる青木の目にもまた、その期待とやらが窺えた。

「神原君みたいな悪天候に強いタイプには夢を見てしまいますよ。他国勢が調子を崩す中、粘って上位に入り込む。そういうタフな選手が、メダル獲得の可能性が一番高い」

「ええ、パリの八月が雨季だったらなあ〜と思ってますよ。コンディションがよかったら、どうしたってケニアやエチオピアの選手が強いですから」

実際問題、神原がオリンピックでメダルを取れるかと考えれば、かなり難しいだろう。でも、ボストンマラソンの表彰台だって「かなり難しい」と思いながら日本を発《た》ったのも事実だ。

神原へのインタビューが終わったらしい。撮影スタッフは側で待機していた田淵悠羽にマイクを向ける。もう一人の日本代表内定者・田淵伶央の弟として、彼の話を押さえておきたいのだろう。

「ちなみに、神原君は本当に箱根を走らないんですか？」

もう本戦のエントリー〆切《しめきり》は目の前ですよね？　と言いたげに聞いてくる青木に、一進は大袈裟《おおげさ》に肩を竦めた。

「走るんだったら、もう少し上機嫌ですよ」

「他大学の監督も気になるみたいですよ。予選会に神原君が来ていたのは、何かのフラグなんじゃないかって」

「まさか」

堪らず声を上げて笑ってしまった。取材を終えた神原が、怪訝《けげん》な顔でこちらを見た。神原と箱根駅伝の話をしていると、直感でわかったらしい。

「それでは、僕はこれで」

一進と神原に一礼し、青木が去っていく。眉を寄せたまま一進の隣にやって来た神原は、まだテレビカメラの前でインタビューを受けている田淵に視線をやった。

「取材お疲れ。週に何度もあると、さすがの神原もしんどいだろ」

「世間様は、俺より田淵のお兄さんの方にメダルを期待してるんですかね」

一進の問いに対する答えになっているのかいないのか、神原は田淵から目を逸《そ》らさない。

「まあ、MGCの一位と二位だからな。どうしたって、一位の方が期待が大きいだろ。そのぶん、お前は変なプレッシャーもなくていいんじゃないか?」

言いながら、一進は神原の横顔を凝視していた。彼がすんなりと表情を緩め「まあ、そうっすねー」なんて言おうものなら、すべて諦《あきら》めようと思った。何もかも割り切って、彼のオリンピックを指導者として全力でサポートしようと。

でも、彼は言わなかった。

「箱根を知ってるか知らないか、かもなあ」

神原が、ゆっくりと一進に視線を寄こす。「は?」と言いたげに、口を半開きにした。

「神原、MGCで田淵伶央に負けたこと、ずっと引っかかってるだろ。オリンピックでもまた負けるんじゃないかって思ってないか？」

海外の選手どころではない。同じ日本代表の選手に負けるんじゃないか。MGCを終えて、神原の中にはそんな予感が生まれたはずだ。

「俺は指導者として、神原八雲は田淵伶央に負けてないと思ってる。でも、そういうのを覆《くつがえ》しちまうのが、案外、箱根を走った経験なのかもしれないと思ってな」

「え、精神論ってやつですか？　成竹監督らしくないものを持ち出すんですね」

「でも結局、理屈で説明できないことは、精神論で解決するしかないだろ」

ああ、それに――。

「箱根駅伝の亡霊、だったか？」

MGC後に神原が苦々しげに口走った、その言葉。当の神原は心底忌々しそうに眉を寄せた。

「振り払うには、箱根を走るしかなかったりしてな」

「精神論の次はオカルトですか」

「世良貞勝の日記に出てきた及川肇って日東大の学生、俺の祖父ちゃんだった」

神原が息を止めたのがわかった。ゆっくりと目を見開いた彼は、ぎょろりと音が聞こえそうなほど力強く一進を見た。

「……は？」

「例の東北の大雨で、三日ばかり実家に帰っただろ。そのときわかった。靖国神社と箱根神社を往復した箱根駅伝の参加章まで遺品から出てきた。及川肇は補欠選手だったから参加章がもらえなかったけど、五区を走った類家進から譲ってもらったらしい」

「ちょ、ちょっと待ってください」

神原が静かに一進を指さす。「あの、監督の下の名前って」と言いかけた彼に、深く頷いた。

「俺の一進って名前、多分、類家進から来てる」

二の腕に鳥肌でも立ったのか、右腕を押さえた神原がかすかに後退る。

田淵のインタビューが終わったらしく、番組ディレクターとカメラマンが「お時間いただきありがとうございましたー!」とこちらにやって来る。挨拶をして彼らをグラウンドから送り出しても、神原は同じ場所にたたずんだままだった。田淵が不審げに彼に話しかけている。

ジャージのポケットに入れていたスマホが震えた。確認すると、母からのメッセージだった。水害のついでに実家のリフォームをしようという話が持ち上がっていた。その相談だろうか……なんて思いながらメッセージを確認して、スマホを取り落としそうになった。

「えええ――――っ⁇」

あまりの大声に、語尾が裏返って甲高くなる。何事かと神原と田淵がこちらを振り返った。

7 復活 昭和二十二年一月

年が明けてもなお、東京の街がどこか煤臭いのは変わりなかった。

未だ空襲の名残があちこちに垣間見え、家を失った人々が暮らすバラックも、闇市も、いたるところにある。その光景が当たり前のものとなってしまった。

それでも、昭和二十二年一月四日の朝の日差しの下、有楽町の読吉新聞社前には多くの人が集まっていた。

人々に声援を送られながら、色とりどりのタスキを身にまとった選手が十人、思い思いに準備運動をしている。

宮野喜一郎はそれを見守りながら、大きく息をついた。おかしいくらい真っ白な息が舞い上がった。

「やっとですねえ」

緊張感に満ち満ちた声をかけてきたのは、関東学連の金庫番として今日まで頑張ってくれた明律大の南郷一郎だった。

「そうだな、やっとスタートだ」

読吉新聞からなかなか開催資金が援助されなかったり、ＧＨＱから「学生の大会に企業が協賛するのはよろしくない」という物言いがついて読吉新聞が後援に回ったりと、開催決定からここまでいろいろと騒動があった。年末から南郷の眉間に走りっぱなしの皺は、もう一生取れないかもしれない。

「明律大、出場できてよかったな」

「ええ、何とか十人を集めましたから」

四年前、第二十二回大会を選手不足を理由に不参加だった明律大は、今回の大会には早くから参加の意志を示していた。一月の冷たい風に紫紺色のタスキが揺れるのを、南郷は随分と嬉しそうに眺めていた。

「横浜師範学校が初参加してくれたのは嬉しいが、立聖大、日農大、紅陵大、青和学院大がいないのは、少し残念だな」

ユニフォームを十人分揃えるのすら大変な大学ばかりだった。大会前の合宿も、食糧不足でままならなかった。選手不足で出場を見送った大学があるのも仕方がない。だが、関東学連の一員として尽力してくれた神川は、立聖大の不参加を酷く悔しがっていた。

「来年に期待、ですね」

ふっと笑った南郷が、自分の言葉に驚いたように目を瞠る。喜一郎はそんな彼を笑い飛ばしてやった。

「そうだな、来年もやるぞ。再来年《さ》も、その次の年もだ。今年出られなかった大学や選手は、また次の箱根駅伝を目指せばいいんだ」

何拍か間を置いて、南郷が「そうですね」と笑いながら頷く。喜一郎はスタートラインへ向かおうとする選手達に歩み寄った。

「みんな、楽しんで走ってくれ」

一人、二人とこちらを振り返った選手達は、力強く頷いた。ついこの間まで戦争をしていたのが夢か幻に思えた。東京中に、家を失った人が、家族を失った人がたくさんいるというのに。

「宮野、ありがとうな」

江戸紫のタスキをした選手が一人、喜一郎の肩を叩いた。紫峰大の一区を走る野田哲生だった。四年前は八区を走っていた記憶があるが、今回は一区に起用されていた。

「空襲で死んだうちの主将の弔いが、やっとできる」

野田はそれ以上は語らず、他の選手達と共にスタートラインへ向かう。喜一郎もあえて詳しく聞こうとは思わなかった。

喜一郎には今日、もう一つ仕事がある。デイビスを始めとしたGHQの職員達が本当に箱根駅伝を見物したいというので、彼らと共にジープで選手達と並走するのだ。

「お勤めご苦労だね」

アメリカ軍のジープと並んで停《と》まっていた審判車に乗り込もうとしていたのは、今大会の審判長を務める日本陸連の影山だった。審判車もまた、選手達と共に箱根を目指す。

「影山さんこそ、二度目の審判長、お疲れさまです」

「午後に箱根で会おうか。温泉に入るのもいいな」

「さすがに、GHQのジープは箱根までは行かないと思いますよ。精々、横浜あたりで引き返すんじゃないでしょうか」

「それじゃあ二区の途中じゃないか。箱根駅伝が面白いのはまだまだここからだと彼らを説得して、しっかり芦ノ湖まで連れて来たまえ」

はははっと寒さを吹き飛ばすように笑った影山は、「来年の箱根は、ぜひまた青和学院に出場してもらいたいねえ」と歌うように呟いて、審判車の後部座席に乗り込んだ。

「大丈夫ですよ。青和学院の鷺ノ宮なんて、今年は計時員をやってくれてますけど、『次は必ず選手として出る』って息巻いてますから」

それはきっと、影山も承知の上だろう。肩をキュッと揺らして笑った彼は、喜一郎に向かって小さく手を振った。審判車は静かに走り出す。

直後、読吉新聞社前に詰めかけた観客が静かになった。一、二、三……無意識に喜一郎は数えた。

パァンと、一月の寒空にピストルが高らかに鳴った。歓声が土踏まずまで響いてくる。その中を、十人の選手達が地面を蹴《け》って走っていく。

あまりに懐かしい光景に、喜一郎は天を仰いだ。やっとだ。やっと、世良貞勝が「よくやったぞ、宮野クン」と言ってくれた気がする。

「お待たせしました」

ＧＨＱのジープに乗り込むと、デイビスと日系人通訳のジェシー、そして及川がすでに乗り込んでいた。

箱根駅伝がスタートしたというのに、及川は浮かない顔をしていた。まあ、いい。彼はＧＨＱに乗り込んだ日からずっとそうだ。そうなってしまう気持ちを、蘇った箱根駅伝に関わるすべての人間が、理解している。

ふと沿道を見たら、音喜多と読吉新聞の服部和己がいるのに気づいた。大会開催に奔走してくれた二人に頭を下げると、「ご武運を」と言いたげに音喜多と服部は深々と一礼した。

二人から少し離れたところに、両親と一緒に観戦に来た天沼美代子を見つけた。会釈をするべきか、手を振るべきか。迷っているうちにジープは走り出す。

まあ、いい。大会が終わったら、また天沼軒に行こう。それで、彼女の目にこの大会がどう映ったのかを聞こう。ついでに餅でも食わせてもらおう。今年の正月は、餅を食う暇すらなかった。

選手達を追いかけるようにしてジープは有楽町駅前を抜ける。日比谷通りに入る選手達の背中を、デイビスは興味深そうに見つめていた。

四年ぶりの箱根駅伝の一区は、一区らしい団子状態の序盤だった。各選手が牽制《けんせい》し合い、策略と策略がぶつかり合う。

日東大、慶安大、法志大、要大、紫峰大、早田大、専究大、前回出場できなかった明律大、日本体育専門学校、初出場の横浜高等師範学校。十校のタスキが、快晴のもと箱根を目指して走っている。

その集団にサイドカーや自転車で伴走するのは、各大学の指導者達だ。ジープが日東大のサイドカーを追い抜いた。戦後も変わらず監督を務める郷野一徳と目が合った。

日東大の選手と喜一郎を交互に見やった郷野は、何かを吐き出すように顔をくしゃくしゃにして笑った。そう付き合いが深いわけではないが、郷野がそんなふうに笑うのを喜一郎は初めて見た。

隣の席で、及川が目を丸くしていたから、やはり珍しいことなのだろう。

日比谷通りを田町方面へ向けて走る選手達をジープから見つめながら、デイビスが何やら英語で呟く。何を言っているかはわからないが、喜一郎は意を決して「ミスター・デイビス」と彼の名を呼んだ。

青い目が、こちらを見る。彼の隣に座っていた通訳のジェシーが、喜一郎とそっくりな黒い瞳を向けてくる。

「この大会は、ただの学生の行事ではありません」

ジェシーがまだ一言も英訳していないのに、デイビスは小さく頷いた。

「ここから、日本の陸上選手は世界へ羽ばたいていきます。あなた方の母国で開催されるマラソン大会でいつか日本人は優勝するし、オリンピックで金メダルを獲《と》る。いつか、世界中がこの競技をＥＫＩＤＥＮと呼ぶ」

ガタンとジープが揺れた。ジェシーが通訳すると、デイビスはハハンと鼻を鳴らして笑った。そんなわけがあるか、という笑い方だった。

「ええ、今は、そうやって笑ってくださって結構です」

小さく頭を垂れ、レースに視線を戻す。ジェシーがご丁寧に今の台詞《せりふ》を英語でデイビスに伝えたが、彼がどんな表情を浮かべたのか、喜一郎は見なかった。

蘇った箱根駅伝をこの眼《め》に焼きつけるため、一区を走る選手達の集団を見つめた。ずっと黙っていた及川が洟を啜ったのがわかったが、そちらも見ないでおいた。

喜びと、達成感。悲しみと、罪悪感。見事に半々になった自分の胸に、静かに手をやった。

8　ウミネコ　令和五年十二月

本八戸《ほんはちのへ》駅からタクシーで二十分ほど、蕪島《かぶしま》というウミネコの繁殖地にほど近い小高い場所に、その老人ホームはあった。かすかに潮の気配の漂う開けた土地だった。

何てことないエントランスに足を踏み入れるのに、成竹一進は躊躇《ちゅうちょ》してしまった。

「何をビビってるんですか、監督」

そんなことを言いながら、隣で神原八雲も足を止めている。

ひゅうと海の方角から冷たい風が吹きつけてきた。神原がぶるりと肩を震わせ、マフラーに顔を埋《うず》める。十二月に入ったばかりとはいえ、冬の青森だ。くるぶしから骨に染み込むような寒さだった。

箱根駅伝を一ヶ月後に控えているというのに、遥々《はるばる》青森まで来たのにはもちろん理由がある。神原まで「ここまで来たらご一緒しますよ」とついて来たのだけは、意外だったが。

「よし、行くか」

意を決して、一進は老人ホームのエントランスに足を踏み入れた。一歩遅れて神原がついてくる。

受付で名乗ると、スタッフが「ああ、類家さんと面会の」と笑った。

「最近は昼間もウトウトしてることが多いんですけど、今日は朝から元気なんですよ」

女性スタッフはそう言って、一階の奥の個室に一進達を案内する。

クリーム色の壁紙に、淡いレモン色のカーテン。室内にはベッドとテレビと、小さな冷蔵庫。備え付けの棚には、家族写真らしきものが丁寧に写真立てに入れられて飾ってある。家族が持ってきたのだろうか、子供が描《か》いたらしい絵も何枚か壁に貼《は》ってあった。

その人は、リクライニング式のベッドに寄り掛かってテレビを見ていた。顔はテレビを向いているが、内容が頭に入っているわけではないと目を見ればわかる。薄い白髪が側頭部にこびりつくようにして残った、小柄な——いや、老いて体が小さく萎《しぼ》んでしまった男性だった。

「類家さーん、ご面会の方ですよ」

男性の傍らで椅子に腰掛けていた若い女性が立ち上がり、「こんな遠くまで……」と一礼した。学生には見えないが、何かスポーツでもやっているのだろうか、厚手のタイツを履いていても膨《ふく》ら脛《はぎ》が逞《たくま》しいのがわかる。

「電話でやり取りさせていただいた、類家愛里紗《ありさ》です」

えーと、と目を泳がせた愛里紗がベッドに横たわる男性を掌で差し、「祖父で、私が孫にあたります」と説明した。

「突然のご連絡だったのに、お時間を作っていただいて申し訳ございません」

東京駅で買った手土産《てみやげ》を差し出すと、愛里紗は一進と神原に椅子を出してくれた。手慣れた様子で側の引き出しから電子ケトルを引っ張り出し、お茶まで淹《い》れてくれる。

「お祖父ちゃん、少し前までは起きてたんですけど、今は半分寝ちゃってるんです。最近は誰が面会に来てもこんな感じで」

「いえ、僕らこそ、まさかお会いできると思ってなかったので」

十一月の終わり、大学で神原と田淵の取材対応を終えた直後、母からメッセージが届いた。

〈一進が前に気にしてた、なんでうちの男共の名前に進って字が入るのか問題、釜石《かまいし》のゑつ子おばちゃんが知ってた。祖父ちゃんから直接聞いたって〉

〈お父さんの言ってた『人生をすいすい進んでいけるように』以外に、もう一つ別の理由もあったみたいよ〉

〈死んだと思っても帰ってくる人の名前で縁起がいいから、だって〉

しかも母は〈ほら、多分この人〉と一枚の画像を送ってきた。

一進が片付けをした物置小屋を、母は先日改めて整理したらしい。祖父・成竹肇の遺品を一進がほとんど処分しなかったから、もう少しものを減らせないかと考えたようだ。

祖父の遺品を詰め込んだ段ボール箱には、生前にやり取りした手紙や年賀状が残っていた。

そのうちの一通を、母は見つけた。

〈段ボールのした〜の方にあったよ〉

黄ばんだ封筒に入った手紙だった。宛先《あてさき》は確かに及川肇様とあり、差出人は青森県八戸市の類家進で、消印は昭和二十五年の年末だった。終戦から五年がたった頃だ。内容は、今年の箱根駅伝を観に上京しようと思うというものだった。

類家進と祖父の手紙のやり取りは、その一通だけではなかった。祖父の遺《のこ》した手紙の中に、類家のものが他にも何通かあった。頻度こそ高くないが、何かの折に近況を報告し合っていた。

母に頼み込んで祖父の遺した手紙をすべて日東大の合宿所に送ってもらった。大量の手紙や年賀状をひっくり返したら、当時の関東学連の幹事である宮野喜一郎とのやり取りも、ぽつりぽつりと残っていた。昭和三十年頃に姓が宮野から天沼に変わったから、探すのに苦労した。

類家からの手紙に書かれていた住所と、文中に一度だけ登場した電話番号を手がかりに親族を探したら、意外なほどあっさり見つかった。

電話をしたら、目の前に座る愛里紗が「はい、類家です」と受話器を取ったのだ。

類家進は、確かに太平洋戦争を生き残っていた。しかも、この令和五年に存命だった。子も孫もいて、百歳を超えた今は八戸市内の介護施設に入っているという。

「こちらが、電話で話した箱根駅伝の参加章です」

ハンカチに包んだ金属製の記章を差し出すと、愛里紗は「へえ」と目を輝かせ、ハンカチごと恭《うやうや》しく両手で受け取った。

「お祖父ちゃん、これ、わかる？　箱根駅伝でお祖父ちゃんがもらった参加章らしいよ？」

箱根駅伝という単語に、かすかに男性が――類家進が反応を示したように見えた。だが、愛里紗が参加章を顔の前に持っていっても、何も言わない。視線はテレビに向いたままだ。

「すいません、お祖父ちゃん、駅伝とマラソンは好きでテレビでよく観るんですけど、今はこっちのニュースの方が気になっちゃってるみたいですね」

愛里紗がテレビを顎でしゃくる。何てことない普通のニュース番組だった。アナウンサーが、ウクライナとロシアの戦争について淡々とこの数日の出来事を語っている。

戦争のニュースを「何てことない普通のニュース」と思っていたことに気づいて、うなじのあたりが粟立《あわだ》つ感覚がした。

「お祖父ちゃん、終戦を満州で迎えて、そのあとウクライナに抑留されてたらしいんですよね」

「ウクライナに？」

神原がテレビと愛里紗に交互に視線をやりながら問いかけた。「シベリアじゃなくて？」と首を傾げた彼に、愛里紗が「そう思いますよね～」と微笑む。

「体格のいい人はシベリア、小さかった人はウクライナに連れていかれたって聞いたことがあります。ハルキウだったかドネツクだったかで、独ソ戦の復興のための強制労働をさせられたとか。お祖父ちゃん、背は低くなかったと思うんですけど、長距離選手だったし、細かったんですかね？あと、戦場で足を怪我したらしくって、そのせいもあったのかも。ずっと左足を引き摺ってて、子供の私を肩車するのに苦労してたのをよく覚えてます」

「じゃあ、満州で死んだというのは、要するに誤報だったということですか」

一進の問いに、愛里紗が困り顔で頷く。「私に聞かれても……」という目をしている。

「そうですね、そういうの、多かったんじゃないですかね。弘前《ひろさき》にいる大叔母が、死んだと思っていた弟がある日いきなり玄関先にニコニコ笑いながら現れて、家族みんなで泡吹いて倒れた～なんて話を冗談交じりにしてたので。本当かどうかわかりませんが、お葬式まで済ませちゃってたらしいですよ?」

ねー、お祖父ちゃん。愛里紗が類家の肩をポンと叩く。小さく小さく反応を示したが、何も言うことはなかった。

「認知症も進んでて毎日こんな感じですけど、駅伝とマラソンと、ウクライナとロシアの戦争のニュースは、こうやってぼんやり見てるんです。テレビから離れようとしないんです。ときどきロシアの民謡を歌うときもあります」

「ロシア民謡ですか」

「抑留されてるとき、ロシアやウクライナの人にロシア語と向こうの民謡を教わったと、私が小さな頃に自慢げに言ってました」

それからしばらく、お茶を飲みながら愛里紗から類家の若い頃(といっても彼女の記憶にあるのは立派なお爺ちゃんの類家なのだが)の話を聞いた。愛里紗が大学卒業までバスケをしていたこと、就職した今も週末は中学生にバスケの指導をしていることも教えてもらった。

孫娘の話を聞く限り、類家進の戦後はそれなりに穏やかで、家族に囲まれて幸せなものだったのだと思う。

自分の祖父はどうだったのだろう。カップの底に残った緑茶をぼんやり眺めながら、そんなことを考えた。

「この参加章、お祖父ちゃんに返そうとしてくださったんですよね?」

一進がお茶を飲み干したのを見計らったように、愛里紗が膝に置いていた記章を差し出した。

「ええ、もとは類家さんのものですから」

「でも、成竹さんのお祖父様と戦後も交流があったということは、お祖父ちゃんはこれを返してもらうつもりは端《はな》からなかったということだと思うんです。なので、よろしければこれは成竹さんが引き続き持っていていただけないかと。関東学連に寄付していただいても構いません」

ベッドの類家を見た。ニュース番組は終わったが、相変わらずテレビをぼんやり眺めている。

参加章に刻まれたランナーの姿に、ふと、大学四年のときに走った箱根駅伝を思い出した。最後の箱根駅伝だという気負い、卒業後の競技人生への期待と不安。それでも一番大きかったのは、駅伝そのものが自分に与える高揚感だった。

タスキをリレーしたら、レースが終わるまで、そのタスキは自分のもとには返ってこない。

「わかりました」

参加章を両手で受け取り、類家と愛里紗に深々と頭を下げた。ハンカチで丁寧に包んで、鞄の奥深くにしまい込む。

あー、と、類家が声を上げたのはそのときだった。しわがれて濁っているのに、どこか清々しい声だった。巣立ちの瞬間を迎えたツバメのようで、夏の日に軒先に撒《ま》いた打ち水のようだった。

「あらお祖父ちゃん、どうしたの？」

愛里紗の問いかけを遮るように、神原が類家に歩み寄った。類家が神原を見る。顔、胸、腕、胴回り、腰、太腿《ふともも》、膨ら脛、足首——ぼんやりウクライナ情勢を眺めていた目が、ゆっくりと、しかし鋭く神原を観察する。

「……走るな」

呆気《あっけ》にとられる一進と愛里紗を差し置いて、類家が歯の抜けた口を静かに動かした。

「君らは、もう、靖国に、走るな」

布団の下から右手を出した類家が、何やら動きで神原に伝えようとする。右手の親指の爪は歪《いびつ》にひしゃげて黒くなっている。

「箱根駅伝は、大手町から、芦ノ湖、芦ノ湖から、大手町」

徐々に類家の言葉が鮮明になっていく。目を丸くした愛里紗が、静かに彼の肩に手をやった。

類家はまだ何か続けようとしたが、すぐにガラガラと喉を鳴らして、ベッドに体を預けてしまった。


「何が言いたかったんだろうな」

老人ホームの前でタクシーを待ちながら、一進は思わず呟いた。

結局、類家はあれ以上語ることはなかった。その後は愛里紗の言う「半分寝ちゃってる」状態になってしまった。

「大体わかったんで、いいですよ」

酷く平坦《へいたん》な声色で、神原がそんなことを言った。視線は海の方を向いている。正面から吹いてきた冷たい海風が、彼の前髪を持ち上げた。

「大体わかった?」

「ええ、あの人の言いたいことは大体わかりました。遥々青森まで監督について来た甲斐《かい》がありました」

ふう、と神原が肩を上下させる。今からマラソンを走るような精悍《せいかん》な顔で、彼は一進を見やった。

「走ってあげましょうか、箱根駅伝」

頭上から突如「ミャーオ、ミャーオ」と耳慣れない鳴き声がした。ウミネコだった。真冬の空を、たった一羽で海に向かって悠々と飛んでいく。

「……どうして」

「別に監督のためでも大学のためでもないです。自分の今後の競技人生のために、走っておこうかと」

離れていくウミネコを神原の目が追う。冗談で言っているとは思えない目だった。前を走る選手を捉《とら》えて放さない、神原八雲らしい、鋭く聡明《そうめい》ないい目だ。

「なんというか、俺達にとっての当たり前を、喉から手が出るほどほしかった人達がいたんだという当たり前のことを感じて、そこに同じ陸上選手として敬意を払いたいと思っただけです」

「言ったな」

ポケットからスマホを取り出し、陸上部のマネージャー宛のメッセージを打つ。

「エントリー、するからな」

「構いませんよ」

にやりと好戦的に笑った神原に大きく頷いて、一進はメッセージを送信した。

神原が箱根に出るぞ、と。

「何区を走りたい」

「俺が決めていいんですか？」

「最終決断をするのは俺だが、お前の希望はできるだけ叶《かな》えようと思う。二区でも五区でも、走りたい区間を言え」

「二区も五区も嫌ですよ。俺より前を走る選手、どうせみーんな『神原のために頑張らないと』とか『神原がきっと何とかしてくれる』って思いながら走るでしょ。駅伝のそういうところが重くて嫌いなんですよ」

「ということは、一区か」

微笑みを絶やすことなく、神原は軽やかに頷いた。

「はい、一区がいいです。牽制し合ってスローペースなんて馬鹿らしい。スタートからきっちりペースを刻んで、サクッと区間賞と区間新記録をいただきます」

区間賞と区間新記録？　コンビニにでも行く感覚で口にする神原に、堪らず噴き出した。箱根駅伝を舐《な》めんなよ。

「おう、やってみろ」

9　箱根駅伝　昭和二十三年一月

昭和二十三年一月四日の朝を、及川肇は銀座の読吉新聞社前で迎えていた。

有楽町の別館にあった読吉新聞の本社機能は、本館の復旧が済んだことで銀座に移った。それに伴い、第二十四回箱根駅伝のスタート地点は銀座となった。読吉新聞社前をスタートし、外堀通りを新橋駅まで進んで、日比谷通りへ入るのだ。

「及川よ、今年もいよいよ始まるな」

肩を叩かれる。顔を見なくても宮野喜一郎だとわかる。

来年も再来年も箱根駅伝を開催すると息巻いた彼は、言葉の通り今年も無事箱根駅伝を開催した。

「これで宮野さんも大学を卒業ですから、感慨深いんじゃないですか？」

「他人事《ひとごと》みたいに言うなよ。最後なのは及川もだろ」

自分達は揃って三月に大学を卒業し、関東学連の幹事としての活動を終える。今後は神川や南郷が中心となって、インターカレッジや箱根駅伝を運営していくことになる。

「田舎に帰るのか」

「ええ、そのつもりです」

「手紙を寄こせ。俺も気が向いたら書く」

「わかりました。気が向いたら書きます」

スタート地点には、昨年と同じように大勢の観客が詰めかけている。まだ選手達は準備運動の真っ最中だというのに、もう小旗を振る音が聞こえる。

今年の出場校は、昨年の優勝校である明律大、要大、慶安大、早田大、専究大、前回まさかの六位に甘んじた日東大、横浜師範高等学校、日本体育専門学校、法志大、東哲大、紅陵大、そして立聖大の十二校だ。箱根駅伝に立聖大が帰ってきたことを、神川は飛び上がって喜んでいた。

「未だに、よくわからないんです」

この一年で一体何が変わったのか。確かに東京の街は少し復興し、徐々に人々の顔から敗戦直後の悲壮感が薄まってきた。でも、今もＧＨＱはこの国にいる。

「何がだ？」

「箱根駅伝をこうして復活させたことに、どんな意味があるのか。昭和二十二年にあんな形で箱根駅伝を開催した僕達は、どんな顔でこの大会を観ていればいいのか」

胸が詰まって、無性に話すのが苦しくなった。もしかしたら自分は、駅伝の大会を観るたび、マラソンを観るたび、下手したら陸上を観るたび、一生この苦しさを噛み締めるのかもしれない。

箱根路《はこねじ》を走って死んだ大勢の仲間を思い出し、自分が針路誘導をして見送った特攻隊員の姿を思い出すのかもしれない。

「戦争に負けたこの国に箱根駅伝を残した。それだけで俺達は、充分よくやったんじゃないか」

宮野の言葉に頷けばいいのか、否定すればいいのかすら、今はよくわからないでいた。いつか、わかる日が来るのだろうか。

「今は二十四回大会だが、もしかしたら箱根駅伝は五十回、百回と続くかもしれない。その頃にはもしかしたら、今は箱根駅伝に出たことがない、俺達が名前も知らない大学が、見たこともないタスキをつけて走っているかもしれない」

「そんなに続きますかね。また戦争があったらどうなると思います?」

「戦争なんて起こらないさ。あんな大きな戦争がやっと終わったんだ。もう、絶対にない」

「戦争以外の何かのせいで、駅伝どころじゃなくなるかもしれないですよ」

「戦争以外の何かなんてのもごめんだが、そのときはきっと、そのときの選手達や、関東学連の人間が、なんとかするはずだ。箱根駅伝が残ってさえいれば、続いていく」

そうでなきゃ困るんだ、と言いたげに宮野は腕を組み、快晴の空を仰ぎ見た。「今年も晴れてよかった」と、目を細めて笑う。

「また明日、ここで会おう」

宮野は今年、審判車に乗り込んで選手達に伴走することになっている。昨年に続いて審判長を務める日本陸連の影山も一緒のはずだ。

総務として本部で待機する予定の肇は、「お気をつけて」と審判車に乗り込む宮野を見送った。

準備運動を終えた選手達がスタートラインに並ぶ。大会長が歩み出てピストルを構えると、あんなに騒がしかった群衆がぴたりと動きを止めた。

ピストルの引き金に指がかけられる。タスキを肩にかけた選手達がスタートの体勢を取る。

戦争に負けたこの国に箱根駅伝を残した。それだけで俺達は、充分よくやったんじゃないか。宮野の言葉を反芻《はんすう》する。本当に、そうなのだろうか。

この疑問の答えを、いつか箱根駅伝はもたらしてくれるのだろうか。五十回大会なのか百回大会なのかわからないが、いつか。

そのとき仮に自分が生きていなかったとしても、もたらしてほしい。

肇の願いを聞き届けるように、ピストルが鳴った。高らかで、凛としていて、笑い出したくなるほど爽快な音だった。

大声援に送り出される選手達の背中を、肇は見ていた。通りの先に彼らの姿が見えなくなるまで、見ていた。

そのときだった。

そのとき、だったのだ。

「――及川ぁ！」

名前を呼ばれた。迎えにはちょっと早くないですかと問いかけたくなるくらい、懐かしい声に。

人混みを掻き分けるようにして、類家が、類家進が手を振っていた。

「おお、本当に及川だ。すごい人出だから、知り合いなんて誰も見つけられないかと思ったぞ」

左足をずるずると引き摺りながら、類家進がこちらにやって来る。

笑っていた。五年前、箱根の山登りを終えた日の彼と同じ。靖国神社で全員のゴールを見守ったときと同じ。昼寝を終えた猫みたいな顔で、類家は笑っている。

「類家さん」

「久しぶりだな」

肇の肩を叩く手は、ちゃんと温かい。親指の爪がひしゃげて黒くなっていて、きっと正常な爪はもう二度と生えてこないだろうけど、それでも温かい。

生きている。

「あ、及川まで俺が死んだと思ってたか？　もうさ、実家の連中もそうなんだよ。やっとの思いでウクライナから戻ってきたっていうのに、ただいま〜って帰ったら、家族全員、泡吹いて倒れるし」

どこまでが本当なのか、あはは、あははっと笑いながら、類家は何度も肇の肩を叩いた。

「……ウ、ウクライナ」

「そう、満州から何ヶ月もかけてウクライナに連れてかれて、二年間の強制労働」

独ソ戦で破壊された町や道路の復興をしていたという。いろいろと大変な思いもしたが、ソ連の人間、ウクライナの人間、日本人、みんなで歌ったり笑い合ったりもしたという。ロシア語も少し喋《しゃべ》れるようになった。ロシアの民謡をみんなで歌ったりもした。

そう話す類家進は、肇のよく知る類家進そのもので、気がついたら「類家さん」と意味もなく彼の名を呼んでいた。

「なあ及川、やっぱり戦争なんてするもんじゃないな。みんなで駅伝をやってる方がずっといい」

類家さん、類家さん。壊れたラジオのように繰り返す肇のことを、彼は笑いながら抱きしめた。

彼の体はやはり温かい。記憶にあるより少しばかりやつれているが、胸や二の腕や掌ではっきりとわかる。この人が生きて帰ってきてくれた事実が、やっと事実として自分の体に染み込んでくる。

「箱根駅伝をやってるって聞いて、きっとお前達が頑張ってるに違いないと思って、上京してきた」

ありがとう、ありがとう。肇の背中をぽんぽんと叩きながら、類家は「ありがとう」を繰り返した。ありがとうはこちらの台詞《せりふ》ですよと言いたいのに、どうしても言葉にならなかった。

「もうさ、靖国に向かって走らなくていいんだ。箱根駅伝は、銀座から芦ノ湖、芦ノ湖から銀座。それぞれが行きたい場所に向かって走っていいんだ」

「そう、ですね」

やっと息ができた。顔を上げた類家は、鼻水を垂らす肇を見て笑い、「それでいいんだ、それがいいんだ」と歌うように呟いた。

「芦ノ湖に行かないか？　ゴールが見たい」

ほら、と類家に腕を引かれる。強引に、引っ張って行かれる。足が不自由になった彼の歩みはゆっくりで、きっともうレースを走ることはできないだろう。

それでも、初めて日東大の陸上部で彼と一緒に走ったことを思い出した。早朝の街を、彼の後ろにくっついて走ったことを思い出した。

類家は、一緒に走る者を誘い込むような走りをする男だった。もう走るのがしんどい。足が上がらない。そう思ったときに、あと一歩だけ足を前に出してみようと思わせる何かを、彼の背中はまとっている。

彼は変わらず、そういう類家進のまま、戻ってきた。

「あはは……」

笑い声がこぼれた。仲間を、戦地に送り出すための駅伝をした。自分はこれから、駅伝を見るたびにその苦い記憶を思い出す。罪悪感に打ち拉《ひし》がれる。年を経るごとにその苦しみは増すのかもしれない。家族ができたら、子や孫ができたら、さらにその痛みは大きくなる。

箱根駅伝はきっと来年も、再来年も開催される。数多《あまた》の若者の死の上を、次の世代の選手が走っていく。いつか多くの人がそのことを忘れる。選手すらも忘れる。

そうなることに怒りは覚えなかった。むしろそうなることを願っている自分がいる。

「いいですね、行きましょう」

振り返った類家は、「よし、行こう」と足を速めた。左足を重たそうに引き摺りながら、それでも、足を前に出す。

あの頃、靖国を出て靖国に帰るしかなかった足が、今はどこへでも行ける。

10　百回　令和六年一月

「――おいおいおいおい、好きにやれと言ったがやりすぎだろあいつ！」

監督車の助手席で身を乗り出し、成竹一進は思わず叫んでいた。運転手も、後部座席に乗り込んだマネージャーも、苦笑いが止まらない。

第百回東京箱根間往復大学駅伝競走は、令和六年一月二日に無事スタートを迎えた。スタート時刻である午前八時の気温は三度。雲一つない快晴だが、最高気温は十度に届かないくらいの予報だという。だが、芦ノ湖周辺の気温は低く、ところどころ雪も残っている。

実に箱根駅伝らしい、箱根駅伝だ。

「第百回大会」の名のもとに華々しいスタートを切った一区だったが、一区らしく選手達は互いの出方を窺い、最初の1キロを3分10秒というスローペースで入った。

大手町の読吉新聞社前や日比谷通りに詰めかけた大観衆は、地面が揺れるような声援を送る。序盤は大きな展開も起こらないから、テレビ局もこの間にCMをバンバン挟むのだ。

しかし、1キロ過ぎに一人の選手が飛び出した。監督車の中でテレビ中継を観ていた一進は、アナウンサーの「おおおおーっと、飛び出した！　日東大の神原八雲が飛び出した！」という絶叫に悲鳴を上げた。

牽制など知ったことかという顔で集団を脱出した神原は、そのままぐんぐんと加速し、3キロを通過した頃には後続と100m以上の差がついた。

「か、神原ぁ！　ペース考えろペース！　鶴見まで何キロあると思ってんだ！」

監督から選手に声をかけられるのは、事前に指定された地点に限られる。御成門《おなりもん》交差点手前の3キロ地点での声かけは、そんな情けないものになった。

よくよく考えれば、1キロ地点では神原がいきなり飛び出したせいで全く声かけができなかった。監督としての記念すべき箱根駅伝第一声は「か、神原ぁ！」という情けないものになってしまった。

しかも神原は、一進の心配など知らん顔でぐいぐい進んでいく。鮮やかなピンク色のタスキを、一月二日の凛と冷たい風に揺らしながら。

神原の箱根駅伝エントリーは大きなニュースになった。一区への起用がわかったことで、作戦変更を余儀なくされた大学もあっただろう。早朝から放送された事前番組でも、一区の神原の動きがレースの鍵《かぎ》を握ると散々言われた。

そんな中、彼は「一区から箱根駅伝をぶち壊しにいきます」と得意げに語ったのだ。

スタート早々に前に出た神原を追走した選手ももちろんいた。だが、神原のあまりに鋭い飛び出しに次第にペースを緩め、複数の小さな集団が形成される一区にしては珍しい展開になった。

「こ、これは保《も》つんでしょうか……鶴見まで」

後部座席にいたマネージャーが恐る恐る聞いてくるが、一進は「わからん」と返すしかない。

無理して神原を追う選手がいないのは、やはり彼のペースが速いからだ。今のところ、1キロ2分50秒というハイペースを刻み続けている。神原を追うより、後半に入ってから落ちてくる彼を捕まえる方がいい。そう考えた選手がほとんどだったみたいだ。

何せ、神原は箱根駅伝を初めて走る。そんな彼が「箱根駅伝をぶち壊しにいきます」と一区のセオリーを無視する走りを見せたら、「深追いするとこちらが馬鹿を見る」と考えるのも無理はない。

それをいいことに、神原は先頭を一人悠々と走っていた。一進の乗る監督車は彼の後ろにつき、二位集団を先導する白バイがバックミラー越しに小さく見える。日東大の完全な独走状態だった。

だが、不思議と監督車の助手席から見える神原の背中には、確信めいたものが滲んで見える。舞い上がっているわけでも暴走しているわけでもなく、冷静に、戦略的に、だが野心的に前を狙う。前には白バイとテレビ中継車、大会運営車両しかないのに、まるで前に追い抜くべき選手がいるかのような走りだ。

『先頭の日東大・神原八雲、ペースが落ちません。区間新記録ペースで5キロの通過を迎えようとしています』

今後の展開に胸を躍らせるような弾んだ実況に、一進は着ていたジャージのポケットをまさぐった。ハンカチに丁寧に包んだ箱根駅伝の参加章を、震える指先で摘まみ上げた。

この参加章の持ち主である類家進とはほとんど言葉を交わすことはできず、これを譲り受けた祖父は、多くを語らず他界してしまった。こんな貴重なものを引き継いだのに、肝心なものを受け取ることができなかったのではないか。そんなぼんやりとした後悔が胸を掠《かす》める。

「監督、第一京浜《けいひん》に入りました。もうすぐ5キロの声かけです」

マネージャーに肩を叩かれ、一進は参加章を掌に握り込んだ。

芝《しば》五丁目の交差点を右折した神原は、第一京浜を品川駅を目指して進む。およそ八十年前、軍部が使用を許可しなかったことにより箱根駅伝が中止に追い込まれた、あの道だ。

ぞわりと背筋に悪寒が走った。膝の上で拳《こぶし》を握り締め、一進はマイクを手に取った。

5キロ——神原は14分10秒で通過した。見事に1キロ2分50秒のペースだ。

「神原ぁ、いいペースだ！　そのまま行け！　鶴見で田淵が待ってる！」

二区への起用を伝えたとき、田淵は「どうして俺なんですか」と慌てふためいた。

神原が「俺が一区を走りたいから」と伝えたら、怖いほどあっさり動揺を引っ込めた。

「神原のタスキ、俺がもらっていいの？」

瞳を瞬かせながらそう呟いた田淵を神原は「いや、駅伝ってそういうもんでしょ」と切り捨てたが、田淵がこっそり満面の笑みを浮かべていたのを一進は見逃さなかった。


　このまま神原が一区を独走し、区間新記録を叩き出す勢いで鶴見中継所に飛び込んできたら、彼はどんな顔でタスキリレーをするだろうか。

　今までの田淵だったら、プレッシャーに押し潰されて力を発揮できないことを心配したものだが、不思議と今日はそうではなかった。日本代表の座を摑んだ兄によく似た凛々しい瞳で神原を迎え、素晴らしい走りをしたチームメイトを称《たた》え、花の二区へ駆け出す。そんな彼が鮮明にイメージできる。

　沿道では、色とりどりの幟が途切れることなくはためいていた。日東大のピンク、法志大のオレンジ、藤澤大の藤色、要大の真紅、東哲大の紺色、青和学院大のグリーン、明律大の紫紺、紫峰大の江戸紫、早田大の臙脂、立聖大のバイオレット、あらくさ大の黒、——第一回箱根駅伝から出場している伝統校もあれば、平成に入ってからできた大学、長年の低迷から復活した大学、この数年で箱根駅伝本戦の切符を摑んだ大学もある。

　祖父は、類家進は、生き残った箱根ランナー達は、箱根駅伝がこうやって変わっていく姿を、一体どんな気持ちで毎年見ていたのだろう。一体どんな気持ちで、正月を迎えてきたのだろう。

「神原！」

まだまだ一区は長いが、もう一言、付け加えた。

「お前が目指すのは世界だ。箱根に区間新でも伝説でも何でも残して、さっさとオリンピックまで走っていけ！」

ピンク色のタスキがはためき、神原が右手をすっと挙げて手を振った。ひらひらと揺れた手は、最後は力強いサムズアップに変わる。

そのまま、彼はぐんと加速した。鮮烈な走りを、百回目の箱根路に刻みつける。見ているこちらが焼け焦げそうなほどの神原の走りすら、いつか誰かが掻き消すのかもしれない。

握り締めた参加章の縁が掌に食い込んで、鈍い痛みが次第に熱に変わる。

一月二日の空は快晴だった。第一京浜に建ち並ぶビルの窓ガラスはどれも青く、芦ノ湖へ続くコースが眩しい。そこを走る神原の後ろ姿は、笑い飛ばしたくなるほど神々しく見えた。

ふと、世良貞勝の日記の一節を思い出す。昭和十八年——彼らが「最後」と思って臨んだ第二十二回箱根駅伝の日のことを、世良は「よく晴れた寒い日だった」と書き記していた。

「百回か」

参加章を掌で転がした。お前も、随分と遠くまで来たもんだな。そう笑いかけたつもりだった。

芦ノ湖は、まだまだ遠い。

第100回東京箱根間往復大学駅伝競走　総合成績

順位	大学名	記録
1	藤澤大	10時間46分56秒
2	慶安大	10時間47分57秒
3	要大	10時間48分42秒
4	青和学院大	10時間53分15秒
5	早田大	10時間54分37秒
6	法志大	10時間55分04秒
7	仁天道大	10時間55分17秒
8	東哲大	10時間55分33秒
9	紫峰大	10時間58分25秒
10	日東大	10時間58分30秒
11	立聖大	10時間58分36秒
12	東都国際大	10時間58分48秒
13	明律大	10時間59分18秒
14	日農大	10時間59分48秒
15	白兎大	11時間03分19秒
16	湘南大	11時間04分23秒
17	東京体育大	11時間06分51秒
18	甲府学園大	11時間08分47秒
19	中央商科大	11時間10分39秒
20	専究大	11時間12分13秒
21	城北文化大	11時間17分56秒
22	紅陵大	11時間19分29秒
23	あらくさ大	11時間22分30秒

※上位10校が次回大会のシード権を獲得

第100回東京箱根間往復大学駅伝競走　区間賞一覧

区間	選手名	大学名	記録	
1区	神原八雲	日東大	1時間00分32秒	◎
2区	舟橋葵	藤澤大	1時間06分55秒	
3区	チャールズ・オルワ	東都国際大	1時間00分41秒	
4区	福田大賀	藤澤大	1時間01分35秒	
5区	赤井夏樹	要大	1時間10分02秒	◎
6区	林光希	慶安大	58分10秒	
7区	南郷陽向	立聖大	1時間02分38秒	
8区	神川颯太	明律大	1時間03分59秒	
9区	久保田清人	早田大	1時間08分10秒	
10区	狭山喜宏	法志大	1時間09分11秒	

◎は新記録です

【主な参考文献】

『昭和十八年 幻の箱根駅伝 ゴールは靖国、そして戦地へ』澤宮優／集英社文庫
『昭和十八年の冬 最後の箱根駅伝　戦時下でつながれたタスキ』早坂隆／中央公論新社
『箱根駅伝史抄』黒田圭助／桜門陸友会
『箱根駅伝小史 第1編』黒田圭助／郷野喜一
『箱根駅伝小史 第2編』黒田圭助／郷野喜一
『年鑑：創立三十周年記念』関東学生陸上競技連盟 編／関東学生陸上競技連盟
『日テレムック　箱根駅伝　迸る汗と涙の記憶』日本テレビ放送網
『スポーツ八十年史』日本体育協会
『運動年鑑 昭和23年版』朝日新聞社
『教育新体制の研究』帝国大学新聞社 編／帝国大学新聞社
『日本大学法学部史稿』日本大学法学研究所 編／日本大学法学会
NHKスペシャル 新・ドキュメント太平洋戦争
「1941 開戦 前編・後編」「1942 大日本帝国の分岐点 前編・後編」
「1943 国家総力戦の真実　前編・後編」

【謝辞】

この小説の執筆にあたり、次の方々に多大なるご協力をいただきました。
この場を借りて、厚くお礼申し上げます。本当にありがとうございました。

■桐蔭横浜大学陸上競技部監督　日隈広至様
■日本大学広報部広報課（大学史編纂）
■成田静司様（第二十二回箱根駅伝出場）、成田さんのご遺族の皆様

本作品は書き下ろしです。
本作品は史実をもとにしたフィクションであり、登場する人物・団体等は実在するものとは一切関係ありません。

本作品には、現在の倫理観や人権感覚から見れば、不適切と思われる表現がありますが、過去にはそのような差別的発言が日常にあったことを描くためのものであり、著者に差別的意図はありません。

額賀 澪（ぬかが・みお）
1990年茨城県生まれ。日本大学芸術学部文芸学科卒業後、広告代理店に勤務。2015年に『屋上のウインドノーツ』（「ウインドノーツ」を改題）で第22回松本清張賞を、『ヒトリコ』で第16回小学館文庫小説賞を受賞。2016年に『タスキメシ』が第62回青少年読書感想文全国コンクール高等学校部門課題図書に。その他の著書に『ウズタマ』『風に恋う』『沖晴くんの涙を殺して』『転職の魔王様』『青春をクビになって』など多数。

編集　片江佳葉子

タスキ彼方

二〇二三年十二月十三日　初版第一刷発行

著者　額賀 澪
発行者　五十嵐佳世
発行所　株式会社小学館
〒一〇一-八〇〇一　東京都千代田区一ツ橋二-三-一
編集 〇三-三二三〇-五七二〇　販売 〇三-五二八一-三五五五
DTP　株式会社昭和ブライト
印刷所　萩原印刷株式会社
製本所　株式会社若林製本工場

ISBN 978-4-09-386708-5